望みしは何ぞ

道長の子・藤原能信《よしのぶ》の野望と葛藤

永 井 路 子

朝日文庫

本書は一九九九年四月、中公文庫より刊行されたものです。
新装版にあたり副題を改題しました。

望みしは何ぞ ● 目次

図版作成　谷口正孝

望みしは何ぞ

道長の子・藤原能信《よしのぶ》の野望と葛藤

祭の構図

一

――おお、いるわ、いるわ。ほう、四人全部顔を揃えたな。

賀茂祭の晴れの行列の中にあって、藤原能信《よしのぶ》は、遥か彼方にある父の道長の一条大路の桟敷《さじき》を見やった。賀茂の斎王（斎院）に従って、勅使をはじめ多くの官人が上賀茂・下賀茂両社に詣でるこの行列には、都じゅうの人々が集まる。徒《かち》で群がる雑人《ぞうにん》たちは街に溢れ、身分のある人々は早くから車を出して、いい場所を取ろうとひしめきあう。中で一番豪奢なのは、都大路に面して、最上級の貴族たちが構える桟敷である。

長年にわたって廟堂の首座を占める左大臣道長の桟敷は、とりわけ人目をひく。賀茂祭の桟敷は、祭の行列を見物すると同時に、彼自身の権勢を人々に見物させるためのものでもあったから、毎年、趣向をこらすのである。

そして長和二（一〇一三）年というその年、異例の招待客がその座にあることを、能信は知っている。三条帝の皇子敦明《あつあきら》、敦儀《あつのり》、敦平《あつひら》、師明《もろあきら》——

——やはり来てるな。

遠くから、それらしい人影がたしかめられる。

能信は、この日、賀茂の社頭で舞人《まいびと》をつとめることになっている。四位の舞人に選ばれた彼は十九歳。兄の頼宗《よりむね》と並ぶ舞の名手である。数年前も、じつは舞人に選ばれたのだが、不覚にも辞退を余儀なくされた。馬に踏まれて足を怪我し、動けなくなってしまったのだ。

こんなとき、王朝社会では同情より嘲笑が先に立つ。とりわけ元気がよすぎる能信が馬に踏まれたとあって、人々は手を拍《う》って喜んだらしいのだ。

——この不面目、取りかえしをつけねば。

逸《はや》りたつ能信だが、行列の歩みは遅く、なかなか父の桟敷にさえ近づけない。もっとも、心中、

——舞の技はやはり兄貴には及ばんな。

という思いがないでもない。二つ違いの兄の頼宗は天性の舞巧者で、九歳の折、一条帝の前で『納曽利《なそり》』を舞って並みいる人々を魅了した。この日、一条がわざわざ道長の土御門《つちみかど》邸に来臨したのは、生母東三条院詮子《ひがしさんじょういんせんし》（道長の姉）の四十の賀に列席するため

だった。

その日の見ものは、頼宗と、腹ちがいの兄頼通《よりみち》の童舞《わらわまい》。二人ともまだ童形《どうぎょう》で、頼宗はいわ君、一つ上の頼通はたづ君と呼ばれ、彼らがあどけない姿で、難曲を舞うのが前から評判になっていた。

たづはまず名曲『蘭陵王《らんりょうおう》』をかなりうまく舞った。が、いわの『納曽利』は、はるかにそれを上廻るみごとさだった。まるで神の使の童《わらべ》が、にわかに地上に降り立って、宙を自由に遊ぶ、といった趣だった。

――が、あまりうまく舞いすぎるのも……

能信はその直後のとんでもない事件を、子供心にもよく憶えている。このとき、一条は感銘のあまり、いわの舞の師、多吉茂《おおのよししげ》に叙爵《じょしゃく》の栄誉を与えた。叙爵というのは従五位下に叙せられることで、吉茂にとっては破格の恩賞である。これで祝賀の宴はいよいよ盛りあがるかにみえたが、突如空気が変った。あるじの道長が唐突に席を起《た》ってしまったのだ。

一座はしいんとなった。

このいきさつを、七歳の能信は、父の後にちんまり坐って見ている。父の後にはたづの生母倫子《りんし》がいて、扇で顔を隠しながらしきりになにか言っていた。言葉は聞きとれなかったが、

「たづへの御褒美はないんですか」

と、道長を責めたてているらしいことはすぐわかった。

「あれじゃ、たづの師がかわいそうじゃありませんか」

「たづも私も、面目丸つぶれですわ」

能信の席からその顔は見えなかったが、さぞかし眼がつりあがっていたことだろう。父はなにか言ってなだめている。じつは前日、内裏にいる一条の前で本番そのものの試《し》楽《がく》（予行演習）をやっており、たづに対して、一条は自らの衣《きぬ》を脱いで与えている。だからもう、褒賞はすんでいるのだ、と夫が言っても、倫子はいっこうに聞こうとしない。腹を立てた道長は、とうとう席を蹴って退席してしまったのだ。一座はしらけわたった、そのとき、引込む折を失って、わけもわからず、ぽかんと立ちつくしていた兄の顔を、能信はいやに鮮明に憶えている。

道長の第一夫人である倫子を、能信たちは鷹司《たかつかさ》どのとか鷹司のばば君と呼んでいる。彼女の邸宅がそこにあったからだ。頼宗、能信たちの母は源《みなもとのめいし》明子、高松邸に住んでいたから高松どのと呼ばれ、当然息子たちも成人するまでは彼女の許《もと》にいた。だから能信は、日頃は倫子との行き来がない。

——聞きしにまさる気の強いおばばさまだったよなあ。父君をてこずらせたんだから。

子供のこととなると眼の色を変えるという評判の倫子だった。その実態を、能信は幼い日に眼裏《まなうら》に焼きつけたのである。

あの日、たしかに舞は兄の頼宗のほうがすぐれていた。しかし兄貴の優位はそれまでだった、と能信は思う。あきらかに舞では後れをとった異母兄の頼通は、いまや正二位権中納言《ごんちゅうなごん》、廟議に列する閣僚クラスにのしあがっている。頼宗は正三位は与えられているが、まだ廟堂に列する資格はない。しかも頼通の弟の教通《のりみち》も頼宗と同じく正三位。

——俺は教通より一つ年上だが、まだ従四位下でうろうろしている。

ここにきて、同じ道長の息子とはいえ、鷹司系は、ぐっと高松系を引きはなしてしまったのだ。年長の高官にまじって、いま鷹司系の人々は王朝社会の注目をあつめている。

権中納言　正二位　藤原頼通　二十二歳
左近衛権中将《さこんえのごんのちゅうじょう》　正三位　〃教通　十八歳
皇太后宮（故一条帝きさき）　長女彰子《しょうし》　二十六歳
中宮（三条帝きさき）　次女妍子《けんし》　二十歳
尚侍《ないしのかみ》　三女威子《いし》　十五歳

というきらびやかさなのだ。尚侍は宮中の女官のトップだが、これはもちろん肩書にすぎず、いずれ次の世代のきさき候補だ。

高松系はこのきらびやかさの前で沈黙を強いられている。

——血すじからいえば、わが母君のほうが一段いいのに……

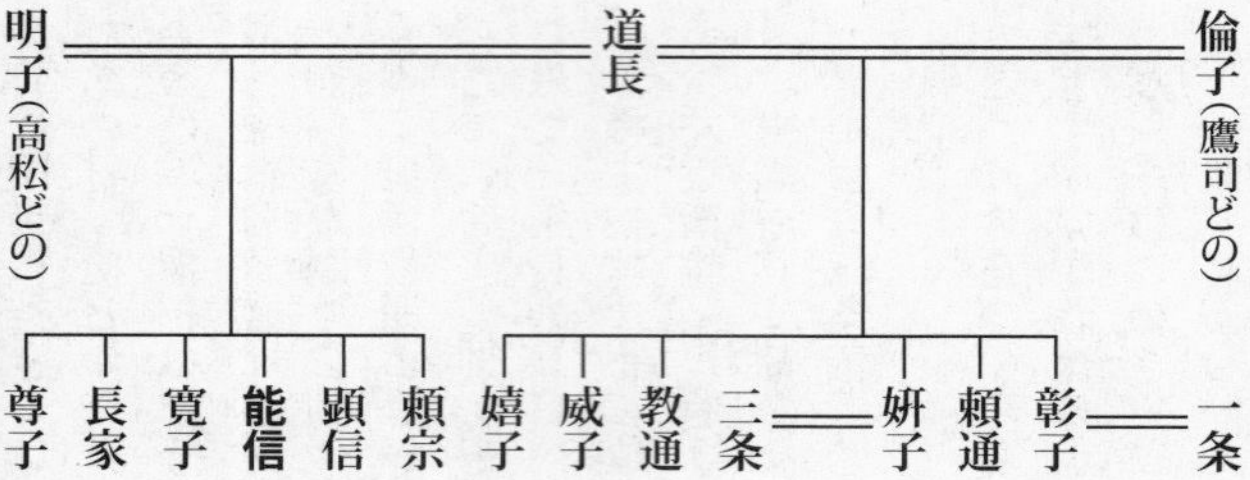

能信の胸には鬱屈がある。倫子は宇多源氏だが、

宇多天皇—敦実《あつみ》親王—雅信《まさのぶ》—倫子。

これに比べて、能信たちの母、明子は、

醍醐天皇—高明《たかあきら》—明子。

途中で高明が藤原氏の策謀にはまって失脚したとはいえ、明子はれっきとした天皇の孫娘なのだ。

それに美貌でもある。父がしんそこ愛しているのは母君だ、と能信は信じている。倫子はしっかり者で父のよい輔佐役だが、母君は少女のまま大人になってしまったようなあどけなさがあって、父は面倒をみてやらずにはいられないらしいのだ。

が、そのかわり、世間のことにはうとい。倫子のような現実的な気配りには乏しい。

——俺はあのとき、鷹司どのの押しの強さをかいま見たわけだが……。

折にふれ、ふと思いだすのは、女院詮子の賀宴のときのことだ。あの押しで息子や娘を王朝社会に要領よく押しだして

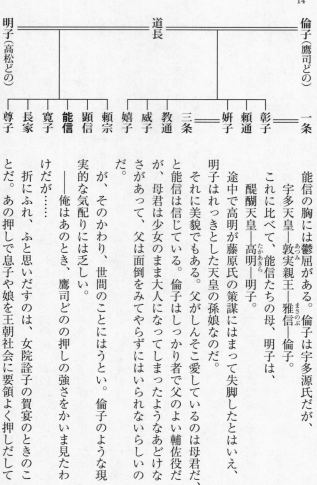

ゆく倫子。

――とうてい母君には真似はできぬ。

とは思うが、なお諦めきれない思いがある。十九歳で従四位下といえば、世の人の眼から見れば異例の出世かもしれないが、彼の心中は複雑なのだ。

能信はやっと道長の前にさしかかった。つつましく一礼するが、視線はさらりと父を離れて、傍らへと流れてゆく。

――敦明、敦儀、敦平、師明。

遠くで見た眼に誤りはなかった。いずれも三条帝の皇子だが、もちろん二十歳の中宮妍子所生ではない。別系藤原氏の出の娍子《せいし》を母とし、長子敦明は能信より一つ年上だ。

道長はその敦明ににこやかに語りかけながら、幼い師明の髪を撫でんばかりにしている。

――おやりになるなあ、父君も。

道長も、能信にほとんど気づかないふりをしている。

――まあ、これでいい。

さりげなく空をふり仰ぐ。

――保《も》つかな、賀茂の社まで。

行列が歩みはじめる前ひと雨あって、いまはおさまっているものの、雲の相《すがた》は嶮《けわ》しい。

地上のきらびやかさ、和やかさを嘲笑《あざわら》うように、渦巻き、走り、流れ、激しく濃淡を変えつつ、空を乱舞している。墨絵の竜が体をくねらせて、華麗な行列につかみかかろうとしているようでもあるが、能信のほかは、誰もそのことには気づいていないようだった。

二

四皇子が父の桟敷に顔を並べたのは、ともかく成功だった——と能信は思っている。三条の許に娘の妍子を送りこんでいるものの、道長の気になるのは、東宮《とうぐう》時代から二十年余りその傍らに侍《はべ》っている娍子の存在だ。じじつ、この娍子の処遇について、道長と三条は、去年激しく火花を散らしあったものだ。

娍子よりはるかにおくれて東宮入りした妍子ではあったが、政界第一人者、道長の娘であってみれば即位後、中宮に冊立《さくりつ》されたのは、しぜんのなりゆきである。三条もあえて拒みはしなかったが、そのかわりに、

「娍子も皇后に」

と強引に要求した。道長はしきりに、娍子の父、藤原済時《なりとき》のことを持ちだし、

「かの卿は大納言で世を去られました。納言の娘が皇后宮になられた例がありませんので」

と抵抗したが、三条もさるもの、

「では故済時に、大臣を追贈しよう」

と反撃に出て、ついに娍子を皇后にしてしまった。道長としては三条にしてやられた感じである。能信は、姸子が中宮になったとき、中宮権亮《ちゅうぐうのごんのすけ》に任じられていたので、そのいきさつはじっくりこの眼で見ている。権亮は准次官という役どころだが、大夫《だいぶ》（長官）や権大夫《ごんのだいぶ》（准長官）はほとんど名前を並べるだけなので、姸子の身辺にかしずき、微細な用事までこなすのは彼の役目だった。

能信の足は以来軽快に姸子の身辺を走り廻り、その眼はよく動いた。三条と道長の仲は決してほぐれていないし、姸子と娍子の間はいよいよ微妙だ。中宮付きの能信としては、娍子側の動きには注意を怠れない。その能信の耳に小さな噂が飛びこんできた。

「今度の賀茂祭を皇子たちに見せてやりたいと、皇后宮は右大臣顕光《あきみつ》に頼みこんでいるらしい」

というのである。右大臣顕光はすでに七十歳、老耄《ろうもう》の兆しがある。政治的には無能に近いが、本人はいっぱし道長に対抗しているつもりでいる。道長にこだわりを持つ娍子が、皇子たちに顕光の桟敷で行列を見せようとするのは十分あり得ることだった。噂を聞きつけると、能信は急いで道長の許に走った。

「ふうむ」

父の頰には、あきらかに不快の色があった。が、それは一瞬のことだった。父はぱっと想念を払いのけるように頰を撫でると、

「じゃあ、こちらへお招きするのだな」

「は？」

一瞬とまどった能信に、

「皇子《みこ》たちをだ。こちらの桟敷へ」

知れたことだ、というふうに道長は言ってのけた。

「はっ」

平伏する能信の頭上を、

「急げ」

父の短い言葉が走りぬけた。

——うむ、さすがだ。

父の懐《ふところ》の深さを、まざまざと見せつけられた思いだった。不快きわまる存在である娍子たち。娘の妍子の恐るべきライバルであるこの一家を、父はわざと自分の桟敷に迎えいれようというのである。

父の前を退《さが》りながら、能信は、

——右府に気づかれぬように、とも言われなかったな。

思わずにやりとする。父は右大臣顕光をものの数とも思っていないのだ。それでいて、この無能な老人を父はうまく利用している。中宮権亮となって宮廷に密着するようになって能信が知ったのはこのことだった。あの無能さでは、誰も顕光を左大臣に担ぎあげようとする者はいない。しかし、彼が頑張っている以上、右大臣の座を奪って左大臣に肉薄することは誰もできないのだ。

——つまり、父君は、右府の無能を楯に、権勢を固めておられるというわけだ。

そして今度も、顕光がもたもたしているうちに、ことはすみやかに運んで、四皇子は道長の桟敷に迎えいれられてしまった。しかしいま、桟敷の道長は、過ぎてゆく能信に目配せひとつしようとしない。

——ま、それでいいのさ。

能信は心中でうなずく。中宮権亮の彼が、着々腕をあげていることを、父は多分認めてくれたろうから。

それよりも、能信が思い浮かべるのは娍子の四人の皇子の顔だ。あどけないだけの師明の傍らにいた敦平は、はっとするほどの美少年だった。そのすぐ上の敦儀は、おとなしいだけ、美しく着飾っているから皇子に見えるものの、行列を見ようとたち騒いでいた雑人の子だったら、ごく平凡な少年にしか見えないだろう。

が、長子の敦明は押しだしもいいし、ゆったり構えている態度もなかなかのものだ。

すでに彼には妻がいる。例の右大臣顕光の娘の延子《えんし》。娍子が顕光の桟敷で賀茂祭を見せようとしたのもそのためなのだが、その義理を欠いてまで、

「では、左府の桟敷に」

と乗りこんできたあたりはみごとだし、道長に微笑を返して、悪びれた様子はまったくない。

いつだったか能信は、父が彼ら四人の皇子を評した言葉を聞いたことがある。

「まあ、あの家の血筋を享《う》けたにしては、どこといって見劣りするところもなくて、まずはめでたい」

褒めているのではない、酷評である。同じ藤原氏でも、道長と家筋の違う娍子の家系からは、それ以前にも入内《じゅだい》して皇子を産んだきさきがいたが、その皇子が知能程度が足りないというので、人々のもの笑いの種になったことがあった。

——そういうこともないのはけっこう。

とは、痛烈な皮肉ではないか。しかし、敦明の物おじしない様子を見ると、ひとからげにしてそんなことはいえないような気もする。

能信には、敦明の心の底が見える。

——父三条帝の次の次は自分の時代。

そんな自負が感じられるのだ。現帝三条の後は、先に亡くなった一条帝の皇子で、道

長の娘、彰子所生の敦成《あつひら》がすでに皇太子にきまっている。が、その後は、順調にいけば三条の皇子ということになるから、敦明がその至近距離にいることはたしかなのだ。そのあたりを見越して、

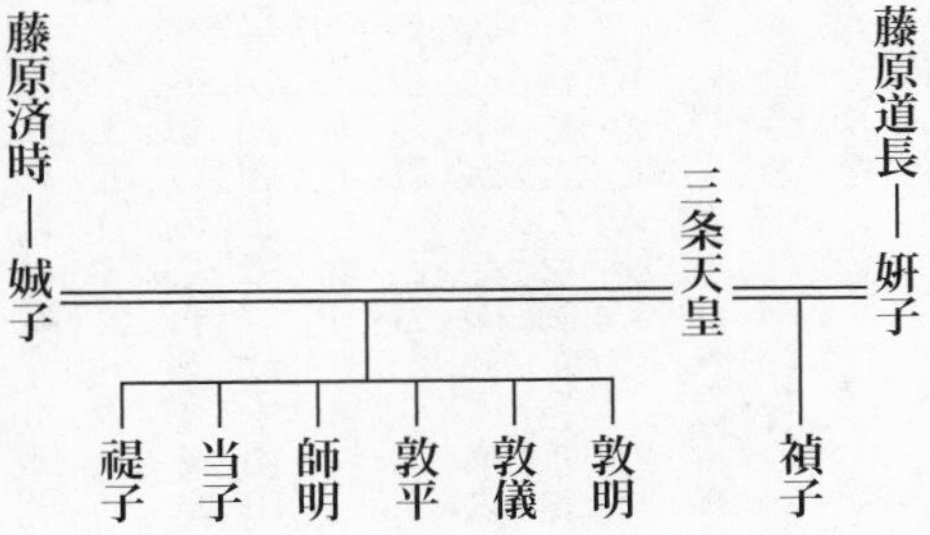

――ここは道長の顔を立てるが策。

と考えて微笑を送っているとすれば、彼もまた、かなりしたたかな男だということもできるだろう。

が、彼の前にも、いま大きな障碍《しょうがい》が現われようとしている。おくれて三条に入内した中宮妍子が懐妊したのだ。すでに土御門の里邸（上東門《じょうとうもん》邸）に下っている彼女の産み月は二、三か月後。

――もし妍子が男児を産んだら？

相続は年の順、というふうにきまっていないそのころ、敦明の皇太子候補の座は、大きく揺がざるを得ない。彼は厄介な競争相手を抱えこむことになるだろうし、一方の道長も、彼の扱いに手を焼くに違いない。お互い腹の底をあかせば叩き殺してしまいたいような相手なのに、それでも笑みを浮かべて並んでいなければならない。それが王朝の

構図なのだ。敵意も暗闘も華麗な衣裳に包んで、祭の絵巻はくりひろげられつつある。

——こりゃ行列以上の見ものだな。

能信は内心首をすくめている。しかもこの闘いに暗殺はタブーなのだ。奈良朝以来、平安初期まで、政争に暗殺、毒殺、武力対決はつきものだったが、嵯峨天皇のときに、徹底した平和主義が確立され、血を見る闘いは姿を消した。たてまえとしては死刑も停止《ちようじ》され、ともかく二百年間このルールは守られてきている。平和になった、といえばいえるが、その分、権謀の戦いは複雑、巧妙になった。道長と三条・敦明との間に、これからどんな渦が巻きおこるのか。

もっとも能信も、ただおもしろがって見ているわけにはいかない。彼は中宮権亮、妍子に男児が生れれば、当然敦明との対決の尖兵にならなければなるまい。

いつのまにか賀茂の杜《もり》の杜が見えてきた。雲はいよいよ暗さを増し、心なしか雨を含んできたようだ。

三

祭の数日後の夜、彼は兄頼宗の曹司にいた。このところ、頼宗は新しい恋人の許に入りびたりだったのだが、五月雨《さみだれ》の雨脚に出そびれたのか、珍しく高松邸で寝そべっている。

「賀茂の社では、うまく舞ったそうじゃないか」

「いや、それほどでも」

舞が自慢の兄の前では、言葉はつつしまなければならない。

「兄君、今夜はお出かけにならないので？」

巧みに話題を変えた。

「よほどお美しい方らしいですな。色好みの三位中将《さんみのちゅうじょう》どのも、ほかへの夜歩きがぴたりととまった、って評判ですよ」

眩《まぶ》しそうな眼付で頼宗が笑ったのは近視のせいだ。

「美しいというより哀れなんだなあ」

「ほう」

「なんというか、側にいてやらなくてはいられないって感じなのさ」

新しい恋人は、父道長と権力の座を争って失脚した藤原伊周《これちか》（道長の兄の道隆の子）の娘である。失意の中で死を迎えた伊周は、

「世が世なら、そなたを后《きさき》がね、と思っていたのに」

と娘の手をとって泣いたという。夫に先立たれた娘の母も、しきりに頼宗を頼りにしているらしい。

「しっかりした後見《うしろみ》がないっていうのは哀れなものさ」

頼宗はしみじみと言う。父の道長も、この結びつきに暗黙の了解を与えている。かつての政敵の娘というものの、父親が世を去ってしまえば、むしろわが翼の下に招きいれたほうが無難だからだ。度量の広さというより、心して敵を作るまいとする父一流の処世術の表われでもある。

「なにしろ育ちがいいからな。はじめはぎごちなくてな。でもこのごろは、味が濃くなってきて……」

——なんのことはない、のろけを聞かされているってわけか。

と思ったとき、ひょいと頼宗が尋ねた。

「おい、そっちはどうだ」

「私ですか、まあ、二、三人つきあっているのはいますが、どうってことも……」

頼宗はにやりとした。

「そんなことを俺は聞いてやしないよ」

「え？」

「中宮のことさ」

「なあんだ」

「お体の様子はどうか」

「はあ、まずまず御順調で」

「そりゃけっこうだ。権亮も忙しかろう」

労《いたわ》っているのではなかった。

——御苦労さまだな。

兄の眼には、からかうような笑みがある。高松系の男が、鷹司系の女性を輔《たす》けるかたちになることに、頼宗は、最初からあるこだわりを持っているのだ。

——でも、諂《へつら》ってるわけじゃありませんよ。

能信も眼で答える。

——父上の仰せだし、やってみりゃあおもしろい仕事ですよ。いや、兄君だってやればそうお思いになるはずです。でも父君が兄君を名指されなかったのは……

もうその先は、眼で語ることもできない。それにはわけがある。いや、兄の能力についてでないことはたしかなのだが……

頼宗の近視はかなりのものなのだ。そのくせ、せっかちなところがあって、よくものに躓《つまず》いて失笑を買う。当時の公卿《くぎよう》は出仕にあたって笏《しやく》を持つが、これは一種の威儀をととのえるための小道具であるとともに、裏側に紙を貼りつけて儀式の折の要点などを書きこみ、備忘のメモ代りに使った。といっても、さりげなく覗いてすませるのに、近視の頼宗は、笏を鼻の先に近づけて舐《な》めるようにこれを読むので、これがまたもの笑いの種になる。王朝社会はこんなとき、ひどく残酷で、他人の障碍に同情するよりも、まず嘲笑の的にする。が、弟として、兄に向って、さすがに、

——だから、あなたは向いていないと……

とは言えないではないか。頼宗も周囲の嘲笑に気づいていないわけではない。鬱屈した彼は、嘲笑に反撃する機会を狙っている。従者に腕っぷしの強いのを揃えているのはそのためだ。都大路で車がすれ違ったりするとき、従者たちは、それがちょっとでも主人を嘲笑した者の車だと知ると、すぐさま言いがかりをつけ、暴力沙汰に及んだりするのだが、頼宗自身、それで溜飲をさげているらしい。

能信にもその鬱屈がわからないわけではないし、彼自身も腕力の強そうな従者を揃えている。とりわけ従者たちの狙うのは、鷹司邸に出入りして媚び諂う連中で、いつかも石清《いわし》水詣《みずもう》での折に大乱闘事件をひき起した。能信自身がけしかけたわけではないのだが、腕に覚えのある彼らは相手の従者を蹴ちらし、車の簾を破り棄て、中の人間をひきずりおろしたりして大暴れを働いた。中には車から飛びおりて逃げだす連中もあって、大混乱に陥ったものだ。

それでも事件は不問に付された。一方が能信のように道長の息子であったりすると、単なる従者の乱闘として片づけられ、やられたほうも正式に抗議を申しいれるようなことはしない。平穏、優雅に見える王朝も、ひと皮剝けば暴力のまかり通る無法地帯で、

頼宗も能信も平気でそれを利用していたといえる。その暴力行為もそれなりの効用があり、

「頼宗の殿上での作法は噴飯ものだが、皆が、それでも、なるべく眼を逸《そ》らしているのは、街頭で暴力沙汰をうけるのが恐ろしいからだ」

という噂も聞かれるくらいだ。

が、腹いせはしょせん腹いせである。頼宗の胸の中が、それだけで霽《は》れるというものではない。中宮権亮として軽快に走りはじめている能信に、ちらりと皮肉めいたもの言いをするのは、そのためなのだ。

——世の中の幸運を独占している鷹司の連中に尻尾《しっぽ》を振るというのかい。

頼宗はいつもそう言いたげな眼をしている。

——いえ、別に。父君がやれとおっしゃるから、やっているまでのことですよ。

能信はまたさりげなく、眼だけで答える。

が、口に出してお互いにそんなことを言いはしない。里下りした妍子の日常のこと、上東門邸での出産の準備……。そして言外に頼宗は問いかけてくる。

——つまり、そなたは、妍子どのの走り使いをしてるってわけかね。

——まあ、そういうことになりますが。

——そんなことをして、どうするのか。

——え？

頼宗の眼は皮肉ともからかいともつかぬ笑みを浮かべて、しつこく問いかける。

——いったい、何を望んでるんだ。

——は？

——何を望んで動き廻ってるんだ。

これにはうかつには答えられない。能信は静かに視線を逸らす。

誰にも言えないことだが、もともと中宮権亮になるについて、能信にはある決意があった。というのはその直前に思いがけない事件を体験したからである。

その前の年の正月半ば、一つ違いの兄の顕信《あきのぶ》が、誰にも知らさずに叡山に登り、出家してしまったのだ。同じ邸の中にいながら、能信は兄からひと言もその決意を洩らされていなかったし、もちろん、その気配さえ感じてはいなかった。生れつき口数も少なく、動作も優雅で、一番母親似の兄であった。

叡山の僧侶から知らせをうけた父は飛びあがらんばかりに驚愕した。

「なんと、顕信が、法師になると？」

母はただ衣《きぬ》の中に埋《うず》もれて泣くばかりだった。

「わからん、わからん」

父は頭を抱えて呟《つぶや》き続けている。何が不満なのか。世をはかなむ理由が彼にはあったのか。息子の心を摑みきれていなかったことに父は苛立った。翌朝、異母兄の頼通とともに叡山に駆けつけた能信の前で、兄はいつもと変らないもの静かな表情で言った。

「いや、前から仏の道に進みたいと思っていたのでね」

声音《こわね》もそれまでとまったく変りがなかった。そして、頼通や能信が、

「なにか不満があったのか？　例えば官位のことなどで意に添わないことでも」

「それとも、どこかの姫君となにかおありだったのですか」

口々に尋ねても、

「いや、そのようなことは」

微笑を浮かべてそう言うだけだった。心やさしくもの静かとしか見えなかった兄が、自身の心をあかさない、思いのほかに勁《つよ》い性格の持主であることを、能信ははじめて知ったのだった。頼通は、官位に不満があるなら父に取りつぐから、と極力出家を思いとどまらせようとしたが、

「御心配なく。父君には、ただ出家をお許しいただきたい、とだけお伝えください」

それだけ言って沈黙を続けた。父の許に戻って、頼通とともに報告すると、

「そうか。前世の宿命《さだめ》というよりほかはあるまいな」

それなり父も沈黙したが、一日のうちに、その頰はげっそりと窶《やつ》れていた。

父が並々ならぬ衝撃をうけた真の理由を能信は知っている。その一月《ひと》ほど前に、三条は、

「顕信を蔵人頭《くろうどのとう》に」

という内意を道長にしめした。天皇の身辺に近侍し、政治の機密について廟堂との連絡にあたる激務で、これをこなすことが高級官僚への道を開く手がかりになる。このとき、道長は、

「ありがたいお言葉ではありますが、彼はその器量ではありませんので」

と固辞してしまった。が、それは表向きの理由で、これにはさまざまの政情がからんでいる。人事全般を眺めて気配りするたちの道長が、すでに他の候補を考えていたこともあったが、さらに大きな理由に、三条との微妙な対立があった。三条は道長の息子を身辺に置いて手なずける魂胆である。息子の口から言わせれば、道長も了承せざるを得ないということになるかもしれない……

そういう魂胆が見えすいているからこそ、道長は顕信の頭就任を拒んだのだ。それにとかく摩擦の起りがちな三条との間を思えば、若い顕信に手に余る苦労はさせたくないという親心もあった。もちろん、こうした理由は顕信に話はしてある。顕信も、わかりました、と納得したようだったが、

——心の底からはわかっていなかったのだな。

という思いに道長は苦しめられたようだ。しかも、とかく出世のおくれがちな高松系の顕信には、さらに深い屈折があったのではないか……

能信の中宮権亮任命はその一月《ひと》足らず後のことだった。

「中宮もこれから御苦労も多かろう。一族みんなでお支えしなければな」

と言った父の言葉に含まれるものを、能信はただちに感じとった。

――顕信兄のことが、心の重荷になっていらっしゃる。決してそなたたちのことを忘れているわけではないぞ、とおっしゃりたいのだろう。

その誘いに、能信は喰いついたかたちになる。しかし、撒かれた餌に飛びついた、というのでは決してない。

――頼宗兄はこういうことには向いていない。しかも、顕信兄は人生を降りてしまった。弟はまだ幼いし、いま動けるのは俺だけじゃないか。

高松系を背負って運を切り開いてやるぞ、という、ひそかな意気込みが、十八歳の彼にはあったのだ。廟堂の中枢に遠く、鷹司一族の下風に甘んじている現在だが、ここで突破口が開けるかもしれないのである。たしかに中宮権亮の職務は彼に向いていた。忙しいが、思いがけない政界の機微に触れるおもしろさもあるし、一年間で、後宮の裏表もすっかり呑みこんだ。

――ほう、そして、どうしようというんだ。

その間、頼宗は、時折そんな眼付で能信に問いかけてきた。

——何を望んでいるのかね。鷹司一族に融けこもうというのかね。

その問いかけに、能信は気づかぬふりをしている。

——融けこむ？　兄上はそうごらんになるというのですか。なにをいまさら……。そりゃ、そのほうが出世は早いかもしれませんがね……

と言いたいところである。中宮の身辺に出入りすれば、しぜん異母兄弟の頼通や教通に顔をあわせることも多くなっているのだが、そうなってみて、むしろ、あの一族に融けこむなどはごめんだ、という思いが強くなっている。

彼らは自分たちの幸運に気づかない。父のおかげで異例の出世をとげていることを、むしろ当然のことと受けとめ、自分の能力をかえりみて畏《おそ》れるところがないのだ。

たしかに彼らは優雅だし、行儀作法もよく心得ているし、ひととおりの仕事はこなせる。しかし、彼らの出世を屈折した思いでみつめている人々には気づかない。

たとえば頼宗、能信。かつて道長に敗れた伊周の弟、隆家《たかいえ》。別系の藤原氏の名流を継ぐ年長者。家柄はそれに及ばずとも、官僚として有能な連中……。彼らの思いはさまざまで、時には阿諛《あゆ》し、時には言外に皮肉を含ませているのに、彼らにはその区別がつかないらしい。

中宮妍子にしてもそうだ。最高権力を握る人物の娘に生れたために、いまや帝《みかど》のきさき。女の幸いをきわめつくした地位を与えられているが、その稀有の幸運がわかっているのか。同じ年に生れた異母兄弟の顕信が出家したことをどう感じているのか。顕信のことなど、彼女の意識の片隅を過ぎていったにすぎないらしい。

——幸せというものは人間を鈍感にするものらしいな。

しかし、そう思いながらも、いよいよ妍子のためにかいがいしく奉仕する能信なのである。それだけに、内心、

——何を望んでいるのだ。

と開きなおって自分自身に問いかけてみると、うまく答えられない。兄の視線に気づかないふりをしていたのは、そのせいもあるかもしれない。

が、賀茂祭のあの日、父の桟敷を見たときから、手さぐりで何かを探りあてたような気もしている。父は最も鬱陶しい存在である敦明たちを、にこにこしながらもてなしている。敦明もまた、決して気を許せない道長の招きに応じ、そのもてなしに満足しているように振舞っていたではないか。

——いま俺が権亮として、中宮の身辺を飛び廻っているのも、つまりはそういうことさ。

人間はしたいことだけをすればいいというものではないらしい。いや、ときにはまったく自分の思いとは正反対の方向に走ってみせることも必要なのだ。げんに父の道長が

そうだし、敦明もそうだ。そして自分も――。しかも父と敦明のこの微妙な構図の下ごしらえをしたのが自分であってみれば……。大きすぎて近寄りがたかった父の寸法がぐっと縮まって、ひどく身近なもののような気がしはじめている。

――何を望むかって？　兄君、それはですね。

兄貴の眼にまともに答えるときがやってきた、と思ったそのとき、頼宗は、眩しそうな眼付で顔を近づけ、

「いや、今夜はちょっと別の話があるんだ」

声を低めて語りかけた。からかいの色はその眼からは消えていた。

四

「忠輔《ただすけ》卿は、いよいよ今度はいけないらしいな」

頼宗の口にしたのは思いがけないことだった。権中納言藤原忠輔が老病の床にあることは能信も知らないわけではない。右大臣顕光と並んで今年七十歳、廟堂の最長老である忠輔は数年前も重病を患って、もう駄目かと囁かれたのに、命強く生き長らえて周囲をがっかりさせた。それどころかそのころまだ参議だった忠輔は、その後権中納言にまで這い上ってしまったのである。

道長たちとは別系の藤原氏だが、祖父の在衡《ありひら》は左大臣をつとめているから家柄は悪くはない。しかし王朝社会は非情なもので、祖父が世を去れば七光はたちまち色を失う。忠輔も、だから文章得業生《もんじょうとくごうしょう》という学者コースから官僚入りして事務畑をこつこつとつとめ、五十を過ぎて参議入りした。以来可もなく不可もなく、廟堂にあること二十年弱、つまり能信が生れた頃から、実直にその座に坐りつづけてきたのだった。その忠輔の死期が近いということは、権中納言のポストが一つ空くことである。

——だから……

頼宗の言いたいことは能信にはもうわかっている。位は正三位ながら、まだ閣僚クラスのポストを与えられていない頼宗は、このチャンスを逃したくないのだ。従来のしきたりでは閣僚級の末席は参議（八名ときまっている）、そこから中納言に進むのだが、じかにこの時代になると、道長の子弟のような最高級の貴族の子弟は、参議を経ないで、じかに権中納言に任じられる。げんに異母兄頼通は、四年も前に、十八歳で権中納言の座についている。

——俺は足踏みさせられている。なあ、能信。

兄の頬にあるかすかな微笑は、同意を求めるだけのものでないことも、能信には察しがつく。

——わかりました。だから、何を望むんだ、なんて野暮なことは今夜は聞かないっていうわけですね。

──まあ、そういうことになるな。

たしかに、弟をからかっている場合ではない。忠輔の命が長くないとわかれば、今から手を打つ必要がある。

──こんなとき、そなたが中宮権亮になっていると、ほんとうに頼りになるよ。

そう言いたげな兄の顔を見て、

──手前勝手だぞ、兄貴。

とは思うものの、それを憎む気にもなれない。高松一門としては、まず頼宗に廟堂入りしてもらわなければならないのだから。こうした最高の人事の決定には、その前にもちろん下工作がある。要は左大臣の胸の内を探りながら、どういう流れの中でうまく立廻るかで、それまでに直接間接の働きかけが活潑に行われる。こうして絞られた人事を天皇が裁可するわけだが、そこでもさまざまの駆引があるので、天皇のきさきからの線がなかなかものを言う。しかも、先帝一条の中宮は彰子、三条の中宮は妍子、いずれも道長の娘だから、ここに密着することはかなり効果的である。このころのきさきは決して単なる飾りものではないし、じじつ一条のきさき彰子は、一条と道長の間に立って調整役をつとめ、同時に自分の意向も巧みにすべりこませていた。

今の中宮妍子に、どれほどの力量が期待できるかわからないが、しかし、ここでむざむざ引込んでいるという手はないだろう。

——やってみますかな、兄君。

能信の頬の動きを読んだのか、頼宗はにやりとした。

「俺もいつまでも色好みの三位中将でもあるまいよ」

中将でありながら三位に昇進しているというのは、限られた上流貴族の子弟のみに与えられる特権である。とりわけ中将は武官——といってもこのころでは儀仗の役をつとめるだけだが——、装いも華やかで宮廷の女房たちの憧れの的だ。しかし、いくらちやほやされたところで、政治の中枢にはほど遠いポストであってみれば、頼宗としては、もういい加減に切りあげたいのである。

「じゃ、中宮のお耳に入れておきます。兄君は父君にお願いしてみることですね」

「わかった」

こんなとき、中宮権亮は便利な存在だ。一日じゅうその身辺に密着し、雑務をとりしきるから、そっと内意を伝える機会はいくらでもある。とりわけ妍子が懐妊して里下りをしている現在、日に二、三回は内裏の三条帝から見舞の使がくる。使に応対したり、三条の文《ふみ》を伝えたり、妍子の返事を渡したり、使への心付けに気を配ったり……。ちょっと大げさにいえば坐るひまもない忙しさだ。

「本当に御苦労さまですこと」

妍子も心から能信の献身に感謝している様子だ。こんなとき能信は御簾《みす》の傍らににじりよって、囁《ささや》くように言う。

「どういたしまして。お役に立つことが嬉しいのでございますから」

「父君にも、そなたの働きはよく伝えます」

「ありがたいことで。しかし、私はこのまま権亮としてお側にいられるだけで十分です。そのかわり、もし、中宮さま、折がございましたら……」

能信はかなりうまく機会を捉えたといえる。中宮の側にはほとんど誰もおらず、中宮は身動きもせず能信の言葉を聞いていた。御簾越しでは長い睫《まつげ》の翳《かげ》まではわからなかったが、下り眼の大きな瞳がじっと能信をみつめていることだけは感じられた。ふくよかな面立ちには、懐妊の窶れも見えず、

——姉君の彰子皇太后より美人だな。

能信はひそかにうなずきながら、

「中宮さまから、帝にも左府（父の道長）にもお口添えをよろしく」

と言うと、

「はい」

小さな返事が返ってきた。高松邸に戻った能信は、すぐさま頼宗にそのことを伝えた。

「かなりうまくいきそうですよ、兄君」

中宮権亮としての自分の腕前を誇りたい思いもあった。

「ところで、父君のほうはどうです」

「うむ、うまくここへお越しになればお話もしやすいんだが」

多忙にかこつけて、道長の足は遠のいている。明子の許へ泊って、明子自身からも頼んでもらえればいいのだが、その望みは薄いようだ。

「でも、内裏でちょっとお目にかかれたのでな。短い間だが、お話だけはしてみたよ」

「それで？」

「ふむ、ふむ、そなたのことも、もちろん考えているんだが、っておっしゃった」

「そりゃあうまい」

目標の壁はどうやら破れそうだ。

「じゃ、後は忠輔卿の千秋万歳を待つばかりですね」

能信は、にんまり笑みを浮かべた。


六月四日、忠輔の千秋万歳のときがきた。

が、その二十日ほど後に行われた人事異動では、頼宗に昇進の機会は与えられなかった。権中納言に任じられたのは、参議首席の座にあった藤原懐平《かねひら》。それだけではない。異例の大納言の増員が行われて、鷹司系の長子、権中納言頼通がその座に着き、頼通の代りにその弟の教通が権中納言になってしまったのだ。

今度も昇進の栄誉は鷹司系が独占し、高松系は完全に置きざりにされた。

——これはいったいどういうこと。

能信は呆然として息を吞む。頼宗の落胆ぶりはより無残である。彼は三つも年下の異母弟教通にさえ後れをとったのだ。が、やがてその間の事情が能信の耳にも入ってきた。

懐平を権中納言に、という意向は三条から持ちだされたのだという。

「懐平は参議の座にあること十余年。いまは首席でもある。彼の昇進が順当であろう」

正論である。これに加えて、

「彼はわが東宮時代、権大夫、続いて大夫として献身してくれた、その労に報いてやりたい」

情にからんで、道長の同意を求めた。が、道長には懐平の昇進を認めがたい思いがある。

——あいつは毒にも薬にもならないが、後に嫌な奴がいる。

嫌な奴とは懐平の実弟、大納言実資《さねすけ》だ。弟でありながら兄を越えて昇進しているのは、彼が祖父の関白太政大臣《だいじょうだいじん》、故実頼《さねより》の養子になっているからだ。彼らは道長とは別系で、実頼在世時代はそれこそ栄華を誇っていた。実資に、

——われこそは藤氏の嫡流。

といわぬばかりの自負があるのはそのためで、現在道長たちに権力を握られているのが不満でならず、事ごとに対抗意識を燃やしている。さきに三条のきさき娍子が妍子と並んで立后《りつごう》した折も、道長の不快を承知の上で、彼は儀式を取りしきった。そして今度の懐平の昇進も、裏で画策しているのが実資であることはあきらかだ。

——実資などには負けるものか。

そこで道長は対抗馬を用意した。それがなんと教通だったのだ。

——そうか、兄貴ではなくて教通か。

父は兄貴に口の先だけでいい顔をしてみせたのだ。父の読みの深さにその先があることを能信が気づくのはそれからまもなくのことだが、ともかく、除目《じもく》と呼ばれる官吏任命の会議まで、こうした押しつ押されつの駆引が続いた。道長は見えないライバル実資への敵意を燃やし、三条は即位後まだ二年という新帝の面目を賭けて……

そして除目の日、まず妥協の手をさしのべたのは三条からだった。

「教通を権中納言にしよう」

道長をほっとさせてから、すかさず、

「しかしなあ、懐平のことも哀れでなあ。なんとか権中納言にしてやりたいのだ」

「御意のほどは拝察いたしますが、しかし」

道長は首を傾げた。

「中納言は権中納言を含めて、このところ、ずっと六名でございます。懐平を加えますと七名。先例を破ることになりますが……」

「そういうこともあってもいいのじゃないか」

さらりと三条は言う。妍子の出産を控えて、あまり道長と対立したくない思いがあったのでこういうかたちで妥協したかったのだろう。

「左様でございますか」

「できれば認めてやってくれ。あれは春宮《とうぐう》の宮司《みやづかさ》として、よくつとめてくれたから報いてやりたいのよ」

「おやさしいお心で……。ま、ここで中納言を増やすことを世間がどう見るかはわかりませんが、とにかく仰せに否やを申すべきではございませんから」

異例を承知なら、とやや嫌味とも聞える念の押しかたをしてから、ひょいと道長は言った。

「で、大納言はどうなさいます？」

「え、大納言？」

またなんでそれを？　と言いたげな三条に、すかさず、道長は言った。

「権中納言頼通、先帝以来、力のかぎりつとめさせていただいております。この際帝の御恩恵によって昇進が叶いますものならば」

三条は眉を寄せた。

「その働きは認めるが、しかし大納言が四人を越えた例はない。それを増やすのはどうか」

「いや、大納言が増えても中納言が増えても、しょせん同じではございませんか。それに頼通が大納言に移りますれば、中納言は一応六人でおさまりますわけで」

「……」

「考えてみますれば、頼通も帝が東宮の砌《みぎり》、長年春宮権大夫をつとめてまいりましたわけで……」

懐平の労に報いるのに、頼通にその沙汰がないとは不公平ではないか。この日道長は三条の提案のすべてを逆手に取って、彼の言い分をみごとに通してしまったのであった。道長四十八歳、十八年の廟堂経験の前では、即位後二年の三十八歳の三条は手も足も出なかった。

——なるほどなあ。駆引はこうするものか。

能信は舌を巻く思いだ。この切所《せつしよ》にあたって、まず教通を前面に押しだし、そこに頼通を便乗させるという作戦であってみれば、はじめから、父の眼中には頼宗はなかったのではないか。

それでも能信は、未練がましく妍子に尋ねてみた。

「兄のことは、左府のお耳に入れてくださったのでございましょうね」

やや嫌味をこめた問いに気づかないのか、

「はい」

妍子はほのぼのと答えた。

「で、その折、左府は何と？」

身重の体をわずかに揺るがせたのか、御簾越しに衣《きぬ》ずれの音がした。やがて妍子はのどやかに答えた。

「そうか、わかった、と仰せられました。そして……」

「そして？」

「いま、中宮は身重の体。いろいろ心を煩わさずと、いい皇子《みこ》を産み奉ることだけを考えていればいいのだよ、と」

能信は絶句した。

あきらかな拒絶ではないか。それならなぜ、そのことを伝えてくれなかったのか。

——この人は何もわかっていない。

自分がどんなに煮えくりかえる思いでいるか気づきもせず、御簾の中の人は、もの静かな笑みをたたえているようなのだ。

完敗である。

頼宗も能信も沈黙するよりほかはない。しかし、権中納言に昇進した教通の職をひきついで、能信は中宮権亮を兼ねたまま、左近衛権中将に任じられた。

「そなたも近衛中将か。けっこうなことだな」

にやりとする頼宗の前で、能信は溜息まじりに呟く。

「ま、いまは仕方がありませんよ」

かといって、先に望みがないわけではない。妍子の出産日は近づいている。

五

緊張と期待と――

宮廷社会の眼は一つの生命の誕生に、吸いよせられているかに見える。その先には必ず至上の幸運が待ちうけているだろうという予測は、いまや確信に変りつつある。

至上の幸運とは？　いうまでもなく妍子が男児を産むことだ。三条と道長は喜びをわかちあい、とかくくりかえされた小摩擦は消滅するだろう。そう人々が信じた理由はいくつかある。

道長の強運。道長系の女子は男腹《おとこばら》だ。長女彰子が先帝一条との間に儲《もう》けたのは二人とも皇子だった。

三条も娍子との間に四皇子。皇女もいるが、皇子のほうが多い。

だから今度も皇子——という慶祝気分が先走りして、ちょっとのことは無理にもよき前兆にこじつけられた。たとえば少し前、御樋殿《おひどの》が、何の前触れもなしに倒壊した。帝の平生の居所の近くに設けられた手洗所とでもいうべき小殿舎である。殿舎の倒壊などは縁起でもないはずなのに、占わせた陰陽師《おんみょうじ》たちは、口を揃えて、

「いやいや、かえって吉兆でございます。帝の御身辺に御幸いがございましょう」

と、ごまをすった。

「そうか、そうか」

三条も上機嫌で、すでに新生児に与える剣まで用意しているという。これは男児誕生の折にだけ下賜されるものであるが、三条自身皇子誕生を疑っていない、ということであろうか。

そして七月六日、ついに妍子は産気づいた。上東門邸の空気はにわかに慌《あわただ》しくなった。産所の几帳も、御帳台《みちょうだい》（寝台）もすべて白一色に変わる。出産に奉仕する女房たちも一人残らず白の装束である。日常性をすべて払拭し、新生命を迎える神聖な場所が出現するのだ。

少し離れたところでは、僧侶の読経の声がいよいよ昂まった。内裏からは、三条の使

が様子を尋ねにくる。その使を受けるのは能信の役だ。こんなとき、いかにも待ちどおしいという感じで、使の訪れの間隔が次第に狭められるしきたりになっている。しかつめらしく三条の口上を伝えながら、使の眼は、

——今度は？　少々急ぎますか？

と尋ねている。

——いや、まだまだ。

とか、

——そうですな、少し急がれたほうが。

などと能信も眼で答える。王朝社会は何事につけても儀式が必要なのだ。

——帝はその儀式どおりにやっておられるだけだが、俺にとっては運の分れめだ。

能信も緊張せざるを得ない。もし期待どおり、姸子が男児を産んだとしたら？　いつの日にか、その皇子が皇位につくかもしれない。

——そのとき側近にいるのは俺だ。頼通でも教通でもないはずだぞ。

運だめしの時刻は、確実に近づきつつある。

そして戌《いぬ》の刻、つまり夜九時ごろ、御帳台のまわりで白装束の女房たちの動きが慌しくなった。少し離れたところに控える道長の頬がぴくりと震えたのを能信は見逃さない。

女房たちがざわめき、白一色の世界が大きく揺れたかと思うと、御帳台の中から力強

い産声が響いた。頰を上気させた女房が急ぎ足で道長の前に進み、膝をついて、声を張る。

「御産、平らかに成らせられました」

「おお」

思わず身を乗りだす道長に、女房はほとんど無表情で告げた。

「女御子《おんなみこ》であらせられます」

瞬間、道長の頰が歪むのを能信は見た。しかしそれはほんの一瞬のことで、道長は満面の笑みを湛《たた》えて大声に言ってのけたのである。

「おお、それはめでたい、めでたい」

――めでたい、めでたいか……。さすがだなあ、父君。

俺にはそこまではできそうもない、と能信は思った。

賭はすべて敗れたのだ。

こんな晴れの席に坐っているのでなかったら、冠も袍もかなぐり棄てて庭に飛びおり、居あわせた犬でも猫でも踏みつぶして、

――ああ、めでたいとも、めでたいとも！

思うぞんぶん喚《わめ》きたいところだ。

頭の中をよぎるのは、これからの政情の構図である。三条と道長の妥協、和解の機会

は遠のいたが、それを三条はどう受けとめているか。多少の困惑はあるものの、案外、敦明が皇太子になる可能性を確保し得たことにほっとしているのではないか。

——御樋殿の倒壊は、帝の御幸運。

陰陽師の奏上に大喜びしたというのはそのためだったかもしれない。そう思うと、賀茂祭の当日、父の桟敷で見せた敦明の笑顔も、なにやらふてぶてしいものがあったような気もする。

——左府、世の中はそう思うとおりにいくものではないのかもしれませんよ。

敦明はそう言いたかったのか。

——それにしても、なんというへまなことをしてくれる中宮なんだ。

自分の運を蹴ちらしたその要領の悪さに腹が立つ。兄のときといい、今度といい、あの人は俺たちにとっては不運の種子《たね》でしかない。

——俺はその人の中宮権亮の道を選んでしまったんだからな。

自分のへまは、どこへも文句の持っていきようがない。ともあれ皇女が誕生した以上、能信は権亮として祝の行事に忙殺された。誕生三日めの「三夜《さんや》の儀」から、五夜、七夜、九夜と現在のお七夜にあたる行事が続くのだ。三夜の主催は外祖父道長。地獄耳の公卿の間には早くも道長が女児誕生に苦い顔をしている、いい気味だ、という噂もひろがりはじめているので、意地にも派手にやらねばならない。

「万事手落ちなくな」

父に言われれば能信も緊張する。祝いにくる公卿以下への禄、出産に奉仕した女房たちへの下賜品も念入りに点検した。この日の注目の行事は、中宮関係者の祝の品々の献上である。まず中宮大夫《ちゆうぐうのだいぶ》藤原道綱《みちつな》が、沈木《じんぼく》で作った懸盤《かけばん》に銀器を据えた御膳を。次いで権大夫源経房《つねふさ》が銀の筥《はこ》に入れた産衣を。そして能信が襁褓《むつき》を献じる。襁褓といっても銀製の巌を香木の机に据えたものを飾ってこれを象徴するのだが、能信は机の上に磨きこまれた鏡をおいてそこに飾りものを並べて水辺の心を表わした。

「なかなかいい思いつきだ」

道長もまんざらではなさそうだ。産湯を使った嬰児は乳母に抱かれて、ちょっとだけ顔を見せた。生れたばかりだというのに、黒い髪がふさふさしている。父の後からその顔を覗きこんだ能信は、思わず、おっと声をあげそうになって慌てて口を抑えた。

——似ている！　なんとまあ、祖父《じじ》さまにそっくりじゃないか。

道長の顔をぐっと縮めて俗気を拭い、もっと愛らしくすれば、そのまま嬰児のそれになるだろう。ここまで似ていると、もう滑稽としかいいようがない。噴きだしそうになるのを、辛うじて堪《こら》えた。しかも、これほどよく似た孫の生誕を、祖父は心から喜んではいないのだから、人生とは皮肉なものである。嬰児は自分の出現が政界にどんな波紋を巻きおこしたかも知らず、無心の顔を祖父の前にさらしている。

――この子だって、女に生れようと思って生れたわけじゃないんだからな。

小さな命に、ふと哀れを誘われる。

この夜、参列の人々には豪奢な饗宴が供され、数々の禄が与えられた。三条の許からは蔵人頭が剣を捧げてやってきた。これにも純白の女房装束一襲《ひとかさね》が与えられたが、参列の公卿の中には、

「おい、おい、皇女《ひめみこ》でも剣の下賜があってもいいのかい」

と、そっと袖をひきあう者もいた。三条としてはかねて用意の剣でもあり、

――皇子でも皇女でも、喜びはおなじだ。

と言いたかったのだろう。

勅使を送りだしてから、能信は、その報告のために、妍子の憩う御帳台に近づいた。

「帝より御剣下賜あらせられました」

帳の中から、

「はい」

というような応《いら》えがあったそのとき、能信の耳は、むしろ、気配というか、身じろぎというか、声ならぬものを聞きとっていた。いや、耳で聞いたのではない。体全体がその気配を受けとめ、はっとしたのである。

――中宮は泣いている。

誰にも覚《さと》られてはならぬことだ。それだけに、妍子は声もたてず、体全体でひっそりと泣いているのだ。

——そうだったのか。嬰児よりももっと気の毒な人がここにいたのだな。

権力者の娘と生れ、若くして帝のきさきとなり、最高の栄誉と幸運に包まれてきた彼女は、いま、その幸運を取りおとしたのである。姉の彰子と同様に男児を産むことを期待され、多分自分自身も、おぼろげにその幸運を予想していたのだろうが、非情な現実は、そのすべてを打ちやぶった。父に顔をあわさずともその落胆は察しがつくし、姉も兄も弟も、みんなその思いで自分を眺めていることだろう。

誰もが非運、不運を知らず、栄耀を当然としている鷹司の一族の中で、彼女はひとりその幸運から脱落した。男を産むか、女を産むか、これは母になる人の力でどうなるものではない。しかし、出産の結果は、彼女ひとりが背負わねばならないのである。その冷酷な現実を、いま、彼女はたったひとりで受けとめ、誰にも気づかせまいとひっそりと体を震わせて泣き続けている。

能信はうなだれて無言である。女房もおそらく気づいてはいないであろう妍子の歎きを、鋭く感じとったのは、

——それは俺が高松の一族だからだ。

という気がする。ひとしなみに左大臣の子弟として羨望の眼で眺められている能信た

ちの胸に巣食う屈折の思いが、神経を鋭敏にさせるのだ。

——中宮さま、権亮能信だけは、お気持をわかっておりますぞ。

鈍感さに腹を立てたことを忘れようと思った。彼女が不運なら、その不運を分け保《も》って行くまでだ、と、いま彼は肚を据えはじめている。

美しき不運の種子

一

女児を産んだ後の妍子《けんし》の体調はどうもすぐれない。

――そうだろうとも。心の傷が癒えないのだ。

中宮権亮《ちゆうぐうのごんのすけ》として、身辺をとりしきっている藤原能信には、妍子の穏やかな眼許にひそむ翳《かげ》りがよくわかる。男子誕生を当然のことと予想していた周囲の期待を裏切って、妍子は女児を産んでしまったのだから。

父道長は天下の権力者、兄弟も周囲をとびこえて出世を続けているし、姉の彰子《しようし》は先帝一条の皇子を二人も産んで、一人はすでに皇太子。こわいものしらずの強運の一家の中で、妍子ひとりは取りのこされた。

人間にとって、いちばん辛いのは、多勢の中で、自分ひとりが辛いめにあわされていると感じたときだ。みんなが不幸ならまだ救いがある。自分だけが不幸の罠《わな》に陥ちこんだ、この孤独を周囲の誰もわかってくれない。同情はしても、幸せな連中には、しょせん他人事《ひとごと》なのだ――と感じたときの苦しさ。妍子の胸を切りさいなんでいるのは、その思いなのだ。

――それが俺にはわかりすぎるほどわかるのさ。

能信はそう思う。世の中では、ひとしく道長の子という眼で見られているが、鷹司系に比べれば、高松系はいつも取りのこされている。倫子の息子たちがめざましい出世をとげているのに、兄の頼宗も自分も、むしろ政界では足踏み状態だ。

――中宮は鷹司どの腹《ばら》の中で、ひとりそれを思い知ったわけさ。

突き放して眺める思いがありながら、一方、

――中宮、能信だけは、わかっておりますぞ。

口に出してそう言ってやりたいような気が、しきりにするのは、どうしたわけか。同情とまでは言いきれないが、ふしぎな連帯感が軟体動物の細い肢《あし》のように、妍子に向って延びている。

――高松どのの息子である俺が、頼通《よりみち》たちより中宮の心がわかるなんてなあ。そりゃ、一天の君のきさきになるなんて、幸運の絶頂だ、贅沢言うな、と世の人は思うかもしれないが、そういうもんじゃないんだ。そんなこと、頼通も教通《のりみち》も気づくまいよ。

皇子を抱いて晴ればれと内裏に戻るという構図が、みごとに崩れ去ったいま、妍子はこの先、どんなありようも思い描けずにいる。心が臆しきっているのだ。幸福に馴れきっている人間は不幸には脆い。内裏へ戻る気力さえも失せている間に、産後二月《ふた》は経ってしまった。その間にも、女児はすくすくと育っている。

——自分が母君の不運の原因《もと》とも知らずになあ。

能信は苦い笑いを浮かべざるを得ない。妍子の不運は、とりもなおさず自分の不運でもある。男児だったら、次の次の皇位はまずまちがいなし。すでに三条には皇后娍子《せいし》との間に皇子が数人いるが、そんな手合は、この自分が思うさま蹴散らしてやるまでだと思っていた。

——そして、男御子《おとこみこ》が東宮《とうぐう》になった暁には、俺が春宮大夫《とうぐうのだいぶ》、そして、その先は……

そんな夢は、あえなく消えた。ただ、妍子と違うのは、自分が度々唇を噛む思いを経験していることだ。

——なあに、そのうち、次の手を考えるさ。

が、それにしても、自分たちの不運の種子《たね》となったこの女児の、なんとかわいらしいことか。

——だからやりきれんのよ。

能信の女児をみつめる瞳の色は複雑だ。生れたときから髪が濃かったせいか、女児の面差は嬰児というより童女に近い。笑う声にも泣き声にも張りがある。

三条は、しきりに妍子の内裏入りを催促してきている。

「ありがたい仰せですが、中宮の体の調子が、いまひとつ、ととのいませんので」

道長は、娘の妍子に代って、そう言いつづけているが、その間にも女児は、男児のようなたくましさで成長を続けている。

――育つなあ、不運の種子がなあ。

能信の瞳の色はいよいよ複雑である。

三条は待ちきれない、というかたちで、妍子の滞在する道長の上東門《じょうとうもん》邸を訪れることにした。これは、当時のしきたりのようなものではあったが、迎えいれる道長側は、当日観覧に供する競馬や騎射の準備に追われはじめた。姉の彰子が上東門邸で皇子を産んだときも、父である一条帝が一月《ひと》ほど後に、その顔を見にきて大歓待を受けている。その折は舞楽が行われただけだったが、今度は競馬や騎射も行われるという。

――ほう、まるで皇子誕生なみの扱いじゃないか。

能信は、女児誕生の日の道長の顔を思いだしている。生れたのが女児と聞いて、一瞬頰を歪ませた後、満面の笑みを湛えて、

「おお、それはめでたい、めでたい」

と言ってのけたあのときのことを。

きらびやかな歓迎の準備の中に、能信は、あのときの父の笑い声を聞く。

「それはめでたい、めでたい」

三条も負けずにそれに答えて、慣例を破って、皇子誕生のときと同じく女児に剣を下賜した。

――皇女も皇子も同じことだ。嬉しいぞ。

三条は、道長の「めでたい」に合唱してみせたのだ。

さて、三条の上東門邸訪問はいわば第二幕である。

――お二人のお手なみ拝見だな。

妍子の皇子出産に賭けた夢が消えて、能信にはかえって余裕が出てきている。九月十六日、道長がまず参内、ちらついた小雨のやむのを待って、三条は内裏を出る。道長以下の高官が、ずらりと顔を並べた行列は、ゆるゆると進んで、昼前には上東門邸に着いた。

「どこにおられるのかな姫宮は」

座につくなり三条は、待ちどおしげにあたりを見廻す。

「はい、ただいま」

道長が慎重な足どりで女児を抱いて三条の前に進む。

「おお、よい子だ、よい子だ」

声をはずませて、三条は女児を抱きとる。

「あぷ、あぷ、あ、う」

抱きとったのが父とも知らず、まして帝王とも知らず、女児は御機嫌だ。

「おお、よし、よし。いい声だ、父《てて》がわかるか。わかったと見えるなあ」

三条が道長の方を見やると、道長は嬉しそうに頭を下げた。

——うまいもんだなあ、御両所とも。

能信は遥か下座から、神妙な顔で眺めているが、笑いを噛みころすのに苦労している。

——帝は、せいいっぱい嬉しそうにしておいでだが、親父どのは気にいらんだろうなあ。あんまり抱きかたがうますぎるもの。

前の一条帝も、彰子のほかに、ライバルのきさき、定子がいたし、皇子も儲けていたが、赤児の抱きかたは、どこかぎごちなかった。が、三条はすでに、四男二女の父だ。無意識に手馴れたしぐさが出てしまう。そしてそのことは、嫌でも敦明《あつあきら》以下の異腹の皇子の存在を、道長に思いださせる。

三条はなおも、声高に言う。

「こんなかわいい子は見たことがないなあ」

——ちょっとまずい言いかただな。

能信はにやりとする。聞きようによっては、「今まで、いろいろの子を見ているが」

というようにも聞えるではないか。これでは道長も心穏やかではあるまい。男児誕生を予想して、道長は、あらかじめ娍子の産んだ諸皇子への抱きこみ工作を始めていた。賀茂祭のあの日、自分の桟敷に彼らを招いたのもその一つだった。

排除ではなく懐柔を——

道長が、いつもその手を使うことを能信は知っている。が、この計画はみごとにはずれた。三条の後継者は、先帝一条の皇子敦成《あつひら》ときまって、すでに東宮に立っているが、その次ということになると、三条の第一皇子敦明が、俄然、有力候補として浮かびあがってきた感じである。

その意味で、三条と道長の肚の探りあいは、新しく始まっているのだが、三条はまったくそれに気づかないかのように、女児の髪をしきりに撫でている。

「きれいなお髪《ぐし》だねえ。生れてすぐだというのに、もうこんなに長くて。これじゃ、お誕生日がくるまでには、背丈くらいまで伸びてしまうのじゃないかね」

女児は喉を鳴らし、三条の腕の中で飛びはねるようにする。

「おお、元気、元気。宮は元気でちゅねえ」

三条は、この新しい娘に、すっかり心を奪われているふりをしている。道長の笑顔にもそつはない。

が、その場にひどく演技の下手な役者がいた。

中宮妍子。晴れのこの日にふさわしい豪奢な白菊襲《しらぎくがさね》の袿《うちき》の中に埋もれるようにして、じっとさしうつむいている。

――ああ、だめだな。箸にも棒にもかからない。

中宮権亮である能信は舌打ちしたい思いである。誰も心の底から喜びあっている宴ではないのだ。しかし、ここでは無理にも調子をあわせ、おいでを心待ちにしておりましたとか、三条の腕の中にいる女児に、

「宮は父君をおわかりなのね、賢いこと」

くらいなことを言わねばならない。それを、じっとうつむいているだけとは、苦労が足りなすぎる。幸運にひたっているときは目立たないが、こんなとき、人間としての磨かれかたの足りなさがむきだしになってしまう。

――胸の思いが正直に出てしまうんだ。せめて、にこにこ笑ってほしいんだがなあ。

いまさら耳打ちするわけにもいかない。この人の不運とつきあい、それを分け保《も》っていくと覚悟はきめているが、これでは先々が思いやられる。

公家社会は、ある意味では演技の世界だ。仮面の下に本心を隠し、あくまで優雅に、心にもない演技を続けていかねばならない。女であっても、きさきともなれば注目をあびる存在だし、それだけの覚悟も度胸も必要なのだ。一条の中宮となった姉の彰子は、聡明でかなりしたたかだが、妍子にはその肚構えに欠けている。

しかし、見廻せば、ほかにも、演技世界の落ちこぼれがいる。間のとりかたもわからない、その場の雰囲気をぶちこわしてばかりいる愚鈍、蒙昧。そのくせ舞台に出たがる、喋《しゃべ》りたがる。いまもその御仁は、口許をだらしなく緩めて、

「うえ、うえ、へ、へ、へ」

と笑っている。廟堂の最高齢者、七十歳の右大臣顕光がそれだ。儀式を主宰すればまちがうし、廟議での発言は見当はずれだ。その彼が道長の次の座を占めつづけているのは、ひとえに家柄と長命のおかげである。

今日の彼は、とりわけ上機嫌だ。そのはしゃぎすぎた笑いに、人々がそれとなく袖ひきあっているのにも気がつかない。

――愚かまるだしってところだな。

能信も肩をすくめている。顕光が、笑いのとまらない顔をしているのは、彼の娘の延《えん》子《し》が、いま注目を集めつつある三条の長子敦明の妻になっているからだ。

――敦明さまが、次の東宮ということになれば、わが娘は東宮妃。いずれはきさきの位につけるわけじゃ。

と、喜びを隠しきれない顕光に、道長がどんな苦々しい思いを懐いているか。三条はさすがに道長に心の中を読みとらせまいとする配慮があるが、顕光の頰は緩み放しなのだ。能信は、そっと三条の視線を追ってみる。つとめて顕光を見まいとしているあたり、

なかなかの役者ぶりである。

――なるほど、そこへいくと、右大臣どのは惚《ほ》けたというか……。このぶんじゃ、延子どのが敦明さまの皇子を産んで、そのお方が即位して、なんて思っているんだろう。ひょっとすると、そこまで長生きするつもりでいるんじゃないか。

女児との対面が終ると、酒肴《しゅこう》が運ばれる。頼通、教通、頼宗――道長の息子たちが、三条の前に次々と酒や肴を運ぶ。能信も、もちろんその一人である。汁物を載せた折敷《おしき》をその前に据えて一礼したが、どこか三条の視線はずれている。かねて眼疾の噂は聞いていたが、能信がわが眼で確かめたのはこのときだった。

続いて舞楽や競馬が行われたが、王者が臣下の家に臨席した場合は、その家の人間や関係の者に景気よく叙位が行われる。能信もこのとき中宮権亮として従四位上に昇進した。そして兄の頼宗は従二位に。

――姫君からの贈物というわけか。

能信はにやりとしたが、贈物はそれだけではなかった。その数日後の夜、彼は道長の許に呼ばれて、三条の側近に侍する蔵人頭《くろうどのとう》になれという内示をうけた。

「帝も、そなたを見どころのある男と思われたようだぞ」

「恐れいります」

内心能信は首を傾げている。

──帝の御前に進んだとき、あらぬ方をみつめておられたようだがなあ。

視力はかなり衰えているように思われたが、三条は自分のどこを見ていたのか。あの日、三条と道長のさりげない駆引ににやにやし、妍子の演技力のなさに気を揉み、顕光の愚かさに呆れていた自分を、しっかり視線に入れていたのだとしたら？

──帝のお眼はお悪いどころか……

ひそかに舌を巻く思いである。また、父も自分の眼の動きを、ちゃんと捉えてくれたのだとしたら、中宮権亮としての今日までの働きは報いられたといえるだろう。蔵人頭は、天皇に近侍する蔵人の統轄者として、殿上の雑用をつとめる一方、廟堂の高官たちの奏上を取りつぎ、天皇の意思を伝える役である。直接廟議には参加できないものの、枢機の情報に触れ、駆引の知恵を磨く絶好の機会を与えられるわけで、当時、高官への階段の入口のようにみなされていた。

──いよいよ俺も蔵人頭か。

晴れて胸を張りたいところだ。しかも、三条と道長の間は、女児誕生によって、いよいよ微妙になりつつある。その折も折、中宮権亮からの栄進は、道長が彼を、妍子の許からひき剝がして、三条に張りつけようということなのだろう。

「ふつつかではございますが」

父の前で神妙に頭を下げながら、俺はこの機会を決して逃さないぞ、と能信は思った。

舞台の広さに負けないだけの自信が、彼の頬を紅潮させていた。

二

蔵人頭の正式の発令は十月二十三日。その数日後、能信は、兄の頼宗を訪れた。兄はこのところ、父の道長のかつての政敵で失意のうちに死んだ伊周《これちか》の娘を妻とし、すっかりその家に住みついている。

蔵人頭になった挨拶がてら、ほんの立寄りのつもりだったが、まあ、ゆっくりしていけ、と頼宗は彼を母屋に招じいれた。前庭の手入れも怠りがちなのか、素枯れた薄《すすき》が、残りの花をつけた白菊の傍らに乱れ伏している。

「こんな風情も悪くないだろう」

冬の陽射しは淡く、枯れ色の世界はいよいよ寒いが、頼宗は、案外それさえも気に入っているらしいのだ。

——なるほど、頼りなげな姫君が、あんまり磨きたてられたしつらいの中にいるのはふさわしくない、というわけか。

「こんどは大任だな」

挨拶すると、頼宗はそう言ってうなずいた。

「そなたには、うってつけだよ」

「いや、それほどでも」

「俺には、まずつとまらんがね」

褒めているのではないその口調を聞いたとき、これまでの能信の興奮は一時に醒めた。

——そういえば、兄貴は頭をつとめていない。それは、兄貴が近視ですぐ失敗をやらかすからではない。兄貴だけじゃない、鷹司どのの頼通も教通も気骨の折れる頭なんかは素通りして廟堂入りしてしまった。

そうか、そういうことか……。

枯れ色の庭に漂う冬陽《ふゆび》が、むしろ暖かそうに見えてきたのはどういうわけか。心の揺れを覚《さと》られまいと、あたらずさわらずの話をして、能信は頼宗の許を辞した。

わが家に戻る道すがら、能信の頭に浮かぶのは、白菊襲の袿に埋もれた妍子の姿だった。中宮は鷹司系一族の中で、ひとり幸運から見放された、と絶望していた。

——そして、俺はといえば、頼通や教通、兄貴も経験しなかった蔵人頭をひとりつとめさせられるってわけよ。

あきらかに一段低いところから高官への道を始めさせられるのだ。親父どのが、俺の力量をわかってくれたのかと思ったが、はて、真意はどうなのか。

——妙なもんだな、俺はいま、中宮と同じような立場に置かれている。

蔵人頭への就任は、高官への道が開けたことを意味するが、考えてみれば、父の道長もその職を経ていない。蔵人頭が名門の人たちにも重要な意味を持ったのは祖父の時代までで、いまは藤原氏の主流中の主流は、そんな地位など無視して出世している。

――そして、俺だけが、蔵人頭か。

兄弟や姉たちの強運の中で、ひとり置きざりにされた妍子と、つまり同じことではないか。世間がいかに憧れの眼差を向けようと、それに不満を洩らす自分を贅沢だと言おうと、自分の胸の中のもやもやは、どうすることもできない。

――そなたは、高松の三男。そのあたりでちょうどいいのだ、と親父どのは思っているのか。

ふと思いだすのは兄の顕信《あきのぶ》のことだ。三条が蔵人頭に、という意向をしめしたとき、父は、その任ではないと言って断った。そしてそのことが顕信の出家の引き金になっている。三条と道長の微妙な関係を調整するのは、たしかに難事だし、おっとりした顕信には向いていないのだと、そのときは思ったものだが、いまひとつ、その裏を考えるべきだった。道長は、

「わが息子に、いまさら蔵人頭をつとめよ、と仰せられるのか。お断りしましょう」

と言いたかったのかもしれない。それでいて、今度はくるりと考えを変えて、自分にそれをつとめろというのはどういう意味か。すでに鷹司系の二人は権大納言と権中納言。

廟堂に確乎たる地位を占めているから、その手助けをし、天皇との間の走り使いをやれ、ということか。三条との間を調整できる能力を買われてのことだといい気になってばかりはいられない。懐《ふところ》の深い父の真意が、いまひとつ摑みきれていないことを、能信は感じはじめている。今になって思うのは、

――顕信兄貴は、案外、そのあたりのことを見通して、出家したんじゃないか。

ということだ。出家を思いとどまらせようとしたとき、兄は、地位に不足があって出家したのではない、と言っていた。そういう一つ一つの現象の底にあるものに気づいて、駆引の煩わしさに嫌気がさしたのではないだろうか。

――あのときの俺、そこまで気が廻らなかったな。

そのことを語りあいたい思いもあるが、兄は、すでに叡山に籠って修行中だ。その兄のすがやかな頰をなつかしく思いだしながら、

――しかし、俺には、出家は向いていないなあ、兄貴。

遠くから言ってやりたい。まして、妍子のように劣等感に押しひしがれているつもりはない。父の意向が摑みきれないことも逆手にとれば、その分、自分が思うままにできるということではないか。

――せっかくの機会です。勝手にさせていただきますぞ、父君。

十九歳の若さが、能信に、ふてぶてしく肝を据えさせる。じつは彼の蔵人頭時代は半

年余り、決して長くはない。が、その中で、十分すぎるほどその役目を利用したといえる。彼は三条にとって、じつに忠実な側近だった。長子敦明にも密着し、その意向をすばやく三条に伝える役目も果たした。

はじめのうち、三条も敦明も、道長の息子である能信をあきらかに警戒していた。うっかりしたことを喋ると、そのまま道長に筒抜けになりはしないか、と思うらしく、あたりさわりのないことしか話題にしなかった。

——まるで、俺じゃなくて、親父どのと話をしているみたいじゃないか。

が、一月《ひと》も経たないうちに、彼は持ちまえの気さくさから、両者の信頼をかちとることができた。

——たしかに私は道長の息子です。しかし、御心配なく。御為にならないようなことは計らいません。

三条はしだいに心を開いていったし、一つ年上でしかない敦明は、もっと反応が早かった。

「わが家の家人《けにん》、従者たちは、どうも気が荒くてな」

と言えば、能信もたちまちうなずく。

「私のところもそうです」

「ほう」

「ま、一々制止を加えるわけにもいきませんので」

「そうだ、そりゃ無理な話さ」

敦明は破顔一笑する。表向きはなんということのない会話だが、能信は、敦明の瞳の底を覗きこんで言っているのだ。

――そうでございましょうとも。家人どもは、宮さまの御鬱屈を晴らしたいのでございます。

――そうかもしれんな。しかし、そなたの家人などに、そのような思いはなかろうに。

――そう思われるかもしれませんが、そこはなにかと……

――そうか、なるほど。

敦明の瞳に笑いがにじんだ。

「そういえば、どうやら、元気のいいのは、家人だけではないらしいな」

「いや、これは参りましたな」

能信はおどけて首に手をあててみせた。敦明は数年前にやらかした能信の乱闘事件のことを言っているのだ。

「あれは若気のいたりでして」

それは、一条帝在世時、中宮だった彰子が、第三皇子敦良《あつなが》を産んだときのことだ。例によって三夜の祝、五夜の祝が大げさに行われたとき、われもわれもと追従《ついしょう》に押しかける人々の中で、能信はしだいに不機嫌になっていた。

——ふん、どいつもこいつも……

より気にくわないのは、鷹司系の連中が有頂天になっていることだった。後れをとっている高松系の息子たちなど、まるで眼中にないはしゃぎぶりに、能信は怒りを抑え切れなくなってきた。そしてたまたま隣りあわせになっていた少将藤原伊成《これなり》と、些細なことで喧嘩になり、取っ組合いの末、さんざんに彼を打ちのめしてしまったのだ。

伊成は故藤原義懐《よしちか》の息子である。義懐は先帝花山《かざん》の側近だが、花山が道長の父の兼家に騙《だま》されるようなかたちで皇位を降りてしまったのを機に出家して、すっぱりと政界を退いてしまった。兼家が花山をひきおろして即位を早めた天皇が一条であってみれば、その皇子誕生に、にこにこして祝いにやってこられるはずもない伊成である。

——おいおい、どの面下げてやってきたんだ。

——それでも男か、伊成。

能信の怒りは彼に向って爆発した。

——阿呆。おべっかつかい。

——なにかおこぼれにあずかりたいのかい。

そこまで口走ったかどうかは憶えていない。気がついたら、伊成を組みしき、足蹴にし、所かまわず撲りつけていた。おかげで五夜の祝の席は滅茶滅茶になってしまった。

一同がしらけきったことに能信は満足し、溜飲を下げたのだが、屈辱をうけた伊成は翌日出家してしまった。

「やりすぎでした、あれは」

照れながら言う能信に、敦明は微笑した。

「まあ、いいさ。若いときは元気なのもいいものだ」

――このお方は俺の心の中がわかっていらっしゃる。

能信は敦明にある親近感を懐いた。下人が乱暴だとか、敦明自身にもとかく奇矯な行動が多いという評判だったが、その底にある屈折に気づかせられた感じである。敦明も、ある距離は保ちながらも、能信にいささか心を開いたようだった。能信は、三条の身辺や敦明の周囲を、敏捷に走りまわった。傍らの人々には、かつての賀茂祭の日、敦明たちを桟敷に招いた道長の役を、父に代って演じているように見えたかもしれない。

三

上東門邸で育っていた女児は、生後百日の祝を行い、禎子《ていし》と名付けられ、内親王宣下をうけた。妍子もやっと気をとりなおして内裏に戻ったが、それから間もなく、その内裏が焼失してしまった。

——まるで、不運の翳を背負った中宮が、内裏に不運を持ちこんだみたいじゃないか。焼失した内裏の跡始末のために、眠るひまもない能信だったが、権亮時代の習慣で、ついそんなことを考えてしまう。その騒ぎの中でも、禎子はすくすくと育ち、黒髪も伸びていると聞いて、

——まあ、それと内裏の焼失はかかわりはないことだがね、しかし、妙な気分になるなあ、あの子が育てば育つほど、不運の種子がふくらんでいくみたいで……

嫌な予感はあたっていた。そのころから三条の眼疾はいよいよ進んで、

「もう、片方のお眼はまったくお見えにならぬそうな」

という噂が流れはじめた。能信の見るかぎりでは、視力がまったく失われたわけではないらしい。あらぬ方を眺めているので、ものの見分けもつかないのかと思うと、眼の前にひろげられた文書を、すらすらと読んでみせたりする。

そんなある日、能信が道長の直廬《ちょくろ》（執務室）を訪ねると、

「内裏は焼亡したが、帝にも中宮にもお障りがなかったのはなによりだったな」

道長はさりげなく言った。

「そなたの働きは聞いているぞ」

「いや、私はなにも……」

道長は、能信を見ずに呟いた。

「世間はいろいろ申しておる」

「は?」

自分の評判のことか、と思ったとき、道長は意外なことを口にした。

「御帝徳の問題だ、と言う者もいる」

「えっ」

「御帝徳が足りぬゆえに、内裏も焼けたと」

「……」

ゆっくり父の視線が能信に向けられた。

「そのことを気にしておられる気配はないか」

「いえ、別に」

「ふむ」

父の言葉のその先はわかっていた。内裏焼失にかこつけて、三条に退位を迫ろうというのだ。

——俺に、そのために働けということだな。

すぐ気づいたが、能信は知らぬ顔をして黙っていた。道長は軽く袴の膝を叩きながら、

「そうか」

また、視線を逸《そ》らせた。

──私がそれとなく……と言うなら今だが。

能信はしかし口を噤《つぐ》んでいる。なぜか頼宗の妻の家の荒れた前庭が眼に浮かんだ。

──鈍い奴だ、と思っておられるのだろうな、父君は。

もう一度、能信の方へ視線を戻した道長の頰に、ふしぎな微笑があった。

「いや、なにかと御苦労だった。蔵人頭の修業も、そのくらいでよかろう」

「は？」

呆気にとられる能信の前で、道長は別のことを持ちだした。

「近く頼宗を権中納言に、と考えている」

「それはありがたいことで。兄もさぞ喜びますでしょう」

位はすでに従二位だが、年下の異母弟教通が権中納言に任じられているというのに、いまだ廟堂の外に置きざりにされて、地団駄を踏む思いの頼宗に、やっと父の眼は届きはじめたようだ。

「頼宗の後はそなたただ。労に報いねばな」

正直のところ、能信は、あまり父のために働いたという自覚はない。排除よりも懐柔を──という父の手を忠実に実行したにすぎず、それも、父のためというよりも、自分自身の演技を磨くために。

まだこのことは内密だぞ、と父は言ったが、人事の秘事は、たちまちどこからか洩れるらしく、まだ発令にならないうちに、政界にはさまざまな噂が入り乱れた。蔵人頭は魅力ある役だけに、自薦、他薦の売りこみも猛烈である。一番しつこいのは、うるさ型の大納言藤原実資《さねすけ》。養子の資平《すけひら》を押しこもうと必死だ。もの知りで名門意識の強い実資は、道長のライバルをもって任じ、三条側近の第一号だと思っている。三条の東宮時代からのきさき娍子の立后《りつごう》の折に、なにかと尽力したのはたしかで、

「道長の娘の妍子が中宮になっているので、誰もが娍子のために働かなかった。その中で立后の儀式をやりとげたのは俺だからな」

と日頃も言い、その当然の恩賞として資平の頭就任を三条に願いでている。が、実資は道長にとって、いつも煙たい存在だ。そういう男の養子に三条の側近にべったり坐っていられては、やりにくいことおびただしい。げんに実資の動きが道長の許に入ってくるのは、能信が三条の側にいるからだ。

資平の頭就任を、力ずくで阻止することは不可能ではないが、道長もここで三条と真向から対立することは得策ではないと思っている。

「なにか、いい手を考えろ」

能信に難問を課した。

——さて、どうするか。

三条は、しきりと自分に味方しそうな人間を廟堂に揃えたがっているし、そんなとき

の相談相手は実資だ。その中に自分が入っていっても相手にもされまい。また、道長寄りの人物をほのめかしても、聞きいれる三条ではないはずである。

あれこれ考えて頭を抱えている最中、ふっと思い浮かんだことがあった。

――敦明さまだ。

敦明を動かして、彼寄りの人物を推薦させる案はどうか。もし、現在の東宮敦成が即位し、その後に敦明が立つとしたら、そろそろその側近を育てておく必要があるだろう。そういう説きかたをすれば、三条も拒むことはできまい……

能信はひそかに敦明に誘いをかけてみた。

「父帝が資平をお望みなのだろう?」

敦明は、はじめは気乗り薄だった。が、しばらく話しあううち、彼も能信のほのめかしの意味がわかってきた。

――父は資平どのの頭就任を望ましいとは思っておりません。

婉曲にそのことを気づかせた後の敦明の決心はすばやかった。

――帝も、左府（道長）の意向に背くことはなさらないほうがよさそうだな。

――左様心得ます。

眼と眼の会話を交した後で、

「とすれば、さあな、兼綱《かねつな》あたりか」

敦明は日頃身辺に出入りする人物の名前をあげた。道長の兄、道兼《みちかね》の息子だ。道兼は道長に先立って関白になったが、流行病《はやりやまい》に冒されてたった数日でこの世を去り、七日関白といわれた人物である。その妻は兼綱らを連れて、右大臣顕光の妻となった。顕光の娘延子を妻としている敦明にとっては、心許せる側近である。

兼綱という名を敦明が口に出すか出さないかのうちに、

「よろしい御思案でございます」

能信はすばやく答えていた。

「そのことを、帝に、強くお願いくださいますよう」

「わかった」

この工作はみごと成功した。三条は敦明の懇望を容《い》れるかたちで、兼綱の頭就任を内諾した。実資も、敦明の要求とあっては、資平をごり押しすることはできない。

当時の人事はいつもこんなふうに候補者を立てて渡りあう。背後の有力者の権謀、天皇の裁決権などが微妙に入り乱れつつ、もつれあった後に勝敗がきまる。が、今度の勝利者はなんといっても道長だ。自分の候補者を立てて揉みあうことなく、資平を蹴落すことができたのだから。

——よくやった、と父君も仰せられるだろうな。

能信にはひそかな自信がある。それだけではない。兼綱を後任に押しこむことによって、敦明との結びつきが深まった。

――そなただけは、すべてをわかってくれる。

敦明の眼はそう言っている。道長一族がすべて娍子腹の皇子たちと疎遠な中で、能信は、いまや賀茂祭の日の道長よりも、彼らに近い距離にいる。この半年余りの体験はやはり貴重だった。

——頼通も教通も、頼宗兄貴も知らない経験だからな。

五月十六日、能信の蔵人頭を辞める日がやってきた。この日、前年のように上東門邸を訪れて競馬や騎射を観た三条は、上機嫌で、能信に従三位を与えたのである。蔵人頭は四位の官人の役だから自然にその職を降り、後任は予定のとおり兼綱にきまった。

「光栄のいたりでございます」

道長は大げさに喜んでみせ、

「能信、ただちに位袍《いほう》を替えよ。三位の位袍に替えて、帝をお送り申せ」

これも、この日の予定の行動である。四位の深緋《こきあけ》から浅紫《うすきむらさき》に早替りして馬上の人となった能信は、まさにその日の主役だった。一敗地にまみれた実資は、この日の日記に無念げにことの次第を書きつけているが、しかし、これで希望を棄てたわけではない。

——この次はきっと！

いよいよ執念を燃やし、その翌年、能信とともに頭をつとめていた藤原朝経《あさつね》が参議に昇進した後に、ついに資平を押しこんだ。が、このごり押しが、結局、三条と道長の間を大きく隔てる結果となる。毒にも薬にもならない兼綱には両者の間を調整する力はないし、資平のことは道長がはじめから相手にしない。三条の眼疾が進んだことが、いよいよ事態を深刻にした。

「これでは政務も滞ります」

道長は露骨に譲位を要求しはじめた。こんなとき、蔵人頭がうまく潤滑油の役を果たせば、ことが穏やかに進むのだが、兼綱と資平では、ただおろおろするばかりである。

――父君は、俺が頭を辞めたので、ほっとしているんだろうな。

能信は首をすくめている。能信が頭であれば、三条追落しにも手心を加えなければならないだろう。彼が立往生するようなことはさすがにできないからだ。が、いま、道長は、遠慮会釈なく蔵人頭を蹴ちらして、三条に対決を迫っている。

三条は必死で眼疾をなおそうと焦りはじめた。祈禱、まじない、効験のありそうなものはなんでもやった。冬のさなか、冷水をあびせるといいときいて、三石もの水をかぶり、震えあがって熱を出してしまったことがある。

――なんともはや……

能信はときに三条にも哀れを催す。あのとき妍子が男児を産んでいたら、これほどひどいめにもあわずにすんだろう。現在の東宮の次に、妍子の産んだ皇子が就く、ということになれば、しぜんなかたちで譲位が行われたかもしれないのだ。

――あのかわいい姫君が生れたばっかりに、妍子どのも帝も不幸の穴に陥《お》ちてゆく。しかもその穴はしだいに深く暗くなってゆく。禎子の髪はその後も伸びつづけて、背丈の半ばに達しようとしている。

――不運の種子が、いよいよ大きくなるなあ。

美しさ、愛らしさが、そのまま不運の種子と化してゆくとは、どうしたことか。焼けた内裏の造営はなかなか進まない。というより、道長にやる気がないことを能信は知っている。内裏焼失は、そもそも帝徳がないからだとか、不徳の帝王がいるかぎり、内裏は完成しない、といった噂が流れているのも、多分、道長の意をうけたものが、わざとしていることなのだろう。

そのうち、三条は、伊勢神宮に眼病治癒の奉幣《ほうべい》をしたい、と言いだした。反対するわけにもいかないから一応使を指名するが、当人は、やれ病気だの、今年は方角が悪くていけないのと故障を申したてる。

――ははあ、みんな父君に追従しているんだな。

官人たちは、なまじ使に立って道長に憎まれるのが恐いのだ。強者の前では官人ほど卑屈なものはないことを能信は知っている。道長がそれと命令しなくても、彼らはその心中に諂《へつら》い、先を争って迎合するのだ。三条はしだいに力竭《つ》きて、すべての政務は左大臣に任せる、と言いはじめたという。

——あと一歩だな。

能信は、さりげない顔をして、父の許を訪れることにした。さぞ父は勢いづき、東宮即位の準備に追われていることだろう。

が、案に相違して、道長の機嫌はひどく悪かった。

「どうかなさいましたか、父君。お体の具合でも……」

じろりと道長は能信をみつめただけで無言である。

「これから、いよいよお忙しくなりますのに」

「なにを言う」

不快げな一喝が頭上に飛んだ。

「は？」

「なにを言っているんだ。それはどういう意味だ」

「は、ですから、いよいよ東宮の御即位も近いと……」

「おろかものめ！　なにを言ってるんだ」

「でも、帝は政務を父君に任せられたとか」

「わからない奴だな」

苛々《いらいら》した眼で、能信を睨みつけた。

「それが蔵人頭をつとめた者の申すことか」

「は？」

「よく聞けよ。帝は政務を俺に任せると」

「そう承りましたが」

「政務は任せる。が、生きておるかぎり辞めはせぬ、ということだぞ」

「あっ」

「俺はもちろん断ったが」

そういうことなのか。父に押され放しに見えた三条のしぶとさに能信が気づいたのはこのときだった。

――こりゃあ手強《てごわ》い。いや、おもしろい。

能信はそんな心境になっている。三条にも道長にも一歩踏みこんで味方はできない。なぜなら、三条の後に帝位に即《つ》く敦成は彰子の所生。いよいよ鷹司系が大きな顔をするのは眼に見えているからだ。

三条はしきりに内裏の造営を急がせた。新造内裏に入れば譲位してもいいようなことをほのめかしたこともあって、道長も重い腰をあげて造営を進めたが、いざ新造内裏に入ると、三条は、けろりとして、譲位のことなど忘れたような顔をしている。その折も折、木の香も高い内裏がふたたび焼失してしまったのは、誰か工作したのか……

このあたりから、三条の衰えは目立ちはじめた。それでも「譲位」という言葉だけは口にしないで辛うじて身を支えている。

――そのたった二文字がなあ。

能信には、その二文字の背後にいる可憐な少女の存在を感じないわけにはいかない。童女というより少女の面差に近くなっている禎子は、もちろん自分が不運をふくらます種子であることなど、気づくよしもないのであるが。

さらにこのころ、もう一つ、不運の種子が芽生えはじめていた。敦明と妻の延子の間に男の子が生れていたのだ。顕光は飛びあがらんばかりに喜び、

「むしろ帝は早く御退位になって、東宮を位におつけし、次の東宮を敦明さまにときめていただきたいもので……」

などと口にしているという。

――しようがない年寄りだなあ。こんなとき、本音をむきだしにする奴がいるものか。

能信は舌打ちしたい思いである。幼い命の誕生が、また一つ問題を複雑にしてしまった感じだ。多分、父は警戒心を強めはじめているに違いない。顕光の娘に子を産ませた敦明などに皇位を渡すわけにはいかない、と。

父の身辺に能信は老いを感じはじめている。それまでの父だったら、引いては押し、押しては引く駆引に余裕を見せていたのに、いまは前のめりになり、性急にことを運ぼ

うとしている。

——是が非でも、わが孫を皇位に。そしてその弟を東宮に。

祖父としての執念があらわになっているのだ。

そして、三条の片意地と道長の執念とどちらも身動きできないところへ追いつめられ喘《あえ》ぎあえぎするうち、両方が力竭き、へたりこむようなかたちで、結論が出た。

三条は皇位を退く、そのかわり、敦成の次の東宮は三条の子、敦明——

終ってみれば、このほかのかたちでの妥協などは考えられないような、ごくしぜんな決着のつけかただった。

皇位から降りたとき、三条の頰には穏やかな微笑が戻り、道長との間も和やかになった。道長も三条の身辺になにくれとなく気遣いを見せている。あの修羅と執念はどこへいってしまったのか。さすがにすりへらした三条の体力も腕力も元へは戻らなかったが、平穏な生活は一年余り続き、譲位の翌年の寛仁元（一〇一七）年五月、燭が燃えつきるような静かさでこの世を去った。

三条の死を聞いて、院の御所である三条院に駆けつけた能信は、死の床に近づこうとして、ふっと足を止めた。物蔭に隠れて、禎子がひっそりと泣いているのだ。人々は三条の周囲に群がって、ただ騒ぎたてるばかり。影のように音もなく立っている禎子に気づく人は誰もいない。

「姫さま」

後から、そっと声をかけると、静かに禎子はふりむいた。黒くしなやかな髪がゆらりと揺れる。

――なんと美しい眼をしておられるのか。

黒い瞳には、涙が溢れている。少女は父の死を理解しているのか？　いやそうではあるまい、なにか異変が起き、誰もかまってくれないことが淋しくて、そして人々の泣き声が悲しくて、わけもなく涙を流しているのではないか。

が、その黒い瞳にみつめられたとき、

「おお、姫さま」

能信は思わず少女の前にひざまずく。

――そうなの、私はみんな知ってるの。

黒い瞳はそう言いたげだった。

――そうなの。私が生れたばかりに、お父さまもお母さまも不運に陥ちておしまいになったの……

いいや、そんなことはない。そんなことは……、たった五つの子が考えつくはずはない。

慌てて打ち消しながら、能信は少女の前にひざまずきつづけていた。

三条の葬礼がすんだ後、能信は時折敦明の許を訪れた。なんといっても、東宮の座にある敦明である。今までのかかわりもあるし、これは彼らしい布石の一つであった。

ただ、その邸を訪れるごとに気づかされるのは、父道長を中心とする人々の集まりとはあまりに雰囲気が違いすぎることだった。妃の延子の父、顕光は東宮傅《とうぐうのふ》（後見役）に任じられて、もう有頂天である。半ば敦明が即位したかのようなのぼせあがりかたで、

「ま、いずれ妃は中宮じゃ」

などと口走り、よたよたと敦明の周りを動きまわっている。

集まってくるのも、敦明の母、娍子の兄弟たち、為任《ためとう》、通任《みちとう》。いずれも人間は小粒で、敦明が東宮になったというだけで浮きうきしている。中で参議の通任は春宮権大夫《とうぐうのごんのだいぶ》を兼ねて得意満面だが、この大事な折に、敦明のために人脈作りに励むという才覚はないらしい。だから、彼らは、能信を見かけると、

――何しに来たんだ。

とかく警戒の眼を向けがちなのだ。能信は憤慨するよりも苦笑が先に立ってしまう。

――なんて気のきかない奴らなんだ。こんなときは、形だけでも、ようこそおいでになりましたっていうふりをすりゃいいのに、そこまで知恵が廻らないとはな。

父、道長の、排除よりも囲いこみを、という懐の深さを思いしらされるのはこんなと

きだ。その道長は、後一条即位のとき摂政になったが、早くもその地位を息子の頼通に譲っている。しかし、政治の中心にあるのは依然として道長である。その彼が敦明の立《りっ》坊《ぼう》（皇太子に立つこと）を快く思っていないのは周知のことだが、だからこそ、敦明の側近としては、能信のような存在を窓口に利用するのが政治というものではないか。

——そなたたちの出世のおこぼれにあずかろうと思って出入りしている俺じゃない。ま、少しは役に立ってもやろうというだけのことなのさ。

そういう役目は、能信にとって重荷ではないのである。

さすがに敦明は、そのあたりの政治的感覚には欠けていないらしく、能信を迎えると、

「よく来た。父君は元気か」

ゆったりと語りかける。来るものは拒まない、といった趣だが、身辺に顕光や通任たちがいないときは、よりうちとけて、能信の母や兄弟や妹たちのことを話題にする。というのも、懐の深い道長が、能信の妹の寛子《かんし》を、きさきに、とほのめかしていたからである。

そのことを、さりげなく敦明に伝えたのも能信だった。この話をしたとき、

「大変美しい方だそうじゃないか」

どこから聞いていたのか、敦明はかなりの関心をしめした。

「そうですな、まず、一番母親に似ていますな」

「ふうむ。高松どのは美貌のお噂が高い。鷹司どのというお方がいながら、そなたの父君は、高松どののお顔をかいま見て、身も心も奪われてしまったとか」

「よく御存じでいらっしゃいますな」

「うむ、誰知らぬ者のない話だからな」

敦明との間が、ぐっと縮まったことを感じながら、能信は、ここでも父の懐の深さを思わざるを得なかった。気に染まない東宮であっても、そうときまった以上、自分の腕の中に囲いこんでしまおう、という配慮がたちまち働く父なのである。

そして敦明自身も、その父の魂胆を見ぬいて、誘いに乗ろうとしている。

——さすがだな。

顕光や通任とは器量が違う、と能信は思った。

話は能信の男の兄弟のことにも及んだが、敦明がとりわけ関心をしめしたのは、出家した顕信のことだった。

「十九で出家を思いたったのか、ふうむ」

感に堪えたような呟きを洩らした。

「何不足ない身の上なのになあ」

「はあ、そう思われますが、兄としてみればいろいろの思いはあったようで」

「そうか、そうだろうとも」

深くうなずいた敦明であった。

その次に能信が訪れたときも、敦明は顕信のことを話題にした。

「父には内密で叡山《やま》に登ったのだな」

「はあ、叡山《やま》から使がまいりまして知りましたようなわけで」

「父も驚いたろうな」

「一日で頬がこけてしまいました」

「そうだろうとも」

それからも、敦明は、しばしば顕信について尋ねた。

「元気で修行しているか。出家を後悔してはいないか」

「はい、かなり苦しい修行のようですが、自分にはこれがふさわしい、と申しまして」

「ふうむ。それにしても、決意はみごとなものだ」

「日頃、穏やかで控えめの兄でしたから、そんなことができるとも思いませんでしたが」

「そうか」

言いかけて、ひょいと敦明は能信をみつめた。

「そなたにもできるか」

「さあ……」

能信は答をためらった。

「兄の気持はよくわかりますが、しかし私にはできそうもありません」

「そうか、兄の気持はわかるか」

その言いかたに能信はこだわり、次の言葉を呑みこんだ。じつはそのとき、

「東宮さまも、おわかりなので？」

そう能信は聞きたかったのである。が、それを尋ねさせないような雰囲気が、なぜか敦明の周辺には漂っていた。そして、そのことが、能信の心の底にある翳を残した。

——東宮の心の中にも鬱屈がある。

それは何なのか。父道長との間が必ずしも円滑にいっていないせいなのか。人々の反応は敏感で、気をつけて見ていると、敦明の周辺には出入りする人々の数が少なくなっている。そういうことが、敦明の心を暗くしているのか？

——しかし、父は寛子との縁談も進めているくらいなのだから。

そうは思うものの、いまひとつ、能信の手の届きかねるなにかがある、という気がしてならなかった。

その年の秋は雨がちだった。名月にはまだ間のある八月のある夜、能信は敦明の使者のひそかな来訪をうけた。

「東宮さまが、忍びでお越しを、と仰せられておいでです」

「はい、そのようなお尋ねがあったら、長雨のつれづれのあまり、と申せとのことで」

「承った」

答えた瞬間、ふっと、心の底の翳がよみがえった。

——なにかある。

重大なことを、敦明は打ちあけようとしているのではないか。

——それは、もしかすると……

ひらめくものがあった。

——東宮をお辞めになるのでは？

敦明も能信も、口に出しかけて出しかねていることがあったのはたしかだ。それが、いま、はっきりとした輪廓を能信の前に浮きあがらせようとしている。

能信は父の邸に馬を飛ばせた。言葉短く意を告げると、敦明邸に向った。

「お健やかでいらっしゃいましたか」

手をつかえると、

「ひどい雨の中を来てもらってすまなかったな」

敦明は微笑し、

「うん、こちらは、この雨が幸いなんだが」

「なにか御用でも？」

呟くように言った。

「何がでございます」

「この雨なら、出歩く者も少ないだろうからね。それにこの雨の音、人声までも掻き消すほどではないか」

「何のことで？」

「いや、つまり、人に聞かせたくない話にはふさわしい、ということさ」

もっと近く、とさしまねいた指先が、ほの暗い燭を揺らせたとき、敦明は言ったのである。

「東宮を降りたい」

「や、なんと」

——おお、そうか、やっぱり……

ひそかにうなずきながらも能信の声はさすがにうわずっていた。

「そんなに驚くなよ。能信」

敦明は微笑している。

「は、はい。いや、あまり思いがけないお話なので」

——本心なのだろうな、これは。

まじまじとみつめると、それに応えるように、

「ああ、まじめだ。本気の話だ」

むしろ飄々《ひょうひょう》とした口調で敦明は言った。

「考えてみるがいい。今の帝は俺より十四も年下だ。その帝が譲位するまで待つというのは、かなり滑稽なことだな」

他人事《ひとごと》のような言いかたをした。

「東宮は、帝より年下がよろしい。これはあたりまえの話だ。そのあたりまえの話を、いま、そなたにしている」

「はあ……」

「それを伝えてくれ」

誰に、と敦明は言わなかった。

「かしこまりました」

と言ったものの、能信はまだ納得できない面持である。

「よろしいのでございますな」

しぜんと念を押す言いかたになる。帝王の座がつい眼の先にあるというのに、この人はその前から、みずから立ちさろうとしている。ふと、顕信のことを話題にしたときのことを思い浮かべたとき、敦明はごくしぜんなうなずきかたをした。

「よろしく頼む」

「なぜ、そのようなことを思いたたれましたので？」

「語ってもせんないことさ」

敦明は微笑している。

「とにかく東宮を辞めたい。それだけさ」

頭に浮かぶのは、二年前の三条と道長の息づまるような対決だ。

——こんなことになるんだったら、あのすさまじい争いは何のためだったのか。

眼の前の敦明はそれに応えるように首を振っている。

「いや、そうじゃないんだ」

「えっ」

自分の心を汲みとっているのか、とぎょっとしたとき、

「話したほうがよさそうだな」

敦明は脇息にもたれて頰杖をついた。

「本当をいえば、東宮になってもならなくてもどっちでもよかったのさ。いや、なりたくない、と考えたこともあった。ではなんで、今まで辞めなかったのか、というのか」

それはな、とゆっくりした口調で彼は言った。

「父帝のおんためさ」

「父帝の？」

「そうだ。父帝は、俺を東宮にしようと必死だった。それだけが生きがいだった」

「……」

「それと知りながら、およしくださいい、私は東宮になりたくはないのです、とはよもや言えまい」

「なるほど」

「でも、父帝が世を去られたいま、俺の役目はすんだのさ」

そうか、そういう考えかたもあるのか。これまで見たこともない風景が、ふっとひらけたように能信には思える。

「それに、位についたとしてもなあ」

顕光は愚鈍だし、いったい誰が本気で輔佐してくれるというのか、と敦明の眼は問いかけている。そんな中で泳いで何が面白いのか、と。

——うむ、む……

能信は心中で唸っている。表側から見れば、敦明は戦わずして道長の軍門に降ったことになる。意気地なし、腰抜け、と人は言うかもしれない。が、そうした侮辱を歯牙にもかけない強さが、この人にはある。

——飄々たること風のごとくか。

世の人には奇人としか見えないこの振舞に、能信はいま、微笑を送りたい気持になっている。

「そなたには世話になったな」

敦明はぽつりと言った。

「兼綱にも、ひととき、いい夢を見させてくれた。そなたの言葉がなかったら、しょせん頭《とう》にはなれない男だったよ」

敦明はそのことを憶えていて、今夜能信を呼ぶ気になったのであろう。

「早く、そなたの父に告げて安心させてやれ。敦良《あつなが》どのを東宮にすること、それだけが、今の生きがいじゃないのか」

さらりと鋭いことを言った。

翌朝早く、能信は道長の許に馬を飛ばせた。道長は参内のための装束をつけている最中だった。参内の行列に加わろうとして、すでに人々がつめかけている。

——まずいな、これは。

様子をみようと、母屋の格子戸のところへ立っていると、大納言俊賢《としかた》が通りかかった。

「これは、これは」

能信は急いで一礼する。俊賢は彼の母、高松どのの異母兄で、道長の片腕ともいうべき存在である。

「やあ、能信どの。なんでこれへ？」

能信は一瞬迷ったが、伯父でもあるこの人に隠すわけにもいかず、昨夜の話のあらましを語った。みなまで聞かないうちに、俊賢の眼が輝いた。

「そんな大事な話、どうして早く申しあげないいんだ。早く御報告しなけりゃだめじゃないか」

言いながら、俊賢は、ぽんと能信の肩を叩いた。

「能信どの、大手柄だなあ。蔵人頭のときといい、今度といい、すごい腕前だなあ」

「いや、私は別に」

「いい、いい。とにかく早く行きなさい」

もう一つ肩を叩かれた。

手柄？　そんなことではないんだな、と思いながら能信は歩いている。俊賢伯父のような眼はしのきく人物には、敦明の行動は奇行としか映らないだろう。またこういう人間とつきあい続けるのが天皇に課せられた仕事だとすれば、やはり敦明に向く仕事だとはいえないだろう。

敦明は俊賢のような人間を好まない。まして愚鈍な顕光に期待をかけられたりするのはおぞましいに違いない。

——そうだろうな、こんな世界、あの方にはつきあいきれんだろうな。それも一つの生きかただが……

道長は、どうやら能信の姿を認めたらしい。能信は急ぎもせず、父に近づいてゆく。

戯《ざ》れ歌

一

――まちがっていたかな、やはり。

今にして能信が思うのはそのことだ。敦明《あつあきら》の東宮辞退についてである。話は向うから転がりこんできた。彼に心を許しかけていた敦明が辞意を洩らし、それを父道長に取りついだにすぎなかったのだが、このことは、一躍宮廷人たちに彼の名を印象づけた。

――二十二、三の若さで、大業をやってのけたなあ。

いまでは、能信が敦明をそそのかして、東宮を断念させたかのような噂までひろまっている。道長の息子たちのうち、明子を母とする高松系がとかく霞みがちなのに、彼ひとりが切れものだ、と人々は言うのだ。

「いや、倫子《りんし》どのの息子たち――頼通《よりみち》、教通《のりみち》どのだって、出世はしているものの、お人好しだぜ。第一修羅場を踏んでいない」

たしかに、二十六歳の頼通は、父の譲りをうけていまや摂政の地位にある。左右大臣をとびこえて、幼帝後一条の代行をつとめているが、もちろん父の指示をうけて動いているにすぎない。権中納言教通にしても器量はむしろ凡庸だ。

それに比べれば、という噂を、能信は強《し》いて否定はしない。

——そりゃ噂されるほどのことはやってはいないがね。

噂はそのまま利用してやれという肚だ。敦明が彼にいささか心を開いてくれていたことはたしかだし、邪魔も入らず、一番いいかたちで道長との橋渡しをしたわけである。おかげで、東宮交替は風波もなしに行われた。代って立ったのは現帝後一条の弟、敦良《あつなが》。父の思惑どおりにことは運んだのだ。

事件の後で、能信は権中納言に昇進した。待望の閣僚入りである。父はやはり彼の働きを評価してくれたのだ。

——ま、世の噂も、多少父君を動かしてくれたんじゃないか。

人の口というものも、そのくらいの効用はあるだろう。

しかし、今になって、ある悔いが能信の心の隅に翳《かげ》を作りはじめている。

——まちがっていたかな。あのとき、敦明さまに、いま一度、お考えなおしを、と申しあげる手もあったわけだなあ。

ふと、そう思ったりする。というのは、

──そのことで、あれの一生をへし折ってしまったんじゃないか。

心の中の翳が、しだいにひろがりはじめているのだ。あれとは妹の寛子《かんし》。東宮辞退以前、敦明と寛子の間には、縁談めいたものが起りかけていて、能信自身もそれにかかわっていたのである。

これは能信にとっても悪い話ではなかった。今まで天皇のきさきに立ったのは、二人とも倫子の所生である。故一条帝の中宮彰子《しようし》、故三条帝の中宮妍子《けんし》。現帝後一条は十歳の少年だから九つも年上の寛子とはつりあわない。が、敦明のきさきになっていれば、いずれ即位の折には、寛子が顕光の娘延子《えんし》にさきがけて中宮になるのはまずまちがいない。

──わが血筋にも春がやってくるな。

父は高松系の自分たちを、決して忘れていたわけではなかった、と思ったのであったが、いま、敦明が東宮を辞退したとなると、状況は大きく変化し、寛子との婚儀は立消えのかたちとなった。

──寛子はきさきになりそこねた。

能信の胸の中に、妹に対して、後めたい思いが日を追ってひろがっていった。あのときはやはり、

「もう一度、お考えなおしを……」

と言うべきではなかったか。寛子との縁談が進みはじめていたときだったのに、

——俺は東宮に執着しない親王のいさぎよさに感嘆し、一方では、父君にばかり心を添わせすぎていた。敦良親王の東宮への道が開かれたことで、どんなに父君が喜ばれるか、そのことだけを考え、寛子のことを思ってもいなかったんだな。

それが正直のところである。

——かわいそうなことをしたな。

そう思うと、妹とは顔をあわせにくい。色白で少しばかり下り目の甘い顔立ちは、このところ、匂いたつばかり美しくなっている。

——ああ、そうだとも。そなたは彰子どのより妍子どのより美しい。その美しいそなたが……

寛子からなにかそのことを聞かれはしないかと思うと、どうも落着かず、ちょうど中納言藤原実成《さねなり》の娘といい仲になりつつあったのを幸い、その娘に溺れこんでいるふりをして、高松邸には、ほとんど帰らなかった。それでいて能信の眼裏《まなうら》には、東宮妃となり、やがて中宮に立つ寛子の姿がちらつく。

——そうなってもよかったのに、なんで俺は……

そんな折、

「いま、高松に来ておる」

戻ってこい、という父からの言伝てが実成邸に伝えられた。馬を馳せて戻ると、母と並んだ父は、

「このごろは、実成の邸に入りびたりだそうだな」

上機嫌の笑顔を見せ、

「まあいい。能信もそろそろ身を固める年頃だ。実成の娘ならいいんじゃないか。どうだ美しい姫君か」

からかうような口ぶりで言った。実成の父は右大臣公季《きんすえ》。道長とは別系だが藤《とう》氏の名門の一つ。ただし、公季も実成も、政治的才幹には乏しく、閣僚の座に並んでいるにすぎないのだが、その存在じたいは無視するわけにもいかない。能信が実成の家と結ばれることも悪くない、というのは父の本音であろう。

——でも、それだけのことでお呼びになったのではあるまい。

ふっと頰をひきしめたとき、父の表情もかすかに変った。

二

ごくさりげなく——

道長の口からその言葉は出た。

「姫のことだが」

姫とは寛子のことである。

「院との御婚儀を進めるのでな、そなた、準備をよろしく頼む」

瞬間、能信は、ぽかんとした表情になった。院とは、東宮を辞退した敦明のことだ。上皇の待遇を与えられ、小一条院と呼ばれている。しかし、帝位を諦めたそのとき、寛子との話は解消されたのではなかったか。

——それは、父君。

口許から出かかった言葉を抑えるかのように道長は大きくうなずく。

「そうだ。院も望んでおられることだし」

——しかし、父君。帝にもならないお方に、寛子を嫁がせることは……

「いい御縁だと思う。院はりっぱなお人柄だ。姫も幸せになれるぞ」

——きさきになれなくとも幸せとおっしゃるのですか。

「まあ、きさきも同然だ。院は歴代の上皇方と同じお扱いをおうけになるのだからな。しかも帝のように、儀式に縛られる御気遣いもない。そのお側にいられることは、きさき以上の幸せかもしれん」

能信は口を閉じた。彼がなにかを言いかけようとすると、まるでそれを封じるかのように父は先廻りして喋っている。このときほど、父の前では二十三歳の自分が、まったく歯が立たないことを感じたことはなかった。

——すまなかったな、妹よ。

その場にいない妹に、彼は心の中で呼びかけた。俺は、やはりあのとき、敦明親王に、お考えなおしを、と言うべきだった、と思いながら、能信は、はじめて父の心の底に気づく。父は東宮の座とひきかえに、寛子を敦明にさしだしたのだ。

——礼物《れいもつ》か。まるでものかなにかのように。それじゃあ、まったく取引の具じゃないか。

敵とみなされる人を排除せず、つねに囲いこんでしまう父を、世の人々は度量が広いという。しかし、その蔭にいる人間が、どんな思いを懐かねばならないか、考えたことがあるだろうか。とはいうものの、今の能信は、

「じゃあ、姫に、そのほかにどんな婿がいるというのかね」

と父に言われたら返す言葉もない。たしかにいい縁だ。政治の圏外にいるだけに小一条院には気楽な生活が待ちうけている。これ以上、優雅で贅沢なくらしは望めないかもしれない。しかし、そう思いながら、能信は、異母姉の彰子や妍子のありようと、つい比較してしまう。それに比べて妹が幸せだとはとてもいえない。

能信は、彰子たちの妹の威子《いし》のことを、ふと思い浮かべていた。威子は寛子と多分同

い年だが、十四歳のときから尚侍《ないしのかみ》の地位を与えられている。これは幼帝後一条の即位にあたって行われる御禊《ごけい》という儀式のためである。幼帝できさきがいないとき、この御禊には女御代《にょうごだい》が立つ。姉の彰子が敦成《あつひら》（後一条）を産んだとき、その傍らにいて抱いたりあやしたりしてやった威子が選ばれたのは当然ともいえるが、このあたりが寛子との運の分れめになったように能信には思われる。

もし、父が敦明と威子という組合せを考えていたら、敦明は東宮を辞さなかったかもしれない。また、敦明が東宮を降りれば、当然威子との婚儀は沙汰やみになったことだろう。考えれば考えるほど、寛子のことが哀れになってくる。

——母君……

父の傍らに寄りそっている母にそう言いかけて能信は口を噤《つぐ》んだ。

母はほのぼのと笑っている。

——ああ、母君はなにもわかっておられない。

この世間知らずが、母のかけがえのない魅力で、それが父の心を慰めていることはたしかなのだが、こんなとき、父のいうなりになっている頼りなさは、能信にはなんともやりきれないのである。

「ま、とにかく万事急いでくれ」

道長はまだ上機嫌である。

「頼宗もそなたも、いずれは婿取られて、この邸を出る身だ。その後に小一条院がお渡りになれば、母君もどんなに心強いか」

「ほんとうに……」

母は美しく微笑して小声で言った。

こうして、小一条院と寛子の婚儀の準備は慌しく進められた。一度だけ、能信は妹にそっと尋ねたことがある。

「小一条院をお迎えすることに、異存はないのだな」

寛子は、まじまじと能信をみつめ、なんでそんなことを聞くのか、というように首を傾げてから、

「はい」

微笑して答えた。

――ああ、母君と同じ笑顔だ。

能信はそれ以上、なにも言えなくなった。

その年の十一月、敦明と寛子の婚儀が行われた。東宮辞退からたった三か月、まさに敦明は東宮とひきかえに寛子を得たのである。婚儀にあたっては、異母姉である皇太后彰子や、その母である倫子からもきらびやかな贈物が届けられた。道長自身はもちろん、寛子のために豪奢な織物を運びこんでいる。

婚礼のその夜、高松邸で脂燭《しそく》をかざして敦明を迎えたのは異母兄の教通《のりみち》。まさに鷹司系が、あげてこの婚儀を祝うかたちになった。実の兄である頼宗《よりむね》、能信がこれに続く。迎えられる敦明は、あまりに賑やかな出迎えに、一瞬たじろぎを見せたが、悪びれたふうもなく奥へ進んだ。

その日は宮中で豊明《とよのあかり》の節会《せちえ》が行われていたのに、道長の顔色を窺う貴族たちは、節会の中途で席をはずし、われ勝ちに高松邸に駆けつけた。

「東宮の御婚儀でも、これほど豪奢ではあるまい」

そんな噂が流れたことに道長は満足したようだ。その夜はさすがに高松邸の奥にいて、自身は姿を現わさなかったが、三日めの、三日夜餅《みかよのもち》の折には、みずから席に出て敦明に酒を注《つ》いだ。道長の気の遣いかたは大変なもので、敦明にさしだす膳にはあれこれ注文をつけ、自ら台盤所《だいばんどころ》へやってきて、膳を拭ったり、料理の味見までした。

能信と頼宗はそのつど道長に従って台盤所へ行く。近視の頼宗は、例によって眩しそうに眼を細くし、しばたたきながら、父の姿をみつめている。能信はさりげなく兄の脇腹を突つき、ふりかえったその眼に、

――やりすぎだよ、なあ。

こちらも眼を細めてみせた。なにやら薄い嗤《わら》いを浮かべているとも見える頼宗の眼が、かすかにうなずく。

後になって、頼宗は小声で囁いた。

「知ってるか、左府のこと」

道長の後をうけて左大臣になっていた顕光は、娘の大事な婿どの敦明を、まんまと道長にさらわれて、恨みに恨んでいるという。

「なんでも、延子どのの髪を切って——」

「髪を？　出家させようというんですか」

能信が驚くと、頼宗はかぶりを振った。

「そうじゃない。ひと握りを切ってだな、庭に出てまじないをやっているそうだよ。寛子を呪ってな」

「そうですか」

能信は、あまり呪いを信じていない。

「父君はそれを御存じで？」

「さあ、どうかな」

「だから召しあがりものの指図までなさる、っていうわけでもないでしょう」

「まさか」

頼宗は能信から視線をはずし、また、遠いところを見るような、眩しそうな眼付になって、低い声になった。

「やりすぎさ、たしかに」

なぜ、道長がそれほど気を遣ってみせたのか、そのときの能信は気づかなかった。それよりも、婚儀の席で、ひどく浮きうきとした笑顔を見せていた敦明に、あるわりきれなさを感じていた。

さっぱりと東宮の地位を棄てた彼にさわやかさを感じたのは誤りだったのか。けっこう寛子との仲を楽しんでいるようだし、顕光から離れて道長一門に迎えられたことに満足しているようにも見える。

――どこまで本気であられるのか、わからんな。

人間はとかくそのようなものらしい。その後も道長の敦明に対する下にも置かないもてなしが続く。寛子はやがて女児を、続いて男児を産むが、色白で太ったかわいい男児を見たときなどは、道長は、

「おお、りっぱな王子《みこ》だ。みかどがねだなあ」

と喜んでみせた。みかどがね、つまり帝にふさわしい人間、ということである。が、大げさにはしゃいでみせる父の言葉に、能信はもう驚きもしなくなっていた。妹の結婚の直後の事態の急展開を見てしまったからだ。

三

寛子の婚儀の終った直後、道長は太政大臣になった。寛仁元（一〇一七）年、十二月のことである。摂政も辞していた彼の任官は、翌年正月に予定されている後一条の元服の折、加冠《かかん》の役をつとめるためである。当時の太政大臣は、すでに空名化していて、実質的な権力は持っていない。道長としても、息子の頼通に摂政を譲って一切を任せ、背後で指揮をしていれば事足りるのだが、以前から、天皇元服の折の加冠の役は外祖父である太政大臣がつとめるしきたりになっていたので、一時的にその地位についたのだ。

翌年一月早々、十一歳になった後一条は元服した。そして一月《ひと》後に道長は太政大臣を辞めている。

能信を驚かす事態が展開したのは、その直後だ。

噂が走ったのだ。鷹司系の三女威子が、元服した後一条の許へ入内《じゅだい》する、と。

——なんだって？　威子どのは、わが妹の寛子と同い年。じゃあ、二十歳の姫君が、十一歳の子供に嫁ぐというのか。

しかも、威子は後一条にとっては血のつながる叔母にあたる。叔母甥の結婚はさまで珍しいことでなかったそのころとはいえ、後一条——敦成が誕生したときから威子は彼を抱きあげたりあやしたりしていたはずだ。その威子を、少年後一条に押しつけようというのか。

能信の耳に伝わってくる声がある。

「いいじゃあありませんか。かまいませんとも」

威子の母の鷹司どの——倫子の声だ。そこにわが母、明子《めいし》の、ほのぼのとした笑顔が重なる。

——ああ、駄目だ。勝負にならない、わが母君では……

そのときになって、寛子の婚礼の折の、鷹司一族の度肝《どぎも》をぬくような豪勢な贈物の謎が解けてきた。めでたい、めでたい、の大合唱は目くらましだったのかもしれない。それまでに威子入内の計画は、いちはやく進められていたのだろう。道長が小一条院を下にも置かぬようにもてなし、膳の味見までしてみせたのは、そのためだったのか……

かねてからの準備を裏づけるように、威子の入内は、すばやく、三月の初めに行われた。

「さすがに恥ずかしがっておられたそうだよ」

頼宗が噂を聞いてきての話である。

「そりゃそうでしょうな、年が倍近く違う叔母さんが相手じゃねえ」

能信がうなずくと、頼宗はにやりとした。

「それが違うのさ」

「え？」

「恥ずかしがったのは威子どののほうさ。そりゃそうだろう。姉さんぶって抱いたりあやしたりした相手じゃねえ。なかなか御帳台《みちょうだい》にお入りにならなかったそうだ」

「ふうむ、そうかもしれんなあ」

「すると帝が、いらっしゃいよ、とおっしゃって」

「ほう。案外、ませておいでですな」

「いや、恥ずかしいなんてことがまだわかっていないいくらいの稚《いとけな》さなんだな。もっとも閨《ねや》入りのことだけは乳母《めのと》が手ほどきはしているだろうがね」

「そんなことでうまくいくのかな」

頼宗は、眼に眩しげな薄ら嗤《わら》いを浮かべた。

やりすぎだよ、なあ――と眼で囁きかわしたあのときの表情である。

――やりすぎだよ、なあ。

今度は頼宗の眼が無言でそう言っている。

――誰が？

――父君と、それから……

――うん。

眼と眼の会話の中で、鷹司どのとまでは彼も言わなかった。いや、言わなくてもわかることであった。

ちょうどそのころ、数年がかりで造営していた内裏が完成した。火災があったのは長和三（一〇一四）年、その後、一条院を新築し、そこを内裏としていたのだが、後一条は元服を機に、新造内裏に移ることになった。しかし、このときも、母の彰子とひとつ車で内裏入りをしたというから、まだ少年扱いされている感じである。

この日、威子は女御の宣旨をうけた。能信が高松邸に来た父に呼ばれたのは、それから間もなくのことである。

「女御のことだが」

道長は、威子の新しい呼び名を口にした。

「帝と女御とのお仲らいは、きわめてお睦まじいようだ」

「それはけっこうなことで」

「ついては、帝の思召しもあって」

いずれは女御を中宮に、ということになるだろう、と道長は言った。

「めでたきかぎりでございますな」

能信は軽く一礼した。威子が女御から中宮になるのは、当然というよりほかはない。

「それについてだ」

道長は膝を乗りだした。

「新しい中宮権大夫には、そなたがなってくれ」

「私が、でございますか」

「そうだ。さきの妍子中宮のときも、そなたは権亮《ごんのすけ》としてよくつとめてくれた。宮の御身辺のさまざまな雑事をとりしきるのは、経験のある者でなくてはな。いや、あのとき

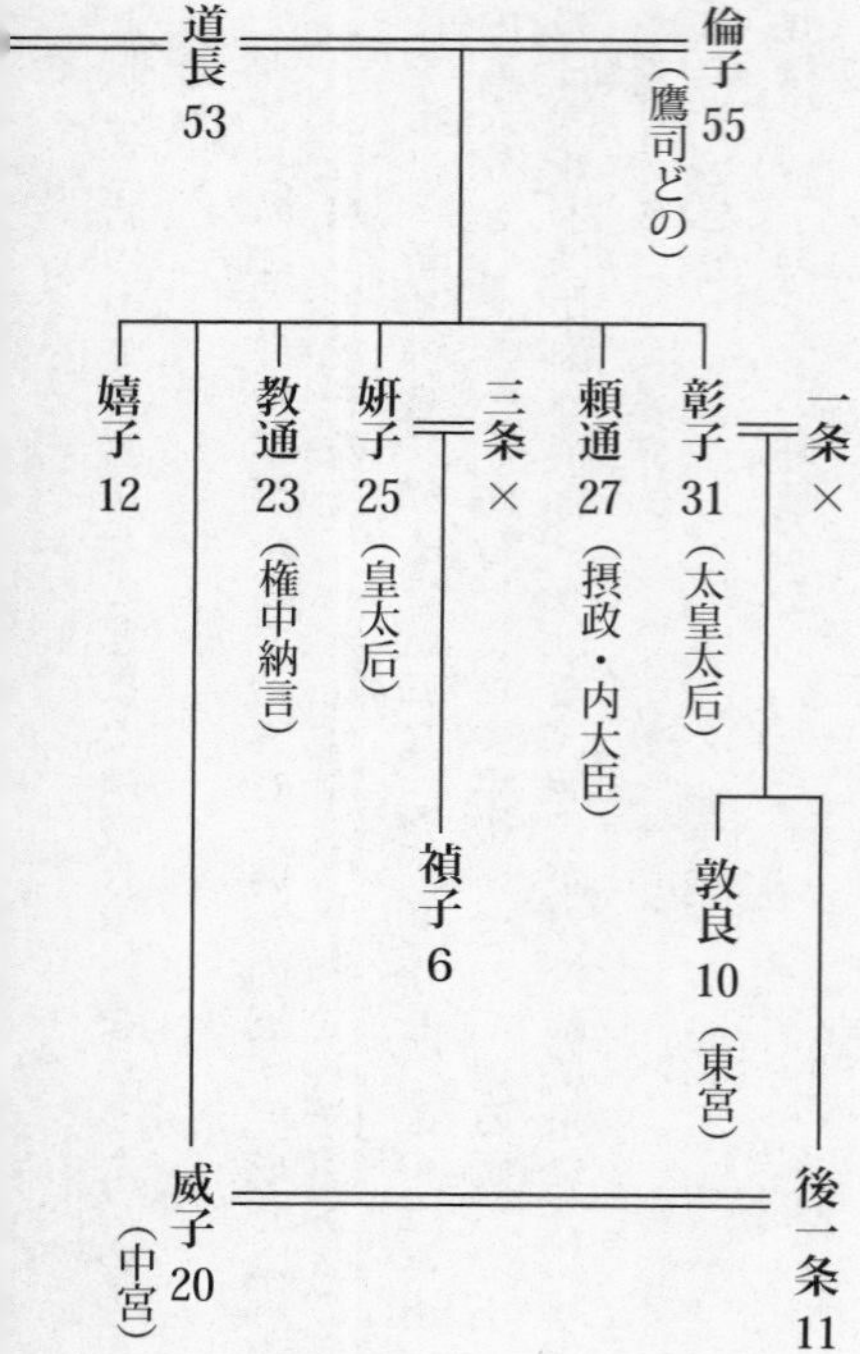

寛仁2(1018)年の時点における人間関係図

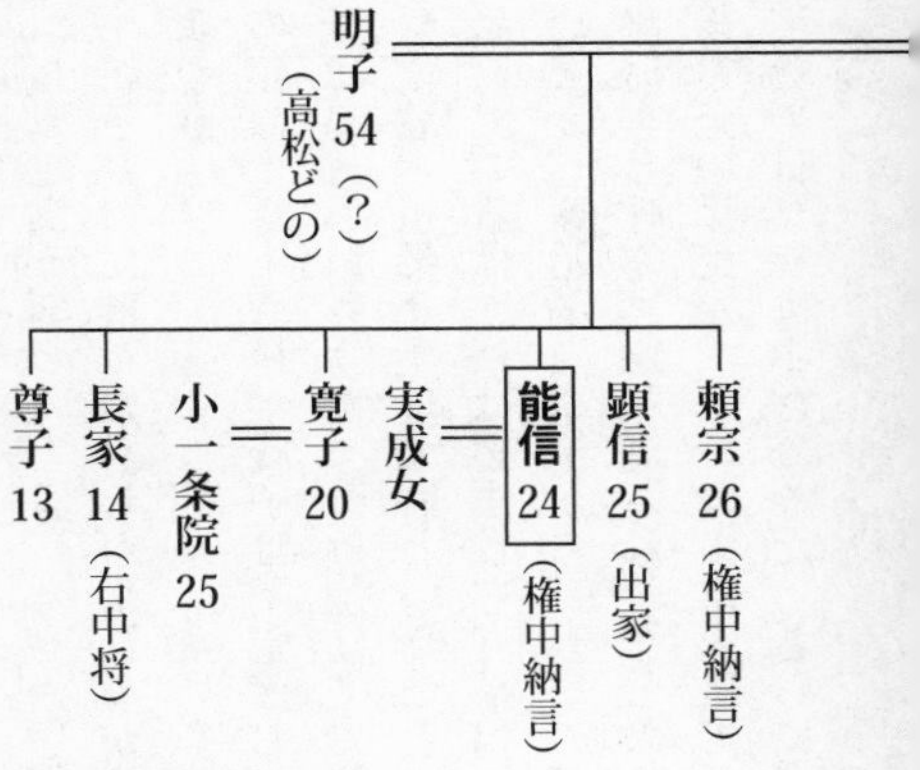

数字は年齢(数え年)
×印は当時死亡

の働きはみごとだった。なにしろ女御はまだ年若だ。心きいたる者の助けが必要だ」
話を聞いているとき能信が感じたのは、
——囲いこまれたな。
ということだった。高松系を、この幸運から締めだしはしないぞ、という父一流の配慮である。むしろ父は辞を低くし、協力を求めているのだが、頼みは命令にひとしい。能信には巻きつけられた縄が、じわじわと体にくいこんでくるように感じられる。

——囲いこまれるというのも痛いことだな。

「私でよろしければ」

能信は軽く会釈した。

「そうか、引受けてくれるか」

晴ればれと父が言ったとき、なぜか、頭をかすめるものがあった。

——妍子どのには、姫君しか生れなかったが。いや、そのことを父君に思いださせるのはよそう。

その年の十月十六日、威子は予定どおり中宮に立つことになった。それまで中宮だった妍子は皇太后に移った。つけ加えておくと、律令のきまりでは、天皇の正妻が皇后、母が皇太后、祖母が太皇太后ということになっているが、当時その称号はかなりルーズに使われている。これは必ずしも直系相続が行われないため、規定の称号があてはめられないとか、政治的な事情から、天皇の正妻として、二人の皇后（一人を中宮、もう一人を皇后宮と呼ぶ）が並立されたなどの理由による。このときも彰子は故一条の正妻、現帝後一条の母だが、すでに太皇太后であり、妍子は故三条の正妻で、後一条の叔母なのに、その日までは中宮だった。さらに三条にはもう一人の正妻娍子《せいし》がおり、依然、皇后と呼ばれている。

こんなとき威子は里下りして、立后《りつごう》の使の来るのを待つ。父の道長は内裏に行き、宣《せん》命《みょう》が作られ、天皇の前で読みあげられるのを見届けて退出。一方摂政頼通の直廬《ちょくろ》では中宮や皇太后付きの役人の人事が決定される。能信は立后の儀に参列、続いて予定のとおり中宮権大夫に任じられ、その儀式もすませて、父を追って威子の待つ上東門《しょうとうもん》邸に急ぐ。

やがて勅使がやってくる。このあたりから中宮権大夫能信の大車輪の活躍が始まる。勅使の出迎え、威子の介添、なだれこんでくる祝客との応対——。ひと休みする間もない。やがて始まった祝宴を忙しく指揮しているところへ、頼宗が近づいてきた。

頼宗は彰子の身辺に侍しているから、いまは太皇太后宮権大夫である。

「御苦労さまだな」

口の先では、新任の中宮権大夫を労《ねぎら》っているが、話すことは別にあるらしい。

「左府が……」

頼宗は声を低くして、顕光のことを口にした。

「今日の立后の儀に大遅刻した。いらいらなさった父君が、右府に上卿《しょうけい》（主宰者）をつとめてもらおうとしたところへ、のこのこやってきたんだそうだ」

顕光は威子立后がおもしろくないのである。敦明が皇位への望みを棄てたので、彼の娘がきさきになる道は永遠に閉ざされた。しかも敦明自身、寛子の許に住みついて、いまは顕光の邸からは遠のいている。

「その上、中宮少進に誰とかを推挙したのに、容れられなかったそうですよ」

能信も耳に入った噂を囁く。

「そりゃ無理だろうな」

と、頼宗は肩をすくめる。

「そうですよ、急にそんなこと持ちだしたって」

げんに自分の権大夫就任の話は、ずいぶん前のことなのだから。

「俺は上東門邸なんか、いきたくもない、とか口走っていた、というのは、それなんだな」

頼宗が呟く。

「ほう、そんなことがあったんですか」

ひと足早く内裏を出た能信はそこまでのことは知らない。

「いかない、いかないと駄々をこねるのをなだめられていたがね、ああ、来た。やっと来た」

頼宗は例によって眩しげな眼をした。背をかがめた顕光は、少しよたよたしている。

「幾つかなあ、左府は」

「さあ、七十の半ばくらいでしょうか」

「辞めんなあ、なかなか」

「そりゃそうですよ」

「どうしてだ」

「延子どのの産んだ皇子が即位するかもしれない、って思っているんだそうで」

「げっ」

頼宗は大げさに驚いてみせた。

「だって、そりゃ無理だぜ。小一条院は皇位を諦めたんだから」

「でも、帝も東宮もお年若ですからな、お子さまの生れるのはずっと先でしょう。とすれば、万一、幸運が転がりこむかもしれない。そのときは、俺がいないと、って」

ふっふっふ、と頼宗は低く笑った。

「いくつまで生きるつもりなのかねえ」

「もういかなくちゃ、お迎えに」

足早に立ちさろうとした背中を、頼宗の声が追う。

「御苦労さまだな、中宮権大夫」

まったく、顕光の妄執も、ここまでくれば喜劇である。が、能信は頰をひきしめ、うやうやしく一礼した。

「左府どのの御来駕、光栄のいたりに存じます」

「うえ、うえ、うえ」

もぐもぐとなにか言ったようだが、よく聞きとれない。

やがて宴が始まった。あちこちで交されるのは、

「一家三后は未曽有の慶事」

といった言葉である。たしかに彰子太皇太后、妍子皇太后に威子中宮と、三人姉妹がきさきの位に並んだということは、これまでにはなかった。

人々は挙《こぞ》って道長の前に進み、

「一家三后」

を声をはりあげて祝福する。

「やあ、やあ」

酒の入った道長の声も大きい。周囲のざわめきに負けまいとして、人々の声も高くなる。

「いい姫君をお持ちで。それも揃いも揃ってお美しくて」

道長の傍らには、権大納言右大将の藤原実資《さねすけ》がいる。愚鈍な顕光や、無能な右大臣公季と違って博学で儀式にも一家言を持つうるさ型だ。道長としても、九つも年上の、気の許せないこの人物には、日頃一目置いている。

能信のいるところからは、道長の前で姫君をほめあげている男の顔はわからない。

──まずいこと言うじゃないか、あの男。

なぜなら、実資は娘運がよくないのだ。かわいがっていた娘が夭折したこともあるし、道長やその兄の道隆《みちたか》に遮られて、ついに娘を入内させる機会がなかった。

──娘運の悪い右大将どのの前で、まずいじゃないか。

顕光のように愚かではない実資は、悠然と構えて微笑しているが、腹の中はどんなだろう。このとき、道長が、ちょっと照れたような笑顔で実資を見やった。

「いや、ほんの戯《ざ》れ歌でしてね」

能信は聞き耳をたてて、少しずつその席に近づく。

「いやあ、もともと、歌はうまくないので」

首のあたりを撫でて、おどけた笑い顔を見せる道長に、

「御遠慮には及びませんよ。さあ、どうぞ」

と、そのかす実資の声は、無理に調子をあわせている感じで少し表情が硬い。

──右大将はまだ酔いが廻ってないな。

二人の間にかすかなずれのあることを、能信は感じている。

「ほんの座興、思いつきなんでねえ。でも、ちょっと、いい気になりすぎてるかなあ」

「めでたいお祝の席だ。いいじゃありませんか」

「じゃ、やりますか。でもいい気なもんだ、なんて思わないでくださいよ。そうそう、

右大将どの、必ずお返しの歌をお願いしますぞ。必ずですぞ」

「わかりましたとも」

――なるほど。

能信は合点する。少し下手なおどけた歌を詠み、実資にうまい返歌をさせる。そして、みごとみごと、と褒めそやし、相手をいい気持にさせてしまう。ともすれば、宴の席から離れがちな実資を囲いこむには、こんな手があったのだ。

「では、失礼して。いいですかな」

道長は酔ったと見せかけて、ふらふらと立ちあがった。


この世をばわが世とぞ思ふ望月の虧《か》けたることもなしと思へば

実資はじっと聞き入り、大きくうなずいた。

「いや、おみごと、おみごと。こんな名歌には、御返歌のしようがない」

それでは、話が違うと言いかける道長を押えて、実資は一座を見渡す。

「さて、この御名歌、一同で吟じようではないか」

道長はいささか慌て気味だ。

「いや、その。客人《まろうど》たちに吟じていただくほどの出来ではない。その、ほんの戯《ざ》れ歌で」

「いや、いや、おみごとなものです。さ、御一同よいかな」

「この世をば……」

広間に歌声がうねりながら響いていく。道長の当惑げな表情に、実資が微笑を送る。もともと陽気に騒ぎたてるというたちでないから、どうもやりかたがぎごちない。その間から本心が透けて見えてしまうのだ。

――父君は、囲いこみに失敗したな。

能信は歌いながら、父をちらりと見る。戯れ歌を詠じて実資の歌を引きだし、やたら褒めあげていい気持にさせようとしたのに、実資はその手に乗らなかったのだ。

――そうだよ、彼《か》の卿が、父君に応えて歌を詠むはずはなかったのさ。あのことをお忘れなのかな、父君は……

以前、彰子が一条の許に入内するとき、道長は一双の歌屏風を持たせた。前もって、一首なりともと公卿《くぎょう》たちに歌を求め、それを名筆藤原行成《ゆきなり》に書かせたものである。このとき、おだてにのせられた花山《かざん》上皇などは、自慢の腕の見せどころとばかり数首を贈った。公卿たちも次々と歌を寄せたが、実資だけは、

「私は歌は不得手で」

と、とうとう届けてこなかった。実資は屏風の政治効果を見ぬいていたのだ。一条はその屏風を見るたび、

――ははあ、この者たちが道長に心を寄せているというわけか。

と思ったことだろう。優雅な屏風は無言の示威の具でもあったのである。実資とすれば、

――そんなところに、俺の名を並べられるか。

ということであろう。一条もまた、やがて、実資の名のないことに気づくはずだ。歌を並べないことで、彼は、はっきりとその存在を主張したのである。

そんな過去があるのを、父は忘れたのか。酒が心の働きを鈍くしたのか。今度も実資は、道長に拍手すると見せて、肩すかしをくわせた。が、実資は不器用だ。喜劇の仮面が被りきれず、ぎくしゃくしている。ちらちらと本心を覗かせながら、不器用に歌の音頭をとっている。

――父君の歌もひどいもんだが、実資卿もなあ、これもいいかげん喜劇だぜ。

娘運の悪い彼が、心の中で苦虫を嚙みつぶしながら、めでたい、めでたい、と言っている図などは滑稽としか言いようがない。

ふと遠くに頼宗の方を見やると、例の眩しげな眼差は、さりげなく、自分に向けられているようでもあった。

――やりすぎだよ、なあ。

――ふむ、というのはどちらが？

──なにを言ってるんだ、そなた。

──いや、兄上こそ。

心の中で首をすくめはしたものの、能信の思いもまた複雑である。

「一家三后」

人々は口を揃えて讃歎しているが、その中に能信と母を同じくする姉妹《きようだい》は一人もいないのだ。

──そうだ、一人も……

彰子、妍子、威子──。すべて倫子を母とする女たちではないか。明子の産んだ中で、ひとり寛子が東宮妃になりかけて未来への希望を感じさせたが、いまはその道も断たれている。その下にもう一人尊子《そんし》という妹もいるが、おそらく彼女もこの栄光を手にする日は来ないだろう。

鷹司系と高松系と──

こんなに明暗が分れた光景はかつてあったろうか。そして能信自身は、今宵の女王、威子に奉仕し、身辺を駆けずりまわっているだけなのである。

──この世をわが世となんか思えないさ。

その意味では、娘を入内させて外祖父となる可能性のまったくない実資が、心にもなく、笑顔を浮かべて歌を歌っているのと同じことではないか。実資が下手な喜劇役者なら、自分もまた似たようなものだ。

——そうだ、中宮権大夫も、かなり滑稽な役廻りさ。

能信は、思いきり声をはりあげた。

「この世をば……」

——ああ、下手な歌だ。なんて下手な歌なんだ、戯れ歌だと、父君は言っているがね。そうでも言わなきゃ披露もできまいよ。

——やりすぎましたなあ、父君。

たまにはこういうこともあるさ、と能信は笑いを嚙みころす。意地の悪い実資は、いかに道長に肩すかしをくわせたか、大得意で日記に書き記すことだろう。それが後世に伝えられるときは、道長の当惑げな表情も、実資の狡猾な褒めあげかたも忘れられて、あの下手な歌だけが独り歩きすることだろう。

能信は寛子の顔を思い浮かべる。

——もし、三后の中に妹が入っていたら、俺の気持はまったく違っていたろうな。

——気の毒なことをしたな、妹よ。

改めて胸の底が痛む。これが高松系の宿命なのか、とふと思い、強《し》いてそれを払いのけようと、能信は起ちあがった。

勾欄《こうらん》に身をあずけて眺める庭にあるのは無愛想な静寂。それらを蔽う虚空は、はてしない洞窟に似て、人々のざわめきのすべてを吸いとろうとしている。月の光さえ、その蒼黒い洞窟に吸いこまれてしまったのか、ひどく力がない。能信はいま、ひとり扉を隔てた別世界にいて月を見上げている。

——そうか十六夜《いざよい》か。望《もち》どころか、もう虧《か》けはじめているじゃないか。

死は野望の祭

一

生霊、死霊というものが、どのくらい信じられるか。おそらく半数以上の人間が、本心では信じていないのではないか、と能信《よしのぶ》は思っている。祈禱に招かれる修験者の手口があまりにも見えすいているからだ。なにしろ貴族社会は範囲が狭いし、半ば以上はなんらかのかたちで親戚、婚姻関係で結ばれている。どこの家とどこの家とは仲が悪く、どことどこは表面親しいがじつは出世争いにからんで内心いがみあっている、といった事情は世の中でも周知のことなのだ。

招かれた修験者も、そんなことは先刻承知で、連れだってゆく憑坐《よりまし》の童子にも、あらかじめ、そのあたりの事情を言い含めておく。そして修験者が数珠を押し揉み、祈りが最高潮に達したころ、憑坐が、その家に恨みを持ちそうな霊がのり移ったふりをして、狂乱のさまを演じて、それらしいことを口走る。うまい修験者ほど、このドラマの盛りあげ方に迫真性があるから、病気で弱気になっているような依頼者は手もなく信じこまされてしまう。

だから、気にするな、と彼は妹の寛子《かんし》に言う。妹は、さきに小一条院敦明《あつあきら》との間に生れた男の子を死なせてしまった。生れて半年、寛子の父、道長に、りっぱな王子《みこ》だと褒められたその子が、一晩熱を出しただけで、あっけなく死んで以来、寛子はすっかりふさぎこんでしまっている。

「ま、なにごとも前の世の宿命《さだめ》というからな」

われながら月並な慰めかただとは思ったが、寛子は激しくかぶりを振った。

「いいえ、そうじゃないんです」

「というと？」

「呪いですわ」

「呪い？」

「ええ、あの方の……」

あの方、とは敦明のそれまでの妻、藤原延子《えんし》。寛子が敦明の子を産む半年余り前に死んでしまった。

「それも、私への恨みが募って亡くなられたと誰もが申します」

寛子が唇を震わせながら言うのを、

「埒《らち》もないことを」

能信は、その言葉にのしかかるような勢いで否定した。

「何人かのきさきをお持ちになるのはよくあることさ。それに、院（敦明）も延子どのを見捨てられたわけじゃない。時々はお渡りになって、延子どのや王子たちの面倒をみておられたんだから」

恨まれる筋合はない、げんに父君だって、母君のところと鷹司《たかつかさ》どの（倫子《りんし》）を往復しておられるが、どちらも恨んだり呪ったりはしないじゃないか、と言っても寛子はききいれなかった。

「だって延子さまの父君は、私たちのことを呪って、まじないを――」

「ああ、そのことか」

延子の父、左大臣顕光《あきみつ》が、娘の髪の一部を切りとって、庭に出て、しきりにまじないをやったという話は、妹の耳にも入っているらしい。

「あの左府どのは、老いぼれて、少し頭がおかしくなっているのさ」

こともなげに能信は言った。

「それに、まじないなんて、なんの効きめがあるもんか。そなただって、その前に、別に障りもなく姫君を産んだじゃないか」

「ええ、それはそうですけど、でも……」

寛子はまだ不安げである。

「でも、延子どのはお亡くなりになってしまいましたわ。だから……」

「だから、こんどは死霊ってわけかい」

「ええ、それだけに恐いんです。延子どのの怨霊が、王子《みこ》を取り殺してしまったのですわ」

「ふ、ふ、ふ、そんな話はやめてくれよ」

笑いとばしてから、少しまじめな顔になって、能信は言った。

「しっかりしてくれなければ困る。いま、そなたは大事な体だ」

寛子は、またみごもっていたのである。出産は今年の暮か来年の春。つわりが終ったとはいえ、体調はととのっていない。そのことが寛子の心を不安定にしていることはたしかである。

「そんなときに、王子を失えば心が戦《おのの》くのは当然だ。が、ここはひとつ、覚悟をきめて、毅然としていなくてはいけない。今度生れる嬰児《やや》のためにも、な」

「は、はい」

口では言うものの、眼の怯《おび》えは消えてはいない。

「おそらく産み月が近づけば、修験者の出入りも繁くなる。そのとき、あいつらは、必ず延子どのの怨霊だのなんのと口走るに違いない。が、そんな筋書はあらかじめ仕組まれているのさ。左府一家が、われわれを恨んでいることは世の中の誰もが知っている。憑坐が適当なところで倒れてみせて、延子どのの霊がのり移ったふりをするんだ。そんなのに騙《だま》されちゃいけない」

「は、はい」

かすかにうなずくが、

――わかってないな。俺の話が。いや、はじめからわかろうとしないんだ。

やりきれんな、これは、と能信は思ったが、ふと、別の話をした。

「俺が童《わらわ》のころ、母君が重い病にかかられてな、修験者を招いたことがあった」

修験者は憑坐の少年を連れて、意気揚々と乗りこんできた。能信が物蔭からこっそり覗いていたのは、連れてこられた少年が自分と同じ年頃であることに好奇心をそそられたのである。

修験者は大仰な身振りで、なにやらまじないの文句を唱えていた。大きな玉を繋いだ大数珠をふりまわしたり押し揉んだり、小半刻も続けたろうか。ところが悪霊がのり移るはずの憑坐は、きょとんとしている。ふつうはいいかげん祈禱が昂まったとき、病人に憑《つ》いていた悪霊が、修験者の霊力に責められてついに飛びだして憑坐にのり移る。そこで、息も絶えだえに、

「助けて。祈禱を少し弱めて」

と哀願し、じつは私は何某の怨霊で、と告白する、という段取りになっていた。なのにこの日、少年は、いっこうに、そのクライマックスの場面を演じようとしないのだ。

「憑きませんなあ」

祈禱をやめた修験者は、後に居並ぶ人々をかえりみていった。

「これはひとすじ縄ではゆかぬ執念ぶかい悪霊です。ひしとお体にとりついております」

ほうっと一座の人々は溜息をつき、

「では、験者どのも御休息なさって、改めて御祈りを」

「そうさせていただきましょう。このままでは私の身が保《も》ちませせぬ」

修験者の前に白湯《さゆ》や木の実が運ばれ、一同は座を起った。このとき、少年能信が物蔭を離れなかったのは、ひとえに憑坐の少年への興味からである。

修験者は出された白湯を呑み、木の実をぼりぼり齧《かじ》る。少年は側で大欠伸《あくび》をしている。人々が息をつめてなりゆきを見守っていたその場の緊張しきった雰囲気の中で、彼ひとりは別世界にいて、退屈しきっていた、というふうである。そんな少年に、

「駄目じゃないか」

修験者が小声で文句を言う。どうやらそれは少年の無作法な大欠伸についてではないらしい、と勘づいて、能信は体を縮めて耳を澄ませた。

修験者はなおも言う。

「あんなに言っておいたのに、忘れたのか」

憑坐は、いいえ、というふうに首を振る。

「じゃ、ちゃんとやれ。約束どおりに」

憑坐は肩をすくめた。

「験者さまこそ」

「な、なんだと」

「約束どおりにしていただきましょう」

「む、む、小童《こわっぱ》め」

誰もいないと思ったのか、修験者の声が高くなった。

「だって、この間だって……」

憑坐は口を尖らせた……

と、ここまで能信は語って、

「わかるかな」

妹の瞳を覗きこむようにした。

「ま、なんでしょう」

寛子は、けげんそうな顔をしている。

「つまりは分け前のことなのさ」

「分け前？」

「うん、その修験者は、以前にも礼物《れいもつ》の分け前をその憑坐にくれてやらなかったのだな。それを根に持って、知らんふりをきめこんでいた、というわけさ」

「まあ……」

寛子は小さく呟いた。

「御祈禱というものの正体はそんなものだ、と俺が知ったのはこのときさ。いやあ、それに、感心したのは、その憑坐よ。俺と同じくらいの年頃なのに、堂々と大人と渡りあっている。俺の知恵はそこまで廻っていない、と身にしみたな」

庶民というものは、子供ながらもしたたかだ、と気づかされた。

「それから、どうしたと思う」

「さあ……」

寛子は答えかねている。

「また祈禱が始まると、今度は憑坐め、みごとにひっくりかえった。のたうちまわったり、宙を摑んだりして、ひいひい泣いてみせた。修験者は大得意さ。これで悪霊は退散いたしました、御本復はまちがいございませんなんて言って、礼物を担いで引きあげていった。多分約束どおり、憑坐も、ちゃあんと分け前を貰ったことだろうよ」

寛子は微笑している。

――なんて美しい笑顔だ。

わが妹ながら美しすぎる、と感嘆しながらも、その美しい笑顔が、今の話をちっとも理解していないことに能信は気づいている。

――ああ、なんてことだ。俺の話、ちっともわかっていやしない。

心中で吐息をつくよりほかはない。

――そうだ、世の中には、そういう人間もいるってことだなあ。

その年の閏《うるう》十二月、寛子は男児を安産した。

男の子らしい、元気な産声をあげたはずのその嬰児は、しかし、生後二日めに急死した。

能信もこれには呆然とせざるを得ない。

――延子どのの怨霊のしわざか。まさか……

しかし、これで妹が延子の怨霊の存在を信じこんでしまうのはまちがいないだろう。

一方、翌年の二月初め、鷹司どの、倫子が道長との間に儲けた末娘嬉子《きし》が、敦明に代って東宮となった敦良《あつなが》の許に入った。嬉子十五歳、敦良十三歳。威子《いし》と後一条のような滑稽ともいえる年齢の不釣合いはないにしても、ともかく、太皇太后彰子《しようし》、皇太后妍子《けんし》、中宮威子、そして東宮妃嬉子、と、倫子所生の娘たちは、すべて後宮入りしたことになる。

——それに比べて、わが家といったら……

能信の頬の血は冷えてゆく。寛子は東宮の座を滑った敦明を夫とし、次々と男児を死なせて延子の怨霊に怯えている。下の妹の尊子《そんし》は嬉子より一つ年上だが、彼女には東宮入りの話さえなかった。

——なんという運命の明暗か。それでいて、俺は嬉子どのの東宮入りを喜んでいるような顔をしていなけりゃならないんだからな。

こうまで差のついた運と不運の前では、手をつかねているよりほかはないのか。

——そんなことはない。ああ、ないとも！　怨霊の祟《たた》り？　そんなものは信じないね、俺は。

能信は肩をそびやかした。

二

「あまり力むなよ」

兄の頼宗がそう言ったのは、どうやら能信の心中を察してのことらしい。皇太后妍子の枇杷殿《びわどの》の管絃の宴で、顔をあわせたときのことである。

嬉子が東宮に入った翌日、改元が行われて寛仁五（一〇二一）年は治安元年となった。その月の二十日、春の盛りにふさわしい宴ではあったが、このころ、都じゅうに疫病《えやみ》が流行し、死者が溢れていたことを思えば、なにやら不似合な感じもしないではない。

しかし、招かれれば行かないわけにはいかない。もっとも管絃好きの頼宗のほうは、かなり乗気でやってきて、御機嫌で琵琶も弾じた後、酔いが廻って、勾欄《こうらん》の際《きわ》に出てきたのであるが。

外の風はなま暖かい。庭の桜は一気に咲きそろいそうである。が、酔いざましに風に吹かれていると見せかけて、能信にそう言ったところをみると、頼宗も、さほど酩酊しているわけでもなさそうだ。

「力むなって仰せられるのは？」

能信の問いに、

「ま、いろいろあるがね」

近視の彼は、例によって、眩しげな眼付をした。

「でも、気落ちしている人には、ほかの慰めようもありませんからね」

寛子の名をあげずに、能信は言った。

「すっかり延子どのに祟られていると思いこんでいるんです。そんなことはあり得ない、と言うよりほか――」

言いかけて、能信は頼宗をじっとみつめた。

「それとも、兄君は、延子どのの怨霊のせいだ、と思っておられるのですか」

うん、とも、いや、とも言わず、頼宗はあいまいな笑いかたをした。能信も、その兄の前で、寛子にしたと同じ話をする気はない。無作法に勾欄に腰をかけて、

「兄君の桜襲《さくらがさね》、よくお似合ですね」

まったく別のことを口にした。頼宗は、異腹の兄弟たちをも含めて、一番着るものに凝るたちで、じじつ、好みもさすが、と思わせるものがある。非公式の今夜の宴に着てきたのは季節にふさわしい桜襲の直衣《のうし》。褒められて悪い気がするはずもなく、照れたような表情を見せたそのとき、能信はさらりと言った。

「病気になれば、すぐ怨霊だのなんのと、騒ぎますがね」

不意を衝《つ》かれて、うむ、ととまどうところに、さらにひと言切りこむ。

「じゃあ、父君の御病気も怨霊のしわざだったのでしょうか」

このあたりの呼吸を、能信はいつか身につけてしまった。

父の道長は、二年前出家した。もちろん発心《ほっしん》のためではなく、持病の胸の痛みが度重なったので、病気逃れのための出家である。そのころ出家は病気治療のための最後の手段だと思われていた。道長が胸が苦しい、と大騒ぎをしていたころ、傍らに付添って見舞客の応対に追われていた能信は、そのころの様子をよく知っている。

胸が痛い、苦しい、死にそうだ、と父はのたうちまわって呻《うめ》いた。摂政や大臣をつとめた人物とも思えない取り乱しかたで、結局、出家するよりほかはない、となったときも、

「そうか、それよりほかないか」

と、かなり未練たらたらだった。

「でも、そのときだって、誰も怨霊の祟りだなんて言いませんでしたよね」

能信に言われて頼宗はうなずく。

「蔭じゃなんと言っていたかわからないけれど、とにかく、面と向って、父君にそう言う人はいなかった。それどころか、おみごとな御発心で、なんて、ごまをする人ばかりで」

能信も、うるさ型の大納言実資《さねすけ》に、道長が、出家しても世を捨てて遁世するつもりではないなどと、言っていたのを憶えている。

「ね、そうでしょう。強いものの前では、怨霊のことなんか言わないんですよ」

裏をかえせば、寛子の前で延子の怨霊だ、などと言うのは、それだけ足許を見られていることではないか——そう能信は言いたかったのである。

道長が出家したとき、能信たちの母である高松どの、明子はそれに倣ったが、鷹司どの、倫子は出家をせず人々を怪しませた。が、今になって能信は思いあたる。嬉子が東

宮に入ったとき、付添ってゆくのは母親倫子の役なのである。こんなとき、尼姿で付添うわけにはいかない。つまり、そのときから嬉子を東宮妃にするという計画は、父と倫子の中で着々と準備が進められていたのだ。道長はすでに出家していたので、嬉子は長兄頼通の養子というかたちで東宮に入っている。

嬉子に従って東宮に行き、夜の床入りまで見届けた倫子は、近々出家するのだという。出家しながらも、あのとき、完全隠退ではないと父道長がしきりに強調した意味も解けようというものである。

——尊子が割りこむ隙は、はじめからなかったんだなあ。

そんな自分の胸の思いに、兄は気づいているかどうか、能信は、しぜんと言葉が口から飛びだしていくのを抑えることができなくなっていた。

「第一、わが家では延子どのが死ねばいい、なんて誰も思ってはいなかった。妹だって、院が延子どのをお訪ねになることをとめたりはしていませんよ。延子どのや左府に恨まれる筋合はない」

兄が黙っていると、口はいよいよとまらなくなる。

「左府が恨む相手はほかにもいるはずですよ」

「ほう、誰かね」

外は暗くて、頼宗の表情は見えにくい。が、例の眩しげな眼差をしているらしいことは能信にも見当がつく。そして今宵という今宵、その眼差が、なぜか、ひどく間のぬけたもののようにも思える。

「憶えておいでですか、兄君。延子どのが亡くなられた直後に、左府が世をはかなんでお辞めになるという噂が流れたのを」

「うん、そんなこともあったな」

「そのとき、飛びあがって喜んだのは誰だったか、兄君も御存じでしょう」

「さあ、誰だったか」

返事のしかたはいよいよ鈍くなっている。

「お忘れなんですか、ほら、大納言実資卿ですよ」

「……」

顕光が左大臣を辞めれば、序列の順なら右大臣公季《きんすえ》が昇格する。

——うまく人事が転がれば、俺がその後釜に……

なにかにつけて口うるさく、しかもお高くとまっている実資は、このときばかりは日頃の自制心も忘れ、眼の色を変えて情報を集め、野心をむきだしにして昇進運動を始めたのだ。

このとき、本来は左右大臣の下に位置する内大臣には、道長の長男、頼通《よりみち》が任じられていたが、すでに後一条天皇の摂政として、席次は左右大臣をさしおいて、最上席に坐っていた。情報は乱れとび、この内大臣頼通が左大臣におさまる、という説、右大臣公季は太政大臣を希望しているという説、そうかと思うと頼通の弟の権中納言教通《のりみち》が、並みいる上座の公卿を飛びこして右大臣か内大臣になるらしいなどという説がもたらされて、実資をやきもきさせた。

もう一つの障碍は、大納言として上席にいる道長の異母兄道綱《みちつな》である。政治的にはまったく無能で、お情で大納言の座をあてがわれている彼が、一、二か月でもいいから大臣になりたい、と言いだしているという噂が入った。

――かの御仁は、文章もろくに書けない人間だ。

実資は日記の中で、口をきわめて道綱を罵倒している。それかと思うと、

「いや、世の中では、実資卿が大臣、という噂がもっぱらですよ」

と聞かされてにんまりしたり……

能信はそのころ道長の病床に侍していたから、噂はことごとく耳にしている。

「あのときのこと、憶えておいでですか」

勾欄に腰をかけたまま、頼宗に尋ねてみた。ああ、とか、ふむ、とか、頼宗の答は例によってあいまいだ。

「おもしろかったなあ。実資卿はまったく気もそぞろでね。しかも、こっちにいろいろの噂が入っているってことには気づいていないんだから」

「とうとう我慢できなくて、父君の見舞に来た折、誰かにそっと訊《き》いたらしい。左府どのが辞任されるというのは真実《まこと》ですかって。ところが、そいつは、にべもなく答えたそうです。左府はまったくその気になっておられませんって。ま、結局、それが本当だったんだけれど、それで一巻の終り、ですよ」

少し大げさに肩をすくめてみせたから、頼宗も、その気配だけは察したことだろう。

「だから、延子どのが亡くなって、一番大喜びしたのは実資卿ってことになりますね。延子どのの怨霊は、そっちに祟ればいいんです。いや、左府の生霊だって、そちらにお願いしたいな」

「…………」

「人間が一人死ぬ。泣いて悲しむのはひと握りの肉親だけでね、むしろ、大喜びしたり、大騒ぎをするほうが多いんだなあ」

延子は政治の渦からはねとばされたような存在だった。それなのに、彼女の死が、政界を揺り動かす空騒《からさわ》ぎを巻きおこしたのだから皮肉ではないか。気位の高い実資が、思わず本心をさらけだして右往左往したのは滑稽だったが、周りも結構その騒ぎを囃《はや》して楽しんでいた。

——死が、いつのまにか野望の祭にすりかわっていくなんて……世の中のしくみはどうもそういうものらしい。それに比べりゃ、修験者の小細工なんて、たかが知れている。ただ、それに圧倒されかかっている寛子をどう納得させるかなんだが……

どうも兄はそのあたりのことには、あまり頼りになりそうもない、と見てとって、能信は話題を変えた。

「しかし、皇太后も、ちょっとおかしな方ですね」

「え、なんだって？」

頼宗の反応は少し敏感になった。

「なんでいまごろ、こんなお催しをされるのか。世の中が疫病《えやみ》ばやりだというのに」

母の倫子ゆずりの気配りと手腕をもつ姉の太皇太后彰子と違って、皇太后妍子はどうも影が薄い。姉が一条帝との間に二人の皇子を儲けたのに、妍子と三条帝との間には禎子《ていし》一人しか生れなかった。世継となる皇子を産みそこねたという気おくれからいまだにぬけだせないでいる彼女は、その自信のなさから、ときどき場違いのへまをやったりする。

鷹司どの所生の中で、ひとりだけ幸を取りにがしてしまった感じの妍子に、能信は同情的ではあるのだが、今夜の宴の豪華さも、どこか唐突な感じがないでもない。

「ま、もうちょっと呑みますか」

頼宗を促して中に入ろうとして、もう一度能信は、

「それにしても、いまごろなんで……」

言いかけて、足をとめた。

「あ、そうか。禎子内親王の御裳着《もぎ》でも近いのかな。いや、それは少し早すぎるなあ」

禎子は多分九つ。まだ裳着をする年齢ではない。かつて父三条上皇が他界したその日、五歳だった禎子が、物蔭でひとりで泣いていた姿は、いまでも鮮やかに能信の眼裏《まなうら》に焼きついている。

——美しい不運の種子《たね》が……

と思ったものだが、今は中宮権亮時代のように、しげしげと妍子の許に出入りする折もなく、ときに乙女さびたという噂を耳にするくらいなものである。

「髪が多くていらっしゃって、なかなかかわいい姫宮だという噂ですね」

「うん、そうらしい」

頼宗は今度はすぐ答えた。

——毒にも薬にもならないこういう話だと、すぐ相槌を打つくせに……。兄貴はどうやら俺との話には深入りしたくないらしいな。

心中で能信は肩をすくめている。

三

やがて五月――。例年にないほど雨降りばかり続いたそのころ、死と野望の乱舞がまた始まった。しかも、野望の祭は、前よりずっと賑やかで大げさだった。

なぜなら――。今度こそ顕光が世を去ったのである。噂ではなく、本当に彼は死んだ。その年の五月二十五日のことだったが、最後まで彼は出家を拒みつづけた。

「俺が死んだら、誰が王子《みこ》の御後見《みうしろみ》をするんだ、御即位のときに……」

彼はまだ、敦明が亡き延子との間に儲けた王子の即位の日のくるのを信じて疑わなかったのだ。

「てへっ、どこまで老いほうけているんだ」

周囲は冷酷に肩をすくめて嘲笑する。が、その嘲笑も、一瞬のことだった。たちまちに起った大げさな歓喜の大合唱の前に、しのび笑いなどは掻き消されてしまったのだ。

実資はついに宿望を果たして右大臣になった。目の上の瘤ともいうべき存在だった道綱は、幸いに（？）その前の年他界していた。摂政から関白に替っていた内大臣頼通が左大臣に、右大臣公季が太政大臣に、そして頼通の弟の二十六歳の教通が内大臣になったところを見ると、あの空騒ぎの折の下馬評は、まんざら見当はずれではなかったことになる。

そして、じつは、能信は兄頼宗ともども、この大騒ぎの中に巻きこまれていた。二人は揃って権中納言から権大納言に昇進したのである。それ以来、能信は慶申《よろこびもうし》(昇進の挨拶)に駆けずりまわった。

「御兄弟揃って権大納言とは、めでたいかぎりですな」

「そのお若さで、御出世でありますなあ」

などと言われれば、にわかに眩《まばゆ》い光をあてられたような気がしてくる。日頃それほどのつきあいのない人間まで祝いにおしかけてくるのは、ごまをすろうという魂胆か。浮きうきと一月《ひとつき》ばかりを過してから、ふっと気がついた。

ことの起りは、顕光の死である。が、いま彼のために涙を流している人間は誰もいない。

——あの御老人が死んでくれたおかげで、この大騒ぎなんだからなあ。

政治の社会では、死によって喜びの祭典は始まるのである。

——俺もその中で踊っている。そして実資卿ときたら、俺よりも踊りあがっている。日頃道長には批判的であり、そのことを誇りにしていた実資も、いまやすっかり骨を抜かれてしまった。

「ともかく挨拶はせねば。礼儀を尽さないといかん」

などと体裁をつくろいながらも、早速道長の許に駆けつけて礼を言っている。すでに政界を退いたかたちの道長ではあるが、今度の人事の決定が、ひとえにその意向によることを気づかない実資ではないのである。

——そういう気のまわしかたは、さすがだが、彼《か》の卿も、故左府への挨拶までは考えていないようだな。ま、そういう俺も、似たようなもんだが……

野望の祭は、まさに「死」を焚火の中に投げこむことによって勢いよく爆《は》ぜはじめるということか。

その翌々年、十一歳になった妍子の娘の禎子内親王の裳着が行われた。かつて道長が住んでいた上東門《しょうとうもん》邸は、度々手入れが行われ、いまは太皇太后の彰子が住み、その公邸のようになっている。

禎子は枇杷殿から母の妍子と同じ車で上東門邸に赴き、ここで伯母である彰子に裳の腰を結んで貰って儀式を終え、同時に一品《ぽん》の位を授けられた。が、年より小柄な禎子は、自分が儀式の主役であることも気づかないらしく、終始眠たげな眼をしていた。

「かわいいなあ」

列席した能信は隣の頼宗にそっと囁いた。

「うん、みごとな黒髪だ」

頼宗もうなずく。

――あんな子がいたらな。

と、能信はふと思う。権中納言実成《さねなり》の娘との仲はかなり長く続いているのだが、どういうものか、子供には恵まれていない。そのせいか、禎子がひどくいじらしく見える。自分が主役であることもわかっていないこの少女は、まして、自分が父帝三条と母の不運の種子《たね》となったことなどは気づいてもいない。

――そのことを、あの姫宮が気づくことがあるだろうか。でも、これでとにかく母君のほうは、ひと安心というところだが。

彰子のほかに、中宮威子、東宮妃嬉子からも、数々の贈物が届けられたし、禎子付きの女房たちにも、それぞれに美しい衣裳の下賜があった。

――でも、あの母君と姫宮には、そんな華やかさが、似合わない感じなんだな。

能信は、なんとはなしにそう思ってしまう。悲しみの死が野望の炎を燃えさからせ、華やいだ宴が、かえって不運の翳をきわだたせる。人の世というものはそのようなものなのだろうか。

――そして、そのことを感じるというのは、俺もまた……

なんでそう思ったかはわからない。が、それはどうやら予感のようなものであったのか。翌年、能信は、またしても、華やぎの宴で不運を味わう経験をしてしまった。

三月、彼の末の妹の尊子が結婚することになったのだ。相手は村上源氏の師房《もろふさ》。結局、異母の姉妹を含めて六人の女姉妹のうち、彼女だけは、「宮」と呼ばれない男を婿にしたのである。

——これじゃあ、あんまり格が違いすぎるじゃないか。寛子が小一条院と結ばれたのだって、ずいぶんかわいそうだと思ったのに。

どうして高松系はこんなに冷遇されるのか、と忿懣やるかたなかったが、これは父道長の言いだしたことである。それもほとんど強制に近いかたちで、父はこの縁談をきめてしまった。能信の前で父は言った。

「師房どのの父君の具平《ともひら》親王は文雅の才にめぐまれたお方だ。その血を引いておられるあの方は、次の世を担うにふさわしい公達《きんだち》だ」

父の言葉は表向きの褒め言葉だ、ということに能信は気づいている。なんとなれば師房の姉の隆子は、異母兄頼通の妻なのだ。しかも頼通と隆子の間には、まだ子供が生れていない。将来を案じた隆子が、おそらく弟を身近にひきつけるために、道長一族との結婚を望んだに違いない。

父の話を聞いているうちに、能信の推測は、どうやら確信に近いものになった。父はすでに、師房を頼通の養子にすることを考えているらしいのだ。もう天皇も東宮もきさきはきまっているから入る余地がないとすれば、頼通の翼の下に入れてもらうのが最高の道ではないか。理屈ではそのとおりだし、父も娘の尊子に対し、最上の幸福を与えてやろうというのだろうが、能信には、すがすがと納得できない思いがある。

――鷹司どのの姫君の威子どのや嬉子どのは、みなきさきなのに、尊子は、それが分相応だ、というお考えなのですね。

たしかに、世の中は、様変りしている。いまは高官の誰もが、娘をきさきにしようというようなことは考えなくなっている。そのかわり頼通の弟の教通の妻が早死すれば、その後釜を狙おうとする連中が現われたり、能信の同母弟で、鷹司どの倫子の養子になっている長家《ながいえ》の場合も同様で、彼の妻が死ぬと、数人の公卿が娘をその後に納《い》れるべく猛運動を始めたりした。つまり鷹司どの一族は、天皇家に准じる家とみなされはじめているのだ。

――が、それは鷹司どのだけで、わが家ではないんだ。

能信はやや自嘲的になっている。父が尊子を師房に、というのは、まさにわが一族を他の公卿家と同じようにみなしているからではないのか。

おとなしい寛子と違って、尊子はそのあたりのことを勘づいているらしく、その後で、

「兄君は、なぜそのとき、父君に反対してくださいませんでしたの?」

不満げに口を尖らせた。

――ほほう。これは……

案外頼もしい妹である。

「そうか、悪かったたな。そう知っていれば、なんとか申しあげようもあったかもしれん。しかし、父君のお言葉というのは、もう御命令に近いからな」

　尊子は唇を歪めた。

「男の人って、いざとなると気が弱いのね」

「いや、そういうわけでは……」

「私はいや。私ひとりだけ、そんな方を婿君にするなんて」

「……」

「それにまだ十七ですって？」

「うん、でもそなたは二つしか年上じゃない。そのくらいの組合せはざらにあるさ」

「でも、位も官職《つかさ》も低くて」

「いまはまだ四位の中将だがな。でも父君は、必ず早い出世を、と考えておられるようだよ。頼通どのの養子になられれば当然すぐ三位ぐらいには……」

「まあ、たったの三位？　お姉さま方の婿君はみんな帝か宮さまだというのに」

　――そうだな、むくれるのはあたりまえだ。

　能信は腹の中でうなずく。尊子は頰をふくらませた。

「よろしゅうございます。兄君も味方してくださらないのなら、私、父君の言うとおりにいたします。でも、決してその方と仲睦まじくなんかしませんから」

その言葉どおり、婚礼の夜も、尊子はひどく無愛想な顔をしていた。師房のほうは、とんとその意味に気づかなかったようだけれども……

四

尊子が師房と結ばれた年、年号は万寿と変った。さきに東宮妃となっていた嬉子に懐妊の兆しがあったのは、その年の暮のことである。

「東宮さまは、いたくお喜びでね」

能信にこのことを告げた頼宗の頬もゆるんでいる。彼は権大納言に任じられてまもなく、彰子付きの太皇太后宮権大夫《たいこうたいごうぐうのごんのだいぶ》を辞して、彰子の息子である東宮敦良の周辺に侍する春宮大夫《とうぐうのだいぶ》になっている。

「そりゃけっこうですな。父君も王子《みこ》の御誕生はお待ちかねでしょうからな」

敦良の外祖父である五十九歳の道長の頭にあるのはそのことばかりらしい。

「ところで、そっちはどうだい？」

と頼宗が尋ねたのは、能信が現帝後一条のきさき威子付きの中宮権大夫《ちゆうぐうのごんのだいぶ》であるからだ。

「こっちですか。だめ、だめ。なんの気配もありませんよ」

「中宮も気の揉めることだな」

「しかたがありませんよ。なにしろ帝より九つもお年上ですからね、うまくいかないらしいんだな」

叔母と甥の結婚は珍しいことではなかったとはいえ、はじめから強引すぎる組合せだったのだ。が、威子もいつかはみごもるだろうし、道長王朝、いや鷹司王朝は、この後も続きそうである。

考えてみれば、奈良朝以来、藤原氏は他氏を排斥し、また同族中での相剋をくりかえしてきた。道長を父とする一族は九条流と呼ばれ、いま覇権を手にしているが、これは、小一条流、小野宮流などという諸流を蹴落しての王座獲得である。いや、九条流の中でも道長の父兼家とその兄兼通の主導権争いは、殺しあいこそしなかったが、それ以上のすさまじさだった。そして道長自身も、兄の息子を押しのけて権力を掌中にしたのである。

――してみれば、今度は息子たちの番というわけか。

いや、戦いはもう始まっている、と能信は思う。まぎれもなく鷹司系と高松系は別の立場に立っているし、女系にかぎっていえば、高松系は完敗だ。息子たちの出世にも歴然と差がついているではないか。

――そうか、もう負け札を握らされているというわけか。

自嘲の思いもないわけではないが、異母兄の頼通も教通も廟堂での手腕は凡庸である。

激しい相剋を生きぬいてきた父のような配慮がない。いまは父が後から支えているから、なんとか格好はついているが、その支えがなくなったら……

ふと、能信はそんなことを考えないでもない。

翌万寿二（一〇二五）年になって早々、思いがけず、頼通に男の子が生れた。といっても正妻隆子が産んだのではない。隆子の従兄の娘が親に死なれたのを引きとって、頼通の身のまわりの世話をさせているうち、いつしかねんごろになってしまったのだ。

「ま、私の親切を裏切って……」

と、隆子は激怒し、娘を里下りさせてしまった、といういきさつがあった。思えば師房を養子にし、尊子をその妻としたのは、隆子が頼通とその女の仲を牽制するという意図もあってのことだったのかもしれない。が、尊子の婚儀が終って一年もしないうちにその女に子供が生れてしまったのである。

――やれやれ、妹の未来もろくなことはなさそうだ。

婚礼の夜のむくれた顔を思いだし、やっぱりわが家は不運なのかな、と能信は腕を組んでしまった。

一方、みごもった嬉子のほうは順調で、産所に定められた上東門邸の東対《ひがしのたい》に移った。ただ春から都じゅうに赤もがさという流行病《はやりやまい》が蔓延しはじめていたので、それだけが道長たちの気がかりであったが……

——なにしろ、十数年ぶりのことだからなあ。

能信は道長があれこれ気を揉むのを横目で眺めている。天皇や東宮のきさきとなった娘が出産するのは妍子が禎子を産んで以来のことだが、

——あのようなことになってはならん。ぜひとも男御子《おとこみこ》を……

と父はひそかに思っているらしい。めでたく王子誕生ということになれば、東宮敦良以来十六年ぶりになる。

ちょうどそのころ、寛子の健康が思わしくなくなった。男児を二人失って以来、顕光や延子の怨霊に呪われていると思いこんでいる寛子は、そのころ住んでいた山ノ井邸でも、ともすれば病床に臥すことが多かったのだが、このところ食事が進まず、急激に瘠せが目立ちはじめた。妻の許にいつづけている能信は時折山ノ井邸を訪れて、その顔を見るたびに、その衰弱ぶりにぎょっとさせられるのだが、

「これはいけませんな」

と言っても、いつも傍らにいる夫の敦明や母は案外変化に気づかないらしく、

「そうでしょうか。お祈りは間をおかずにさせているのですが」

案外反応は鈍い。

「とにかく、父君にも申しあげたほうがいい」

能信に急《せ》かされるようにして、敦明が上東門邸の嬉子に付添っている道長に使をやっ

たのは六月の末。しかし、

「お祈りをしっかりさせるように。自分も風邪をこじらせているし、東宮妃も具合が悪くてな。こちらの祈禱が終ったらすぐ行く」

という返事が来ただけで、父はなかなか姿を現わさなかった。それでも、日に一度は安否を問う使だけは来たが、

——向うにはつきっきりで、寛子を見舞ってもくださらぬとは……

能信もしだいに腹に据えかねてきた。たしかに今度嬉子が王子を産むかどうかは、一門の運の分れめではある。かといって、寛子も同じ娘ではないか、こんなとき病状が悪化することじたい寛子の不運でもあるが、父に見舞ってももらえない妹が、あまりにも哀れだった。いまは最後の回復を願うためには出家しかない。いちはやく出家して無動寺に籠っている兄の顕信《あきのぶ》を至急迎えることになった。

その間にも寛子はいよいよ衰弱してゆく。体はいよいよ小さくなって、可憐だった少女時代に戻ってしまったようにも見える。わずかに意識はあるようだが、すでにものを言う気力はない。

もう一刻の猶予もならない、と能信は思った。

「すぐにお使を。お命もかぎりと思われます、と申しあげるように」

敦明を急きたてて、上東門邸に使を飛ばすと、さすがに慌てて道長はやってきた。室

内に入るなり、

「おお……」

絶句して、寛子の枕許にひざまずく。

「これほどまでとは……」

わかるか、父の顔が、と寛子を覗きこみ、かすかにうなずいただけで道長は涙を抑えた。

「いや、風邪がなかなか癒えなくてな、それに、東宮がお越しになられて」

嬉子を見舞うために、と言いかけて口を噤《つぐ》んだのは、周囲の人々への配慮であろう。

血の気も失せ、病み衰えているはずの寛子の頬が、ふしぎに白く輝いている。

——もうこの世ならぬ人になってしまった。

能信はさしうつむくよりほかはなかった。父は日頃の落着きを失って、おろおろとして母をかえりみた。

「な、どうしたらよかろうな」

世事にうとい母に、この際なんの思案があるだろう。かすかにかぶりを振って、

「なにもわかりませぬ」

顔を蔽った白い指の間から、とめどなく涙をふりこぼした。すでに病気回復のための出家が間にあう段階ではない。呼ばれた顕信は、そのまま、あの世への旅立ちのために

戒を授けることになってしまった。静かに経文を口誦《くちずさ》みながら彼はひと握りの黒髪を切りとる。尼姿の用意もできていないので、母の法衣をそのまま胸にかけてやった。

「ずっとここにいてやりたいのだが……」

そういう道長の言葉に嘘はなかったろう。しかし、彼は起った。上東門邸の嬉子のことが気がかりなのである。

――そうですか。お帰りになられるのですな、やはり。多分、今宵にも妹は死ぬでしょう。

能信は黙って父をみつめた。

その夜、父の一行を送りだして、しばらく部屋に戻らず縁に能信は立ちつづけた。七月初め、秋に入ったとはいえ、夜気はむっとするほどの暑熱を含んでいる。月はまだ落ちてはいないはずなのに、夜空が蒼黒いのは曇っているせいだろうか。

寛子の横たわる部屋の隣で、僧たちが読経し、別の一隅では修験者が祈禱を続けている。異様な叫び声をあげているのは憑坐だろうか。けものじみた呻き声が、やがて、

「う、ひ、ひ、ひ……」

という笑声に変った。

「しえたり、しえたり」

してやったり、というのか。男と女の声を使い分けているのは、顕光と延子の亡霊を

演じているのだろう。

――ああ、なんとでも言え。

闇に向って能信は立ちはだかる。妹はいま、彼らの低俗な怨念の世界とは、まったく別の世界にいるのだ、と思いながら。

寛子の息が絶えたのは、次の日の暁方のことだった。ときに万寿二年七月九日。

七月末になると、嬉子の出産はいよいよ近づいた。流行の赤もがさに罹《かか》ったが、幸いに軽くてすんだらしい。能信も頼宗も寛子の喪に服していて上東門邸に出向くことはできないので、人づてに噂を聞くばかりである。

――妹は死んでしまったのに、嬉子どのは、赤もがさまでやりすごされたのか。このあたりがわが家と鷹司どのの人々との運の強さの違いだな。

娘を失ってすっかり気落ちしている母を慰めながら、能信は、ともすればそんなことを考えてしまう。敦明はそれでも八月二十四日に迎える寛子の四十九日の準備をぼつぼつ始めているようだった。

そして八月に入った三日めの昼下り。

嬉子はついに産気づいたという。

「とにかく様子をそっと聞いてこい」

頼宗と能信は高松邸から、秘かに使を走らせた。その後で、能信は兄に語りかけた。

「王子《みこ》でしょうか、王女《ひめみこ》でしょうか」

「さあ、なあ」

頼宗は眩しげな眼で答える。

「このまま中宮（威子、後一条のきさき）に御慶事がなければ、次の東宮にお立ちになるかもしれませんな。もっとも王子だったらの話ですが」

「うん、そういうことになるな。しかし中宮だってまだお若いんだから」

威子が今後、皇子を産めば、年下であっても、その子が東宮になり、東宮の王子はその次、ということになろう。頼宗が春宮大夫、能信が中宮権大夫であってみれば、誕生する小さな命は、いずれ二人の運命を微妙に分けることになるかもしれない。

――でも、考えられないな。兄貴と争ったりするなんて。

そこへ使が走ってきた。

「お生れになられました。男御子《おとこみこ》でいらっしゃいます」

――ああ、やっぱり……。運の強い人は違うんだなあ。

能信がかえりみると頼宗は微笑した。

「でも、御難産だったそうでございますよ。後産《あとざん》がなかなか降りなくて、鷹司どのはもう気絶なさらんばかりだったとか」

「ほう、あの気の強いお方でもな」

が、とにかく、待望の男の子は生れたのである。上東門邸は沸きかえるほどの騒ぎであろう。こちらは秋の冷気に包まれて、寂しさはいよいよ深まっているというのに……その二日後――。しかし事態は急変した。

嬉子が急死したのである。

「えっ、それはまことか」

能信は思わず立ちあがっていた。その日の朝の使は、嬉子の体調の回復を伝えていた。十九歳の若さのせいか、出産の翌日、肉体はめきめきと回復して嬰児を抱き、

「あら、東宮さまそっくりだわ」

と声をあげて笑った。そして、翌日、つまり今日の湯浴《ゆあ》みを楽しみにしていたのだという。

「赤もがさから続いてのお産でしょう。ひと浴みして、早くさっぱりとしたいわ」

それが今日になって、にわかに急変して、意識不明に陥った。大急ぎで僧や修験者が呼び迎えられたが、息は弱まるばかり、そして落命したのは申《さる》の刻（午後四時ごろ）

――

頼宗は折悪しく別棟に行っていた。使の話では、父は号泣し、鷹司どの倫子は、ほんとうに気絶してしまったという。頼通も教通も呆然として、声も出ずに泣き伏しているとか……

――そうか、気丈な鷹司どのも気を失われたか。

そうだろう。今まで勝札だけを握りつづけてきた倫子は、はじめて、それも突然に不幸に襲われたのだ。

――おそらく、あのお方はご自分の人生に、こういうことはあるはずもない、と思っておられたのではないか。

世の中はそういうふうにはいかないのだ、と面と向って言ってやりたい思いを、能信は抑えかねている。

が、それよりも、いま、心の底でこだわるのは、号泣したという父のことだ。

――そうか、お泣きになったのだな。

次々と娘をきさきとして後宮に納れ、しかも彼女たちがみごとに皇子を産み、「望月の虧《か》けたることもなし」と思った父は、いま、ふいに幸運の座から転落した思いを味わっていることだろう。

しかし、妹の病床で、父はそれほど取り乱しもしなかったし、死を聞いても駆けつけはしなかった。そのことを、きっと自分は忘れはしないだろう、と思った。

それにしても、なんということか。七月九日に寛子が死に、それから一《ひと》月経たないうちに嬉子も世を去ってしまうとは……

――母君にお知らせせねば。

座を起ちかけて、ふと能信は足をとめる。

聞える。野望の祭のざわめきが、すでに聞えはじめている……。泣き伏しているのは、父と鷹司どのと、頼通、教通だけ。

俺は違うぞ、と首をあげたそのとき――

にわかな雨音が激しく軒を叩いた。

秋の驟雨《しゅうう》である。

嬉子の死によって東宮妃の座は空いた。たちまち、その座に人々の思惑は群がるであろう。嬉子の死は、たちまち野望の炎の中に焼《く》べられ、やがて忘れさられる。その後にくるのは非情なまでに賑やかな祭のざわめき。

――ああ、そうだとも。

激しい雨音を聞きながら、能信は首をあげた。そろそろ彼の出番は近づいているらしい。能信はいま、一人の少女の面影を思い描いている。

賭のとき

一

愛撫したら、しっとりと指先に吸いついてくるだろう。

少女の黒髪は、裳着《もぎ》のあの日、そんな潤みを帯びた、冷たい光りかたをしていた。あれから数年、すでに人の愛撫を待つにふさわしい年頃である。手をさしのべる相手は東宮敦良《あつなが》? さきごろ二つ年上のきさきを失った十七歳の彼が、興味を持つのは、年下の少女ではあるまいか。

少女の名は禎子《ていし》、亡き三条帝が、道長の二女、妍子《けんし》との間に儲けた娘である。三条と他のきさきとの間には何人もの皇子、皇女がいたが、妍子の産んだのは、この禎子一人しかいない。思いだすのは、少女の誕生の折のことである。

そのとき能信は中宮妍子付きの権亮《ごんのすけ》だった。妍子の姉、彰子《しょうし》がすでに先帝一条との間に二人の皇子を儲けている以上、今度も男児誕生が期待されたにもかかわらず、月満ちた妍子が産み落してくれたのは女御子《おんなみこ》だった！

——なんたる大誤算！

道長も失望したが、能信も手痛い落胆を味わわされた。新皇子の側近としてのしあがろうという野望を一瞬にして挫かれてしまったからだ。禎子はまた母妍子をも不幸に陥れた。全盛を誇る鷹司系一族の中で、ひとり不運の札をひきあててしまった妍子は自信を失い、以来すっかり引込み思案になっている。しかし、その不運の種子《たね》が、思いがけない花を咲かせるとしたら？　人間の運とはわからないということになるかもしれない。

とはいうものの、現実には東宮敦良と禎子の間はかなりの距離がある。母親どうしが同母の姉妹といっても、すんなりまとまる話ではなさそうだ。すでに能信は威子《いし》付きの中宮権大夫《ちゅうぐうのごんのだいぶ》に移っているから、毎日のように妍子の許に出入りするわけにはいかない。まず、裳着の折以来、ほとんど姿を見ていない禎子をかいまみることから始めねばならないだろう。それから妍子をそそのかし、ついで東宮にわたりをつける。幸い兄の頼宗《よりむね》は春宮大夫《とうぐうのだいぶ》だから、力になってくれるのではないか。

そう思って、それとなく妍子のいる枇杷殿《びわどの》に出かけてみるのだが、簾を隔てて、妍子とは通りいっぺんの挨拶はできても、なかなか禎子の姿を見つけることはできない。

——用心深い、というより気がきかないんだな。禎子内親王も年頃が近いんだから、母親も娘の姿を時折ちらつかせるくらいの才覚がなくちゃな。

例によって鈍感で、娘を巧みに売りだすことなど考えてもいないらしい妍子に、ひそかに舌打ちしながら、これでは次の方策を考えねばならない、と能信は首をひねる。

思いついたのは、皇太后宮（妍子）の権大夫をつとめる参議藤原資平《すけひら》のことだ。例のやかましやの右大臣実資《さねすけ》の養子である。ひところ、三条天皇時代、彼もその側近の一人だったから、まんざら知らない仲ではない。三条天皇が実資を頼りにしていたこともあって、その身替りのようなかたちで蔵人頭《くろうどのとう》になったが、気働きよりも取柄はむしろ実直勤勉さにある人物だった。

廟議の席に出入りするときなどに、能信は、つとめて資平に近づき話しかけることにした。

「皇太后さまもお元気のようですな」

「はあ、まず、そのようで」

九つも年上の資平だが、いまや能信は道長の七光のおかげで、彼よりずっと上席の権大納言である。それを心得てのことだろうが、資平は礼儀正しすぎて少し堅苦しい。

「ところで、内親王さまもお元気で？」

「は、そのようで」

「ときには、お会いになられますかな」

「いや、そのようなことは」

高貴な少女を目にするような、失礼なことは私にはできません、という言いかたをする。

——やれ、やれ。

能信は内心舌打ちする。

「私が皇太后さまのお側におりましたころは、ほんの子供でいらっしゃいましたが、裳着のころよりはかなり大きくおなりで？」

「は、いや、お年よりも小柄ですな。さあ、低い几帳にもお姿は隠れるくらいですから」

——そんなこと聞いてやしないのさ、俺は。背丈なんかどうでもいいんだ。一人前の女として通用するかどうか、って聞いてるんだぞ。

きまじめ資平にはうんざりさせられたが、その彼さえ、少女について言ったものだ。

「ちらりとお見かけしましたところでは、美しいお髪《ぐし》でいらっしゃいましてな。黒くてさらさらとしておいでです。またお声が細くて澄んでおられまして」

そのくらいのことなら、聞かなくてもわかっているさ、と言いたいところを、わざと笑顔を作って彼の養父、実資のことに話題を変えた。

「右府も老来いよいよ御健在ですな」

「ありがとうございます」

「廟堂のお取りさばきのおみごとさには感服します。古来の先例をすべて御存じだからでありましょう。故事や儀式について、御示教をいただきたいもので」

これは褒めすぎではない。右大臣となって大喜び、わくわくそわそわの実資ではあったが、さすがに廟堂の指揮はあざやかで、

——ああ、この爺さん、いつまで長生きしてくれるんだ。

とげっそりしながらも、誰もがその博識に舌を巻いているのはたしかである。それに能信は実資のもう一つの肩書に注目している。

「皇太弟傅《こうたいていのふ》」

皇太弟敦良の指導役というその役、じつは名ばかりの名誉職にすぎないにしても、やはり敦良周辺の一人として、この際味方に欲しい存在である。

以来、能信は、資平と顔をあわせる度に、禎子のことを口にし、実資への讃辞を怠らなかった。

——こうなってくると、人間、短気は禁物だ。

父道長の政界操縦術がわかるような気がした。父は豪快に似て繊細、つねに対立する相手の囲いこみを忘れない。実資に皇太弟傅を押しつけたあたりも、じつは彼の深謀遠慮である。元来、傅は皇太子に血のつながる年長者がつとめることになっているのに、敦良とは直接血のつながりのない実資を据えたのは、

――あなたは親族同様ですから。

という道長の政治的ゼスチュアなのだ。そうと知りつつも、実資も傅に任じられて悪い気持はしないらしい。

こうして布石はしたものの、的はなかなか絞れない。東宮の周辺は嬉子《きし》の死に衝撃はうけながらも、多分、そろそろと東宮妃候補さがしを始めているだろう。しかし、かんじんの道長の意向が探れないのは、彼自身、嬉子の急逝の悲しみにおしひしがれているからだ。

どうやら父は、顕光《あきみつ》と延子《えんし》の怨霊が、嬉子を取りころしたと震えあがっているらしい。その父の前で、うっかり嬉子の後釜のことなど口にしようものなら、

――そなた、それでも人の子か。

一喝を喰うにきまっている。

とすれば残るのは春宮大夫である兄の頼宗である。

嬉子の火葬が行われ、木幡に埋葬されてしばらく経った十月半ば、生後二月《ふた》あまりになった嬉子の忘れ形見、親仁《ちかひと》は上東門《しょうとうもん》邸から道長の二条邸に移った。この二条邸には、当時道長の次男、教通《のりみち》が住んでいたが、幼児の移転によって急に賑やかになった。道長としても、悲しい思い出のまつわる上東門邸に幼児を置くよりも、気が晴れるからであろう。占いにもその方角が吉と出たので、急遽、移転が行われた。関白頼通以下も、喪

服を脱いで、平生の装いで幼児に従ったのもその現われであろう。

この日、風邪をこじらせていた能信は、親仁移転の行列に加わらなかった。数日後の夜、やっと本調子に復した彼が、兄頼宗の邸を訪れたのは、一つにはその消息を聞くためであった。

「お移りになったのはよかったですね。父君の御気分も少しは晴れやかになられますでしょう」

と言うと、頼宗はうなずいた。

「月影、虫の声、すべて父君のお悲しみの種でないものはなかったものな」

「そういえば、今宵も虫の音はしきりですね」

「うむ、しかし所が変れば、聞く人の思いは変る。とりわけ教通どのは上機嫌でね。お迎えの宴などもできるだけ豪勢に、華やかに、と気を遣われて」

「そうなりゃ、虫の声も楽しげに聞えるわけですね」

「そういうことになる。教通どのは、ここぞとばかり景気よく厄落しをしようとしたのさ」

頼宗は例の眩《まぶ》しげな眼付になっている。

――なぜだか、わかるか？

と言いたげである。

「ほう、なにか、ほかにわけが」

「大ありさ」

「ほほう」

「教通どのとしては、この王子《みこ》を疎略にはできんのだ。なんとなれば……」

思いがけない言葉が頼宗の口から洩れた。

なんと、教通は、嬉子の後釜に、わが娘の生子《せいし》を納《い》れようとしているのだという。

――や、や、やっ。

能信は思わず鬢《びん》に手をやった。自分の頭の中を、頼宗に見すかされた、と思ったからである。しかし、頼宗は、そこまでは考えていないらしく、むしろ、教通の気の遣いかたをおもしろがって眺めているらしい様子である。

「こういうことって、むずかしいよなあ。うっかり口にして父君のお怒りにでも触れてみろ、いっぺんにことは吹っとんでしまうぞ。だから、教通どのは、ちょっと賑やかしをやってから、そろりそろりと……」

能信は強《し》いて兄の言葉をおもしろがる様子をみせた。

「ほう、なるほど。で、そのお話、かなり進んでいるんですか」

「さあ、どうかな」

「いま、父君のお耳に入れるのはまずいですからね」

「うん、それに……」

頼宗は薄い嗤《わら》いを浮かべた。

「え？」

「頼通《よりみち》どのがどう思われるかだ」

「ということは？」

「いま頼通どのは関白だ。帝の御後見《みうしろみ》、というわけだ」

「左様で」

「東宮が即位されても、ひきつづいて、そのつもりだろうが、ここで教通どのが娘を担いで出しゃばってくるのは気に入らんだろう」

「なるほど。しかし、頼通どのには東宮妃となるような御子はおられんでしょう」

「だからさ。いよいよ、教通どのの動きはおもしろくはあるまいよ」

能信は思いきって膝をすすめた。

「兄君、お頼みしたいんですが」

「なんだ」

「教通どのの姫君のお話、頼通どのが御承諾にならないよう、ひとつ、兄君から」

「ほう、どうして、そんなことを言いだすんだね」

「じつは……」

禎子の名を口にしたとき、頼宗は、まじまじと能信の顔をみつめ、それから、おもむろに口を開いた。

「それなら、そなた、頼通どのに話せばいいじゃないか」

「いや、兄君のほうが頼通どのと親しい」

ふ、ふ、と頼宗は笑いを洩らした。

「そういえば、そなた、頼通どのとはそりがあわないみたいだからな」

「そうです。ですから兄君から申しあげたほうが……」

「考えておく」

少し頼宗は得意そうだ。

「なんといっても日頃のつきあいがかんじんだからな」

――へえ、兄貴、この俺に説教を垂れようっていうのか……

胸の思いを、おくびにも出さずに、能信は神妙にうなずく。

「だいたい、そなたは鷹司どのの一族とのつきあいがよくない」

「……」

「何を考えてるか、俺にはわからん。母こそ違え、鷹司どのの一族は、父を同じくしている兄弟なんだからな」

能信は黙っている。

──父君が同じなのに、なんで高松系の我々がこんなに出世が遅れているか、って兄貴は考えたことがあるのかね。

と言いたいところである。

「いったい、何を望んでいるのかね」

──少なくとも兄貴とは別のことをね。

「もう父君もお年齢《とし》だ。これからは頼通どのを中心に、一家がまとまっていかねばならん」

──そう考えるなら、兄貴にはその道を行ってもらうさ。俺には俺のやりかたがあるってことよ。

が、そんな思いは毛筋ほども現わさず、彼は黙ってうなずいた。今のところ、頼宗とけんかはできないからだ。

「な、そうだろう」

頼宗は心地よげに説教を続ける。

「今日の話は、もちろん頼通どのに伝えよう。が、父君のお気持を忘れるなよ。そなたはいま中宮権大夫だ。中宮の威子どののために働かなけりゃならん立場だ。むしろ願うのは、威子どのの皇子誕生じゃないのかね」

「はあ、そのとおりです」

たしかに、後一条のきさきである威子が皇子を産んだら、中宮権大夫である自分も多少の恩恵にはあずかれるだろう。しかし、新皇子の周囲はたちまち鷹司系の人々で固められるにきまっている。そこへいくと、妍子は鷹司系の人々には仲間はずれにされているし、その妍子の産んだ禎子のことなど、頼通も教通も完全に無視している。

——だからこそ、俺はあの少女に賭けるのさ。

中宮権大夫は悪くない役目だが、威子の皇子誕生を待ちながらも、能信は、なおここで東宮妃の後釜を狙ってみたいのだ。

——つまり、そこが俺の気に入っているってことなのさ。

胸の中の呟きを、眼の前の頼宗はもちろん、誰も気づくはずはなかったのであるが……

二

——俺としたことが……

なんたることであろう。

頼宗邸を辞し、妻の許に戻って、脇息にもたれて、ついうとうとうたたねしたのは、ほんのちょっとの間だったはずだ。ふと眼覚めたとき、部屋の隅の灯火が、あっ！

思わず声をあげそうに燃えさかった。風にゆらめいてまたたく、というのではない。灯火自体に魂があるもののように、主人のうたたねをいいことに、ぱあっと思いきり飛びはねた、と見えた瞬間、

ふうっ。

誰かに息を吹きかけられたように、ひっそりと消えた。そしてそのとき、障子の向うに映った大きな影が、静かに廊を渡ってゆき、その後から、小さな影が、かすかな衣ずれの音をさせてこれに続いた……

——誰かが、俺を見ていた、じいっと……

そして灯を躍らせ、呪文を唱えようとしたとき、自分が眼覚めかけたので、灯を吹き消して去っていったに違いない。

とすれば、能信の捉えた大きい影は亡き左大臣藤原顕光。そして小さい影はその娘、延子。

彼らは自分の寝顔に冷笑をあびせかけていたのだろう。

「能信。誰にも言わなくとも、そなたの胸の中は、ちゃんと読めてるぞ。ふ、ふ、ふ。まだ懲りないのかね、嬉子が取りころされたというのに、また新しいきさきを納れようとするのか」

ぞっと背筋に寒気が走った。

ぎゃっ！

と思わず声をあげそうになったとき、ふたたび廊に衣ずれの音がした。

「まあ、なぜ灯が消えてしまったんでしょう、風もないのに」

屈託のない声は妻のものであった。侍女を呼んで、手早く灯をともさせ、あたりのしつらいを直させるが、能信はまだ声も出ない。

「うたたねなさいましたのね。風邪をお召しになりますよ」

「う、うん、いま、妙なことがあって」

「まあ、どんなこと？」

「灯がぱあっと大きな火の塊になって飛んだんだ」

「大げさにおっしゃいますのねえ」

「いや、ほんとだ。あっ、と思ったとき、なにものかに息を吹きかけられて灯は消えた」

「いやですねえ、ねぼけていらして。灯は芯が絶えそうになると、ぱっと明るくなることがあるんですよ」

「いや、そうじゃない。油火《あぶらび》の怪《かい》だ。たしかにそうだ。油火がひとりでに躍りあがったんだ」

「あなたらしくもない」

妻は取りあおうとはしない。

「それから見たんだ、俺は。油火を吹き消した大男が、すうっと廊を歩いていった。そしてその後から小さな影が」

並みいる侍女は悲鳴をあげそうになったが、妻は落着いたものだ。

「亡き左府顕光どのと延子どのだとおっしゃりたいんでしょう。怨霊なんて気にするな、って小一条院の女御、寛子《かんし》さまにおっしゃったのは、どこの誰だったのかしら」

――こいつめ！

能信が睨みつけても、しゃあしゃあとしている。

――ふん。私の話をちっともわかっていない、なんて顔をしおって。

たちまち寛子を励まそうとしたあの夜のことを思いだす。能信が、怨霊なんかあるものか、といくら言っても、寛子はただうなずくだけで、自分の話をちっとも理解していなかった。放心したようなその顔に何度も苛立った能信だったが、今になってみて、いたわりかたが足りなかった、と気づく。

――すまなかったな、妹よ。それでも我慢して、俺にうなずいてくれた。が、今の俺は、うなずくどころか、怒鳴りつけたい気持さ。

こういう話は、内密にしていても、とかく伝わりやすいものである。ひそかに陰陽師《おんみょうじ》に占わせたり、祈禱を行わせて、二、三日引きこもっていると、どこから聞きつけたのか、右大臣実資の使がきた。

「油火の怪に遭われた由、『金剛般若経《こんごうはんにやきよう》』を転読《てんどく》されるよう。これも他人にさせたのでは効力がありません。必ず御自分でなさることが肝要です。お体を大切に」

——やや、なんと早耳な。

日頃、実資が地獄耳だという噂は聞いていたが、その事実を自分自身体験させられては舌を巻かざるを得ない。しかも実資の伝言は好意に満ちている。

——ふうん、風向きが変ったな。

実資はこれまで高松系の人々に決して好意的ではなかった。強度の近視で宮中で危うく転びそうになる頼宗をひそかに嘲笑したり、能信の従者には乱暴者が多いと眉をしかめたり……。一方の鷹司系の頼通とはどういうわけか気が合って、異常なほど親密なつきあいをしている。

——その古狸が、『金剛般若経』を読めとは、親切すぎるほど親切だなあ。

首を傾けているうちに、思いあたった。

——ははあ、読めたぞ。

資平を通じて、さりげなくすり寄ってみせた自分に、

「伝言は聞いているぞ」

と目配せをしてきたのである。ということは、禎子の将来について、実資も無関心ではない、ということだ。故三条帝に信頼され続けてきた彼としては、能信のほのめかしに、かなり心を動かされていると見ていい。それから数日後、廟議に出席してみると、あきらかに資平の態度も変っていた。

「『金剛般若経』の御転読はなさいましたか」

と、とっくに実資からの情報は得ているらしい口ぶりで、禎子のことについても、彼のほうから切りだした。

「よい御縁と思うのですが、なかなかむずかしそうですな」

声は低い。

「とすると?」

「御存じのとおり、内府（教通）が姫君を、と大変乗気でいらっしゃるとか」

「ふうむ、やはりな」

教通の娘では強敵である。

「で、関白（頼通）も同意されたのですか」

尋ねると資平は首を振った。

「いや、それはまだのようで」

なるほど、と事情がわかってきた。兄の頼宗の言ったとおり、頼通は教通の勢力の強まるのを警戒している。そこで彼は親しい実資にも、そのあたりの意向を洩らしたのではあるまいか。実資はといえば、資平を通じて能信のほのめかしを耳にしていたはずだし……

——そうか、そこで『金剛般若経』か。

急に四肢に力が入ってきた。そして、そのとき、口の中で、

——俺としたことが……

能信は、ふたたび呟いたのであった。

三

なんで顕光や延子の怨霊に怯《おび》えたのか。妹には、心配するな、と言っておきながら……

いつのまにか、能信は日頃の彼に戻っていた。

元気になってみて、油火の怪の噂が世の中にひろまってしまったことは不体裁のかぎり、と内心首を縮めたのは一瞬のことだった。

——いや、そうじゃないぞ。これは案外……

数日後の夜、彼の姿は無量寿院《むりょうじゅいん》にあった。嬉子を失ってすっかり気落ちしている父道

長を訪れたのである。

「お体の調子はいかがですか」

尋ねると、道長は浮かぬ顔で答えた。

「どこが悪い、というのではないが、気分がすぐれなくてな」

「そうでございましょうとも。嬉子どのがあのようにあっけなく御他界になられては……」

「うむ、この年齢《とし》になって、ああいう別れがあろうとは夢にも思わなかった」

繰言《くりごと》の尽きない父は急に老けてしまった感じで、顔色も土気色だ。相槌を打ちながら、

「いや、私ももっと度々、お慰めに参上しなければならないところでございましたが、このところ、風邪をこじらせました上に……」

「油火の怪に遭ったそうだな」

父もすでにその噂を聞き知っていた。

「お耳に入りましたか。父君のお心をお悩ませしては、とわざと黙っておりましたのですが」

「で、どうした、祈禱はしたか」

「はい、それにつきまして」

能信は膝をすすめた。

「私も、まさしく故左府（顕光）と延子どのの怨霊かと思ったのですが」

「そうでなかったのか？」

「はい、思い違いのようでした。そのことに気づきましたのは、少し経ってからでございまして」

「というと？」

「亡き三条帝ではなかったか、と……」

「ううむ」

能信を見ないで、道長は低く唸った。

「とかく左府と延子どのの怨霊に人々は眼を奪われております。しかし、ここで思いをいたすべきは三条帝でございます。今の帝の跡を継がれるのは敦明《あつあきら》さまとお名指しになられましたのに、敦明さまはみずから東宮を辞退しておしまいになりました。これに代られたのが、今の東宮さまであってみれば、帝の御無念やるかたなく」

「……」

「そこで東宮妃であられる嬉子どのを狙われた、ということは十分考えられます」

道長の視線が能信に戻ってきた。

「そこで、そなたに油火の怪をお見せになった、というのは合点がゆく。敦明さまに東宮を降りることをお奨めしたのはそなただから」

「あ、いや、お奨めはしておりません。敦明さまのほうで、東宮を降りたいと……」

「ま、それはどうでもいいが」

「ともあれ、この際、三条帝のお気持も考えてさしあげるべきか、と。じつは父上、あの夜、灯が消えた折、廊に人影が映りました。それを、てっきり亡き左府と延子どのと思いこんでしまったのですが、もしかすると、三条帝と先頃亡くなられた娍子《せいし》皇后であったのかもしれません」

「うむむ」

「とすれば、三条帝への御供養など」

言いかけたとき、道長が能信の言葉を遮った。

「能信」

「は？」

「さきごろ俺は法華八講を催した」

「左様でございましたな」

「あれは嬉子の冥福のためでもあったが、じつは、三条帝の御霊を慰めまいらせるためでもあったのだよ」

――さすが……

能信は心中で舌を巻く。そういえば嬉子の死んだときの父の落胆ぶりは異常だった。

寛子を失っての悲しみに比べて、あまりに度がすぎると思ったのは、愛情の差だけではなく、そこには、とかく冷淡にあしらってきた三条の霊に対する恐怖があったからなのだ、と気がついた。そこで嬉子への供養と見せかけて、ひそかに三条への祈りをこめてしまう父の布石のみごとさ。

——恐らく誰も気づかなかったろう。俺だって、こうして、肚《はら》に一物《いちもつ》あって、これを話題にしなければ、親父の周到さは読みとれなかった。

能信はしかし、表面さりげなく言った。

「よい御供養をなさいましたな」

道長は無言である。

「三条帝の御霊も、さぞ心安らかになられたことでしょう。むしろ油火の怪は、そのことを父君に伝えよとのお示しであったかもしれません」

しばらくして、道長はぽつりと言った。

「太皇太后宮（彰子）も来年落飾されるぞ」

——えっ、鷹司系の頂点にいる彰子どのが……

兄弟姉妹のうち、最も父親の気質を受けついだ彰子は、夫の一条帝亡き後、後一条帝の母后《ははぎさき》として、蔭から頼通政権を支えていた。その彰子の落飾入道は、夫の冥福を祈るためであろうことはまちがいないが、無言のうちに父の意向を受けとめ、身をもって、鷹司一族への罪障を消滅させるつもりであるらしい。

「よき御発心《ごほっしん》であられますな」

感に堪えた、というふうに能信はうなずいてから、呟くように言った。

「いろいろお話を承るうち、さまざまのことが思いだされます。亡き三条帝は、なかなかお心やさしいところもおありでございました。禎子内親王のことは、とりわけ愛《いと》しがられておられましたな」

道長がかすかにうなずくのを見て、いまはこれ以上言う必要はない、と能信は思った。

道長。実資。そして頼宗を通じて頼通。

禎子の東宮入りの布石として、可能なことはすべてなしおえた。

道長邸からの帰途、牛車《ぎっしゃ》に揺られながら、

——俺の賭は、始まった。

能信は眼を据えている。ときに三十一歳。みずから賭に乗りだすにふさわしい年齢である。

四

翌年の正月、道長の言葉のとおり、彰子は出家し、その邸宅に因んで上東門院《じょうとうもんいん》と院号が定められた。女院となった彰子は、上皇、法皇と同等の待遇をうけ、これまで同様、後一条の母后として、後見役をつとめる。

一方の禎子の東宮入りは、なかなか実現しない。どうやら教通が娘の生子を押しこもうと、執念ぶかく工作を続けているからだ。それにもう一つ、頼宗を通しての話には結構乗気だったという頼通が、このところ、いまひとつ禎子東宮入りに熱心でなくなっているのも、能信には気がかりである。

教通の押しに圧倒されたのか？

いや、違う。

事態に変化が起りかけたのだ。後一条の中宮威子に懐妊の兆しが見えたのだ。その気配については、中宮権大夫である能信も聞き及んではいたが、この、まだ生命の芽ともいえないほどの小さなものが、早くも人間社会を激しくゆすりはじめたのだ。

——もし、威子の産む子が男だったら、皇太弟敦良の次はその皇子。

そう思った頼通は、にわかに禎子の東宮入りに興味を失ったのである。

——ふん、もう禎子さまのことなんて、どうでもいいってわけか。

面と向って罵ってやりたいところだが、それができないのが政治の世界である。ここは腹の虫を抑えて、なにげなく振舞わねばならない。

そのうち威子の懐妊は決定的となった。安産祈願が始まったりすると、頼通はしきりに威子を見舞にやってきては、なにくれとなく指示を与えたりする。

――いかにも中宮権大夫の俺の気配りが足りないといわぬばかりだな。

能信はすこぶる不快である。そうした細かい心遣いを見せることによって、先に禎子に傾きかけた自分の内心を蔽いかくそうというのだろう。その心の動きがわかるからこそ、いよいよおもしろくないのだ。

――それでも、ここで堪えねばな。

ずいぶん自重したつもりだが、主人のそうした鬱屈は、なんとなく従者たちに伝わってしまうものだ。そして、道で頼通の従者と出遇《でくわ》した折などに、ささいなことに因縁をつけ、乱闘騒ぎをひきおこしたりする。彼らにしてみれば、主人に代って腹いせをしたつもりである。口の先では、

「よせ、よせ」

とは言うが、能信にも、わずかながら溜飲を下げた思いもある。そんなことが両三度続いたろうか。道長の法成寺《ほうじょうじ》（無量寿院）で毎月のように行われている法要の席で顔をあわせた頼通が、衆人の前で、

「権大夫の従者どもは、どうも乱暴者が多すぎる」

と文句をつけはじめた。

「従者の気質は主人に似る、ともいうからな」

皮肉まじりに言われて、能信はついに我慢しきれなくなった。

「お言葉ですが、私は従者をけしかけたりしてはおりません。下人どうしの争いごとなど、今の世には珍しくないじゃありませんか。それを一々、主人が責任をとらされたら、かないませんよ」

——ちっと、言いすぎたかな。

と思った直後、

「なんだ、その言いざまは」

かさにかかって、頼通は能信を怒鳴りつけた。

そもそも、そなたの家の下僕どもは行儀がよくない。主人たるもの、下僕ぐらいが仕込めなくて、なんで公《おおやけ》の仕事がつとまるか。下僕の話を聞いてみると、どうやら、そなたの従者どもは、わが従者をつけねらい、出会いざま喧嘩をしかけるというではないか。いったい、そちは、この自分になにか恨みでもあるのか……

——言わせておけ、かまうな。

能信は必死に耐えた。

——頼通兄貴も半分は中宮の出産、半分は禎子さまの東宮入内に賭けていたじゃないか。そこで、今になって、俺や禎子には関係がないところを見せつけようってわけか。それにしては芝居が下手すぎるね。

せせら笑いに勘づいたとは思われなかったが、頼通は、いよいよ居丈高になった。

「そもそも、権大夫のつとめかたはどうだ。父君」

頼通は道長の方をふりむいた。

「この男は、中宮権大夫でありながら、じつに怠慢です。いよいよ御慶事ときまったいまでも——」

くどくどと言いつづけた。ついに能信も我慢しきれなくなった。

「私がいつ、そのように怠慢だったと言われるのか」

気色ばんで言いかけて、父の方を見やった。

——父君、父君は私の心の中、わかっていてくださいますね。

が、期待はみごとにはずれた。道長は頼通に大きくうなずきながら言ったのである。

「権大夫、この大事な法要の折に、なんたること。口をつつしみなさい」

——えっ、父君、難癖をつけはじめたのは兄貴のほうですよ。

道長は知らんふりをしている。

——父君、あの夜のことは、よもやお忘れでは……

うなずくかわりに道長は言った。

「退れ、能信。退るのだ」

これ以上二人が言いつのって、並みいる公卿の前に醜態をさらすことを避けようとしたのだろうが、能信だけに責任があるような言いかたは納得できなかった。しかし、今の道長は、能信の前に巌のように立塞がっている。突くも押すもできない。完全に能信は位負けしている。

が、それより、能信を押しつつんでいるのは、

——俺は運に見放された。

という思いだった。頼通ひとりなら負けはしない。禎子から威子側へと、恥しらずに鞍替えした彼など、いずれはとっちめてやる折もあるだろう。しかし、父道長は強運の人だ。恐ろしいほどの強運に恵まれて、権勢への道を辿ってきた。その父が、いま頼通に味方している。ということは、恐らく、威子は皇子を産むということなのだろう。

——そうなりゃ、俺が禎子どのを担いだって負けにきまっている。

半ば呆然としながら、馬上の彼は妻の許に帰ろうとしている。父の強運の前に頭を垂れねばならないこの腑甲斐なさ。

では、賭から降りるのか？

馬の背に揺られながら、

——いいや。

辛うじて彼は自分に答える。

——禎子さまは美しい不運の種子だ。その不運の種子に、俺は敢えてその不運に賭け

るのさ。

絶望の中で、能信は強《し》いて首をあげていようと思ったが、暗い未来のほかに、予感できるものはなにもなかった。

しかし——

この年の暮に、月満ちた威子が産んだのは、なんと女児であった。

五

女児は章子《しようし》と名づけられた。

その三夜、五夜、七夜の祝が行われ、やがて五十日の祝を迎えたころ、その祝の蔭に隠れて、急速に実現しかけていたのが禎子の東宮入りだった。

今度は頼通が先頭に立って東宮入りの祈願をしている。

——手の裏を返すみたいだな。なんてざまだ、嫌な奴。

心の中で罵りながら、能信は婚儀の支度に追われた。頼通も、あの日のことはすっかり忘れたように、愛想のいい顔をしている。

「急げ、万事手落ちなく」

と道長も妍子に文《ふみ》をよこしている。彼自身も、章子誕生のころから、体の具合がよく

ないのだ。文には、

「禎子内親王のことだけが気がかりで、こうして生きているようなものだ」

と、珍しく弱気な一節もあった。が、能信の気がかりは、むしろ妍子である。このところ健康がすぐれず、頰が異様に赤らみ、食欲はまったくない。

「しっかりなさってくださいませ。いまが大事のときですから」

彼の言葉は、励ますというより、いつか叱咤に近くなってきている。ここで妍子の身に万一のことがあったら婚儀は延期。そんなことをしていると、どんな横槍が入るかもわからない。いまは万難を排して東宮の許に少女を送りこんでしまいたいのである。

妍子も、苦しげに言う。

「ええ、そう思っているのですが……」

不運の影を背負った彼女の答は、ひどく心許ない。

それでも東宮入りは三月二十三日ときまり、十七日には敦良の文が届けられた。使者は名筆で知られる権大納言藤原行成《ゆきなり》の子、右近衛少将行経《ゆきつね》である。みめかたちのいい十六歳の行経は、故実に詳しい父から口をすっぱくして教えられたとみえて、少しぎごちないものの、しずしずとした歩きぶりにそつはない。東宮の文は晩春の折にふさわしい白と青の紙を重ねた柳襲《やなぎがさね》の料紙に書かれ、ういういしい柳の枝がつけられていた。

枇杷殿には、関白頼通や内大臣教通はじめ多くの公卿がつめかけている。頼通が、これまでのいきさつなど忘れたような顔をして、あれこれ指図するのを、能信は、そしらぬ顔をして眺めている。

——それより、見ものは教通だな。

生子を納《い》れそこなって、腹の中では煮えくりかえる思いだろうが、彼も神妙に顔を並べているではないか。

とにかく、能信は賭に勝ったのである。

——いや、ほんの第一歩だが……

いよいよ二十三日。枇杷殿には祝の品が溢れているが、幼い禎子には、真実は明かされず、

「お方違《かたたがえ》に参りましょう」

とだけしか知らせていない。桜づくしを襲《かさ》ねた禎子は、年よりは幼げだが、薄紅色の衣にかかった黒髪はいよいよつややかである。その黒髪を振って、

「母君も御一緒でなければいや」

と駄々をこねる。病のせいもあるが、じつは妍子には同道する資格がないのである。ときの天皇の母后あるいは妻（皇后）であればいいのだが、妍子は後一条の母でも妻でもないのだ。が、幼い禎子には東宮入りのことも言いきかせていないので、

「母君は後のお車でおいでになります」

となだめて、ともかく車に乗せた。時はすでに夜――。それが天皇や東宮の許に入る折のしきたりである。禎子の車に続く行列の中に能信もまじっている。

――ああ、やっと、そのときが来た。

長い道のりだった、とつくづく思う。どんな障碍が出て沙汰やみになるか、とはらはらしていただけに、先行する禎子の車の轍《わだち》のきしむ音までも、記憶に刻みつけておきたい思いがした。

禎子に与えられた内裏内の殿舎は弘徽殿《こきでん》。すでに御簾《みす》、几帳、調度など美しく調えられ、幼い女あるじの到着を待つばかりになっていた。

が、手をとられて、その華やかな殿舎に足を踏み入れた禎子は、あたりを見廻すと動かなくなってしまった。

「違うわ」

小さな声が洩れる。透明できらりと光るような響きである。

「どうぞこちらへ、内親王さま」

世なれた古女房がさしだした手に摑まろうともせず、禎子はじっと相手を見すえている。

「どうして、こんなところへ来たの」

「いえ、あの……」

「方違じゃなかったのね」

「……」

「そなたたち、嘘をついたのね」

透明な声が、遠くに離れている能信の所まで聞えてくる。

「じゃ、なんで方違なんて言ったの」

問いつめる声は細いが語勢は鋭い。

――おお、これは。

能信は禎子を見直す思いである。今までは、あどけない、かわいいだけの女の子と思っていたこの少女は、馴染のない部屋のきらびやかさに怯《ひる》みもせず、たった一人、首をしゃんと立てて、並みいる大人の虚偽に立ちむかおうとしている。

――嘘なんて許さないわ。

その黒い眼は、じっと女房を見つめたままだ。女房のほうがへどもどして、

「あの、ここが内親王さまの新しいお住居《すまい》でございます」

「それならどうしてそう言わなかったの」

「は、あの、それは……」

廊の向うから、数人が近づく気配がした。

「おお、これはこれは内親王さま。もっと早くお着きになるかと思いました」

姿を現わしたのは頼通であった。彼はその場のはりつめた雰囲気にすぐ気づいたらしい。女房が小声でことのあらましを告げると、

「おお、そうか、そうか」

笑いながら、禎子に近づいた。

「そりゃ悪かった。なにも申しあげなかったのは女房が悪い。して、内親王さまにはここがお気に召されぬと？」

禎子の背丈までかがんで、頼通はやさしくその手をとった。

「よいよい、では、もっとお気に召す所に御案内いたしましょう。さ、これからは、私が御一緒申しあげますから、大丈夫ですぞ」

頼通は、昭陽舎《しょうようしゃ》にいる東宮の許に禎子を案内する役だったのである。頼通は禎子にとっては伯父。日頃、母の許で顔をあわせているだけに、少しは心を許したようだが、しかし、顔からは不信の色は消えていなかった。

禎子は体全体で抗議している。大人が自分に対して行った不実な行為を決して許しはしない、というふうに。女房たちが慌てふためくのを見ながら、ふしぎに能信の胸の中に不安は起らなかった。それよりも、

——思いのほかに頼もしい姫君だなあ。

そんな気がしてならない。大人を向うにまわして一歩も退かない気概は、むしろみご

となものではないか。母の妍子は不運におしひしがれ、すっかり弱気になっているのに、同じ環境の中に育ちながら、少女はみずから別の魂を育んでいったかに見える。

「さ、参りましょう」

頼通は禎子の手をとった。小さな手を伯父に預けて、仕方なしに禎子は歩みはじめた。その足許はなんとなく覚束なげだが、肩にも、背中に流れる黒髪にも、大人の嘘を許すまいとする勝気さを溢れさせて……

しばらくして頼通は弘徽殿に戻ってきた。

「やれやれ、大汗かいたよ」

その顔にこぼれる笑いに、人々の眼は集中した。

「とにかく、言いなだめて、東宮の所へお連れしたんだがね。入ったとたん、また動かなくなられて……。こんなところは嫌だって」

ほう、というような声が人々の口から洩れた。

「言いだしたらきかない、って感じなんだな」

「それで、どうなさいましたか」

「東宮はお待ちかねでね、姫君どうなさったの？　ってやさしく言われて、ひょいと抱きかかえられて、そのまま御帳台へ――」

深い吐息のようなものが洩れる中で、頼通は言う。

「もうお年齢《とし》も十五だろう。そのくらいのことは母君や女房が、きちんとお話ししておくべきなのになあ。からきし子供でいらっしゃるんでねえ」

一座の緊張は解けていった。しかし、能信の見かたは少し違っている。

――禎子さまは子供なんかじゃない。最後の最後まで、嘘をついた大人たちを許さなかったのだ。東宮の居間へ入って一歩も動こうとしなかったその負けん気に、頼通は気づかなかったらしいな。

霖雨のあとに

一

無気味なほど静かで暗い、その年の梅雨であった。樹の幹に、屋根に、軒の柱に、ひっそりとまつわりつき、雨脚をそれと気づかせずに、樹々や家の芯にまで、その陰鬱さを摺《す》りこまずにはおかないというような降りかたを続けて、もう一月《ひと》にはなるだろうか。

それでいて、気まぐれに霖雨ははたと歇《や》んだ。

——五月《さつき》晴れというんだなあ、これを。

能信は妻の家の勾欄《こうらん》に頬杖をついて、蒼空を見上げる。しつこい淫雨が、また戻ってくるのはわかっている。

——その短い霽《は》れ間だったよなあ。

禎子《ていし》の東宮入りを思うと、しぜんに顎を撫でたくなる。

――もし、あのとき、姫宮を東宮に押しこまなかったら……禎子の東宮入りはずるずるとひきのばされ、あるいは実現の機会さえめぐってこなかったかもしれない。というのは、その少し前から兆しを見せはじめていた道長の不調が、ここへきてかなり顕著になってきたからだ。それにつれて、道長は癇性を募らせてきてもいる。

――あの雲行きじゃ、父君の前で、うっかりなことは言いだせなかったよ。

その一歩手前で、能信はさりげなく禎子東宮入りの承諾をとりつけてしまった。しかも、禎子が東宮に入った直後から、彼女の母の皇太后妍子《けんし》が床についてしまったのだ。どこが痛むというのではない。じわじわと病魔が体の中に浸みこんでくるような弱りかたであった。日頃言葉少なの妍子は、自分の病状についても、はっきりしたことは言わない。

「どこかお痛みでは」

女房が訊くと、

「いいえ」

ゆっくりと首を振る。

「御気分がお悪いのでは?」

周囲の言葉にも、泣くような笑うような表情を浮かべるだけ。

この陰鬱な梅雨は、妍子の運命を暗示しているようにさえ思われる。

——こうなってからでは、姫君の東宮入りはむずかしかったなあ。

ほんとに雨の霽れ間を縫っての東宮入りだった。それもあの姫君の運の強さか、と思ったとき、後に足音がした。

「何をしていらっしゃいますの」

気忙《きぜわ》しそうに言ったのは妻だった。

「いや、別に……」

「ちょっとは御相談に乗っていただかなくては困りますのに」

じつは能信たち夫婦は、近く妻の祖父、太政大臣公季《きんすえ》の住む閑院《かんいん》邸に移ることになっているのだ。閑院邸は藤原氏の所有する由緒ある大邸宅で、公季は七十を過ぎたのを機にこれを息子の実成《さねなり》と、実成の娘を妻としている能信に譲ることにしたのである。

実成には公成《きんなり》という息子があり、公季は彼を養子にしている。つまり公季の狙いは、実成・公成と、孫娘の婿、能信に、今のうちにこの大邸宅を確保させておこうということなのだ。そして公季自身は入れかわって実成の旧宅に入る予定になっていた。

妻は大邸宅に移るというので、いそいそとしている。

「ね、少しは引越の相談に乗ってくださいませ」

「あ、う、うむ」

「それとも閑院にお移りになるのがお嫌なんですか」

「そんなことはないさ。あれは有名な大邸宅だ。しかし、そなたの祖父君《じじぎみ》の太政大臣どのがお持ちなんだからな。万事そなたの宰領にまかせる」

「気乗り薄なお言葉ですこと」

「そうじゃない。俺が出しゃばらないほうがいいんだ。世間の口はとかくうるさいからな」

「まあ」

「祖父君が、われら若者になんであの大邸宅を譲るのか、という声もある」

「そんなことを言うのは誰ですの」

気色ばむ妻の前で、

「あ、いや、むにゃ」

能信はあいまいな笑いにまぎらせた。

太政大臣たるものが、大邸宅を出て息子の宅に移るとはなんたる不見識、とぶつぶつ言っているのは、例のうるさ型の藤原実資《さねすけ》だ。そんなことはこちらの勝手だ、とうかつに言えない立場に、いま、能信はいる。

雨の霽れ間を狙うようにして、東宮に禎子を滑りこませたとき、なにくれとなく、禎子のために働いてくれたのは、実資の養子の資平《すけひら》だからだ。もともと実資は亡き三条天皇から信頼を寄せられていた。その縁で、資平は妍子付きの皇太后宮権大夫《こうたいごうぐうのごんのだいぶ》であり、禎子の東宮入りにはいろいろ心を砕いてくれた。

能信は中宮権大夫《ちゆうぐうのごんのだいぶ》、中宮すなわち威子の手足として働かなければならない立場である。資平と緊密に連絡を取って禎子の東宮入りを推進はしたものの、表立って禎子を支えることはできない。

してみれば、資平・実資とのつきあいは、内密に、しかし最も大切にしなければならず、まるで濡れ手で粟のように大邸宅を伝領する能信への嫌がらせともとれる実資の言葉も、いまは聞えないふりをしていなければならない。

——しかし、こんなことは口には出せんよ。

とぼけて笑ってみせるよりほかはない能信なのであった。

思えばそれらは雨の霽れ間の一幕にすぎなかった。陰鬱な梅雨が、ふたたび家の芯まで浸みこむように降りはじめて間もなく、能信の許に突然の訃報が飛びこんできた。出家していた兄の顕信《あきのぶ》が比叡山の無動寺で、三十四歳の命を終えたのだ。

——えっ、兄上が……

春ごろから食が進まなくなったという話は聞いていたが、よもやこんなことになろうとは思ってもみなかった。慌てて父の道長の許に駆けつけると、父は口もきけないほどうろたえていた。

「俺は行けぬ。行きたいが行けぬ」

たしかに、しきたりとしても、遠く叡山に横たえられている子のなきがらの許に、道長ともあろう人が駆けつけるわけにはいかない。それに、いま、改めてみつめる父の面差は、ぎょっとするほど憔悴しきっている。

——いつもはそうも思わなかったのに。これではお出かけは無理だ。

「とにかく、兄ともども行ってまいります」

音もなく降り続ける梅雨を肩に、能信は兄の頼宗とともに、比叡山まで馬を飛ばせた。山では権僧正慶命《きょうみょう》が待ちうけていた。

「こちらでございます」

招じ入れられて対面した顕信の顔は、頬こそ削げているものの、眠るがごとく静かだった。

「山を降りて、このところは大原で行いすましておいででしたが……」

慶命は涙を抑えながら語った。食欲がまったくなくなってから、顕信は山へ戻りたいと言いだした。

「思うところあって、と根本中堂《こんぽんちゅうどう》に籠られました。そのお体では無理、と度々申しあげたのですが……」

とにかく二七日《にしちにち》の参籠を終えて出てきたとき、頰に血の気は失せていたが、それでも顕信は、すがやかに言ったという。

「じつは、御本尊にお願いしたのです。このような体になりましたので、寿命の果てるのはいつか、おしめしくださいと……」

それで、と思わず慶命は顕信の顔を見守ってしまったという。うっすらと微笑さえも浮かべて、顕信はそのとき言った。

「勝手なお願いだったかもしれません。ついにおしめしはいただけませんでした。しかし」

澄んだ瞳が慶命をみつめた。

「夢のお告げがありました。ともあれ死の用意だけはせよ、と」

そこまで語って、慶命は涙を抑えながら能信に言った。

「滅相もない、と私は申しました。夢は逆夢《さかゆめ》とも申します、これこそ命長らえられるしるしだと……。が、顕信入道どのは言われるのです。いや、長生きしたいと願う人は、そう思って喜ぶかもしれませんが、私はそれとは別のうれしさにみたされました、と……。自分が御仏《みほとけ》にお願いした、それにお応えくださった。こんなうれしいことはない。十五年の修行の甲斐がありました。それがうれしくて僧正に御報告したのです、と……」

それからは無動寺に入って念仏三昧のうちに、静かに顕信は世を去った。

——そうだったのか、兄君。

慶命の話を聞くうちに、能信には、顕信が、不食の病にかかったのではなく、そのころから、死への支度を始めていたのではないか、と思えてきた。十五年の修行の歳月は決して短いものではない。兄は兄なりの苦しみは深かったろう。その中で、兄は一つ一つ欲望を棄てていった。愛した女《ひと》への想いを、世俗の出世欲を……。突然の出家というのは俗念を断つための手段ではあったが、その瞬間にすべての欲望が棄てられたとは考えられない。とりわけ、藤原道長家という、権謀の家に生れた身であってみれば……

そしてすべてを棄てさった後、最後に残った生きる欲望を棄てることこそ、兄がつきつめていった世界の完結のかたちではなかったか。

——十五年前、兄貴が出家したとき、俺はその弱気を責めもした。兄と同い年の妍子どのの、三条帝への入内《じゅだい》という華やかな門出に比べて、なんと高松家は不運にとりつかれていることよ、とやりばのない気持にもさせられた。

が、その妍子のその後は苦悩の連続だった。きさきという華やかな地位にふさわしくない不器用さをさらけだしてこの女《ひと》が十五年を生きている間に、兄は別の世界に転生したといえる。

——俺には決してできないことだが……

能信は慶命を見てはいなかった。彼の眼に映ったのは白衣をまとい、軽々と天空に向って旅立つ兄の姿であった。

二

陰鬱な梅雨は、たしかに死の世界の序曲だったかもしれない。

その年の秋、ついに姸子が世を去った。能信が閑院邸への転居の準備に追われているうちに、姸子は、しだいに衰弱していったのだった。さきに道長が作った法成寺に入って仏の加護を祈ることになったのが八月十三日、その数日前、閑院邸に移ったばかりの能信は供奉《ぐぶ》の行列に加わるために、慌てて飛びださなければならなかった。

供奉の間にかいま見た姸子の顔は思いがけないくらいさわやかだった。

——やれやれ、この分じゃ、なにも法成寺に行かなくてもいいんじゃないか。

あたりを見廻すと、誰もがそんな表情をしている。こんなときは気息奄々《きそくえんえん》、侍女の肩にでもすがって運ばれていくくらいな演技が必要なのに、そうできないのが、姸子の不器用なところである。

それから約一月《ひと》、彼女の為の修法や『大般若経』の読誦《どくじゅ》が行われたが、病状は一進一退、よくもならず悪くもならず、周囲の気を揉ませ続けた。自身も体調をそこねている

道長は苛々して、仏にまで、

「ああ、こんなにお願い申しあげても、御仏はおききいれくださらないのか」

と恨みがましく言ったりした。

が、冷静に見れば、妍子の容態は、少しずつ悪化している。たまりかねたのは母の倫子で、

「法成寺は見舞の客がつめかけたり騒がしすぎます。私の所で静かに過させます」

と言いだした。倫子は法成寺のごく近くに、今南殿《いまみなみどの》と呼ばれる邸宅を新築したばかりだったのである。そろそろとそこへ運ばれた妍子は少し元気を取りもどしたようだった。

「やはり、こちらのほうが気が安まるのですよ」

倫子は得意そうである。しかし、安心すると、突然意識不明になったりしてまたひと騒ぎという状態はその後も続き、周囲は妍子に完全に振廻されて日を過した。

やっといくらかの安定を見せたかと思われたのは九月十四日、今までとは違ったはっきりした口調で、妍子は、湯浴みしたい、と言いだした。

早く、早く、と鼎殿《かなえどの》（湯沸かし所）をせきたてて湯を運ばせると、妍子はいかにも心地よげに体を清め、急いで運ばれた新しい衣を身にまとい、床に横たわると、

「父君をお呼びして」

これも、はっきりした口調で女房に言いつけた。

急変が起ったのはその直後である。

「皇太后さまっ」

慌てて腕にすがりついた女房に、妍子はうなずく力もなくなっていた。それでも、道長が駆けつけたとき、うっすらと眼を開き、片手をあげて髪を削ぐまねをした。道長は息を呑む。

「尼になろうと言われるのか」

その言葉にだけは、しっかりとうなずいてみせた。読経のために呼ばれていた僧があたふたとやってきて、形ばかり髪を削いで、授戒の儀式に入った。ここで正式に仏の弟子となった者に、僧はいくつかの戒を授けるのだが、そのとき、その戒について、

「保つや否や」

と問い、受戒者は、

「よく保つ」

と答えねばならない。半ば意識を失っている妍子に、その答を口にする力はないと思われたのに、なんと、妍子は、さわやかに答えたのである。

「よく保つ」

そして、それが最後の言葉だった。おくれて駆けつけた倫子と並んで、道長は呆然として立ちつくすばかりであった。

妍子の死は、たちまち能信の許にも伝えられた。

——やはりな。

顕信の死を聞いたときのような衝撃は感じなかったが、死の直前の小半刻ほどのその振舞には虚を衝かれる思いがした。

あたかも、今日の死を予期したかのように身を清め、着替をすませ、父を呼び、剃髪し、受戒をすませてこの世を去っていったとは……。日頃、鈍感で、要領が悪く、不器用この上なしだった妍子が、その生涯とひきかえに、なんとあざやかに彼岸の世界に旅立っていったものか。

「妍子どの」

久しぶりに能信は彼女の昔の呼び名を口にした。権力者の娘に生れながら、思えば苦悩を味わい続けた一生だった。それも夫である三条天皇との間に、皇子を儲けることができなかったばっかりに……。姉の彰子《しようし》が器用に二皇子を産んで栄光の母后《ははぎさき》として振舞う蔭で、まるで、とんでもない間違いでもやらかしたように肩をすぼめ、うつむき続けて人生を終ってしまった。

が、男児を産まなかったからといって、誰が彼女を責めることができるだろう。

——妍子どの。もっと堂々としておられてもよかったのに。しかも、げんに、あなたの産んだ禎子内親王は東宮妃。もしかしたら、あなたにも栄光の未来が開けたかもしれないのに。

妍子はしかし、そのような未来に、なにひとつ賭けてはいなかったのではないか。うつむき、いじけ、かがまって生きるうち、いつか世俗のことは関心の外になってしまったのかもしれない。だからこそ、最期のときになって、うって変ったあざやかさで、この世に別れを告げることができたのではないだろうか。

——しかし、妍子どの。俺にはそうはできんのよ。

ふたたび能信はこう呟くほかはない。その眼裏《まなうら》に、こんどこそ一人ぼっちになってしまった東宮妃、禎子の面影を浮かべながら。

季節はいつか冬になっていた。

そのころから道長の病状は急激に悪化した。飲水病と当時いわれた糖尿病はこの一家にまつわりついた遺伝的なものでもあったが、その症状——眼疾、心臓障害などは、これまでも、しばしば道長を苦しめてきた。今度はさらに背中に悪性の腫瘍ができて、体の震えがとまらなくなった。

気の早い連中の間には、

——道長公が亡くなられた！

という噂も飛んで、例の実資を舌なめずりさせたが、これは誤伝だった。

十一月の末近く、道長が法成寺の阿弥陀堂に移ると、天皇や東宮まで見舞に来た。周囲では多くの僧侶の読経の声が流れ、道長もそれに力を得たようだったが、もうただの顔色ではなくなっていた。

——このままでは長いことはおありにはなるまい。

能信も覚悟をきめねばならないときがやってきた、と思った。それでも道長は、意識が平常に戻ると、

「帝や東宮までお見舞においでくださるなどということはこれまでになかったこと。なんと俺は果報者か」

土気色の頬を歪ませて、無理に笑おうとした。

——父君はまだ現世のことしか考えておられない。

顕信や妍子とはなんという違いであろう。が、それが、この期に及んでも、したたかな生命力となって、父を支えているともいえる。

問題は腫瘍をどうするか、医師たちの意見はまとまらなかった。このままでは身体の内奥まで蝕んでしまう。しかし、うっかり手をつけて、取りかえしのつかないことになったら？……そして結果的には、この逡巡が、手当の時機を失った。

「痛い、痛い」

のたうちまわって唸り声をあげるのを、ついに見かねて、医師の丹波忠明《たんばのただあき》が、腫物に針を刺したのが十二月二日。血膿がどろりと流れ出たものの、痛みはさらに増し、苦し

さに堪えかねた呻き声はなおも続いた。その声が次第に弱まってきたとき、一世の権力者、藤原道長の息は絶えた。ときに十二月四日、六十二歳。

とたんに死者の周囲には奇妙な活気が満ちはじめる。続々とつめかける弔問の客に、能信も神妙に挨拶する。

「日頃、念じたてまつっておりました阿弥陀如来の御手に架けられた五色の糸を握り、西に向って念仏を申しつつ、苦しみもなく臨終を迎えました」

相手も慇懃に言う。

「それはそれは。日頃、御行《おんおこない》をお積みになっておいでのために、最後の御念仏もお乱れにならなかったのでございましょう。まことに頼もしいことで、極楽にては上品上生《じょうぼんじょうしょう》にお生れになりますことは疑いもございません」

もちろん能信も相手も、道長のすさまじい唸り声を聞いているのに、忘れたような顔をしているのは、もう「死」の儀式化が始まっているからだ。

そして、父が、儀式の世界に運びこまれたそのとき――

ふしぎなことだが、能信が味わったのは、悲しみよりも、一種のひそかな解放感だった。

――父君はもうこの世にいない。

父の子として生れた自分は、数々の恩恵を蒙った。官位の並はずれた昇進。分与された豊富な所領――。その後楯を失った心細さもないといったら嘘になるが、同時に、引いても押してもどうにもならない、息苦しいまでの抑圧感から、やっと自由になれるという思いが強いのである。

――ずっと俺は耐えてきた。

と能信は思う。鷹司系の息子、娘の華麗な繁栄ぶりに比べて、自分たち高松系の子供たちは、常に後れをとってきた。が、まともにそのことを言えば、

「俺のおかげで、これだけ出世をしおって、まだ不満か」

と、父に一喝されるにきまっている。しかし父は、最後まで気づかなかった。一々の官位の昇進よりも、対立する相手との比較感に、人間がいかに悩まされるか、ということを。いまや母の違う両家の兄弟の昇進の差は歴然としている。能信は父の前でそのことをほのめかすこともできずに年月を過した。一番辛かったのは、言えなかったということではなかったか……

そして、抑圧からの解放感を味わうその分だけ、鷹司系の頼通《よりみち》、教通《のりみち》が不安を募らせていることも確実だ。彼らも自分の実力で権力の座をかちとったとはよもや思ってはいまい。父の強力な後楯があってこそ、彼らは政治をとりしきることができたのだ。

――これからはそうはいかぬぞ。そうだ、遠慮は無用ということだ。

が、いま、空々しい挨拶をやりとりしている弔問の相手に、それは気づかれてはなら

ないことだ。そう思うから、能信はいよいよ神妙に眼を伏せる。が、おくびにも出さないながら、相手も似たようなことを考えているに違いない。

——今までは、御後見《みうしろみ》があったからこそ、頼通公も、がたりともなさらなかったが、さて、この先はどうなりますかな。

案外、すっぽり蔽いかぶさっていた天井が突きぬけたような思いを、相手も味わっているのではないだろうか。

能信の動作はいよいよ優雅に、神妙になる。

三

死の儀式が終ると、世の中はその反動のように急に活気づいてきた。能信が感じたように、道長の死は、人々にある解放感をもたらしたのだろう。

頼通政権はどうなるか。一応彼にすり寄ってみせるか、それとも……、さまざまの思惑が飛びかい、うつむいて息をひそめていた連中までも、うごめきはじめたのだ。

中でも能信は気忙しい日々を過さねばならなかった。というのは父の服喪を終えて宮中入りした威子《いし》が、まもなく体調を崩して寝込んでしまったからだ。

——やれやれ、今度は中宮か。

ぞっとしながらも、中宮権大夫である彼は祈禱の、医師の、と走り廻らなければならなかった。思えば顕信の不調が伝えられてから、今まで一年とは経っていない。その間に、妍子、そして父道長と、死への行列が続いた。その葬列に、中宮威子までひきこまれるのでは、とぞっとしたそのとき、

「権大夫さま」

威子付きの女房が、そっと能信を呼びとめた。

「お加減はいかがで」

相手を覗きこむようにして声をひそめると、女房は、そっと首をすくめて、袖で口を蔽った。

「え？……」

一瞬とまどったとき、女房は、

「もうよくおなりですのよ」

いたずらっぽく、首を傾げて微笑してみせた。

「え、もうお治りになったと？」

「あの……」

思わせぶりな眼配せに、能信はすべてを了解した。

「そうか、つわりだったのですな」

威子の許に駆けつけると、

「心配をかけましたね」

けろりとして言い、顔の艶もいい。

「いや、御案じ申しあげましたが、お元気になられてなによりでございます」

それから能信は頼通の許に馬を飛ばせた。このところ、頼通は亡き父道長から伝領した白河院にいる。

「おお、権大夫、火急に――」

皆まで言わせず、能信が威子懐妊を報告すると、とたんに頼通は笑みくずれた。

「そうか、そうか。そりゃよかった」

とりあえず着帯《ちゃくたい》の日取りとか、産所の選定の下相談をしてから、

「今度は男御子《おとこみこ》でございましょうな。いや、そうありたいもので」

言うと頼通は大きくうなずいた。

「うん、うん。なにしろ去年は事が多すぎた。このあたりで、なんとか」

「左様です。風のめぐりを変えたいもので」

「父上が御存命のうち、このよき知らせをお耳に入れたかったな」

おや、もう男の子が生れるつもりになっている、と内心首をすくめたが、能信は大まじめでうなずきかえした。

「万事権大夫の計らいに任せる」

「は、手ぬかりなく、相つとめます」

それから頼通は少しほぐれた表情を見せた。

「じつは、このへんで御懐妊ということにならないと、と思っていたところさ」

「は」

「なにしろ、うるさく言う者がいるんだ。喪が明けるとすぐこれだから」

「と申しますと」

「帝のお側には何人か女御がおられたほうがいいのではないか、などとな」

「ほう」

「しかし、それはいかん。第一、帝にその気がおありにならない。それに」

頼通は声を大きくした。

「亡き父君も、そういうことをお許しにならなかった。そりゃあ亡き一条帝にも三条帝にも中宮のほかにきさきはおありだったが、その御経験からも、父君は、きさき方の間で、はしたないいさかいごとなどないようにありたいものだ、と思われたのさ」

「そうでございますな」

たしかに一条帝や三条帝のようにわが娘が入内する以前にきさきがいる場合を除くと、道長は自分の娘以外の女性の入内には乗気ではなかった。そしてその父の方針を自分もうけつぎたい、というのが頼通の意向のようだった。

「いや、これはここだけの話だが」

頼通は声を低くした。

「亡き式部卿《しきぶきよう》宮敦康《あつやす》親王の姫君を帝の許へさしあげては、と言ってくるものもあるんだ」

「ほう」

敦康は一条帝の第一皇子で、不運にも天皇の位に即《つ》けないまま世を去ったが、頼通は生前の彼とはかなり親しかった。というのは、妻どうしが姉妹で、一時は同じ邸に住んでいたという間柄だったからである。

「姫君はわが内室の姪だからな」

頼通は呟くように言う。

「美しい姫でな。内室は娘を持たないせいもあって、とてもかわいがってもいるのさ」

「なるほど」

「俺としても姫の後見はしてやりたい。が、それとこれとは別ものだ。中宮のお立場を考えねばならん。俺は中宮に申しあげた。私がおりますかぎり、決してほかの姫君を帝の許にさしあげるようなことはいたさせません、って」

「ふうむ」

能信は眼をぱちぱちさせた。

「中宮さまはさぞお喜びでしょうな」

「ふむ、考えてもみるがいい。中宮は帝より九つもお年上だ。そこへ若い女御がつぎつぎ入内されたら、お胸のうちは安らかではあるまいよ」

「そのとおりで」

ふと、思いついたように能信は言った。

「そういえば、このごろは、あちこちで美しい姫君のお噂を聞きますな。敦康親王のお忘れ形見もお美しいそうですが、ほかにも……」

「そうらしいな」

「内府（教通）のところにも何人か」

頼通が黙っているうちに、するりと話題を変えた。

「ま、ともあれ、お祈りなどぬかりなく申しつけまして」

「ああ、よろしく頼む」

いつになく頼通の言いかたはやさしかった。

——悪くなかったな、今夜は……

帰途の馬上で、能信はそっと顎を撫でる。

——よろしく頼む、だと。かなり本気の言いかたをしていた。

父の方針を強引に押し通すと言った言葉の端々には、なにやら虚勢めいたものも感じられる。だいたい、今まで入内のことなど口にもしなかった連中が、なにやらうごめきはじめたというのは、道長という重しがとれたからではあるまいか。それは裏返せば、頼通が軽く見られていることでもある。

——父君の前では息をひそめていた連中までがなあ。

しかも、頼通が余人の入内を許さない、というのは、単に彼の権威をふりまわすためではなかった。その狙いは別のところにある。口に出して言わなかったそのことを、能信は、とっくに見ぬいていた。

——教通だ。教通の娘を入れたくないのさ。

だから能信が彼のことを口にしたとき、頼通は答えなかったのだ。彼と正室隆子の間には女児がない。ここで教通の娘が入内して男児でも産めば、権力はやがて教通に移ってしまうだろう。

道長が死んで一年足らず、はやくも兄弟の間には隙間風が吹きこんでいるのだ。

頼通はいかにも、父の方針を踏襲し、中宮威子を守ると見せて、他の女性の入内を拒みつづけている。その頼通にとって威子懐妊はまさに朗報だった。しぜん能信にも愛想よくなろうというものだ。

——まるで男御子でも生れたような喜びようだったな。

口が滑って、妻の姪の入内にも賛成していない、と語ったが、聞きようによっては、そんなにまでして、教通の娘を拒んでいることを裏書するようなものではないか。

しかし、頼通が喜ぶのは早すぎる。もし今度も生れるのが女児だったら、ますます威子は浮きあがった存在になってしまうだろう。

――いいのかな、それで。

が、能信としては、頼通のほうから身をすり寄せてみせたところまでで満足していればいい。ま、せいぜい忠勤を励むふりをすることだ、と翌日から能信は忙しく宮の周辺を走り廻った。

出産のそのとき、威子は全身白の衣裳に着かえ、白の御帳台《みちょうだい》に入る。奉仕する女房たちも白装束、几帳も純白のものとかけかえられる。用意は早ければ早いほどいい、といわんばかりのように、能信はその準備に余念がない。

ちょうどそのころ、関東では平忠常の乱が起っている。まるで道長の他界を待ちうけての叛乱のようにもみえる久々の大事件にも、しかし、能信はほとんど無関心だった。いや他の公卿たちにも、切迫した危機感はない。それより人々の関心は、威子の懐妊が、どんな風を巻きおこすかに集まっていた、といってもいい。

懐妊したきさきは着帯がすんで二か月ほど後、産所と定められている臣下の家に移る。今度は中納言兼隆《かねたか》の邸が選ばれた。兼隆は故道長の兄の道兼の息子だが、道長の庇護をうけて官界で出世してきた人物である。

行列は？　お支度は？

眼の廻るような忙しさのさなか、能信が移ってまもない閑院邸が焼失してしまった。

「ほんとに命からがら逃げたんですよ。どこへいってらしたんです」

文句を言う妻に、

「悪かったな」

謝ったが、ちょうどそのころ、彼は頼通のいる東三条邸に行って、産所移転の打合せをしていたのだった。移転は無事に終って、あとは出産を待つだけ、となると、周囲の眼はいよいよ威子に集中する。その後も読経だ、不動調伏法だ、と能信の身辺はいよいよ忙しくなりながらも、彼にはふと、みずからの心の奥を覗きこむときがある。

——もしかして、俺は、ちっとも中宮の皇子誕生を望んでいないんじゃないか。

そんなとき、誰にも言えないことだが、東宮妃禎子の、黒眼がちのかれんな姿が眼に浮かんでしまう。

——皇子か、それとも……

衆目を集めながら、長元元（一〇二八）年というその年は暮れ、威子の出産はいよいよ近づこうとしていた。

夜梅の雪

一

　陰暦二月一日、すでに梅は盛りを過ぎていた。夜半になって威子《いし》が産気づいたと聞いて、人々は産所である中納言兼隆《かねたか》の邸につめかけてきた。関東で叛乱を起した平忠常の勢いはあなどりがたく、追討軍を差しむけるための手続その他で廟議が重ねられていた重大な時期にもかかわらず、人々がその決定をそっちのけで兼隆の邸に駆けつけたのは、威子の出産のほうが、よほど自分の出世にかかわりが深いからだ。

中宮権大夫《ちゅうぐうのごんのだいぶ》である能信《よしのぶ》は御産所の隣の間に詰めきりで、

「御苦労」

　来客に眼顔で挨拶する。こんなとき誰が早く来て誰が遅かったか、誰が顔を見せなかったかを、瞬間に胸の中に刻みこむのも、中宮権大夫の仕事の一つである。

「今度こそは男御子《おとこみこ》であられるとよろしいですな」

「左様。お祈りにも前回よりも多くの僧を集められたとか」

ひそかなささやき声の中で、どんどん空気が稠密《ちゆうみつ》になってくる。外の気配に押されてか、威子の息づかいも荒くなってきたようだ。白装束の女房たちの動きが慌しくなった。

能信は息をつめた。

——今だ。

と思ったそのとき、元気のいい産声があがった。

——男の子か、やっぱり……

鷹司《たかつかさ》系の娘威子は、父道長の死の不運を、しぶとくはねかえした、と思ったそのとき、お産に奉仕した女房の一人が、しずしずと歩んでくると、

「皇女《ひめみこ》でいらっしゃいました」

一語一語を区切るようにして言い、頭を下げた。

——おっ、またしても……

空気が割れ、崩れた。そのかけらを急いで拾いあつめるようにして、能信は声を励ました。

「して、御母体は」

「お障りはございません」

声を高めて彼は叫んだ。

「それはめでたい」

割れかけた空気の底がゆらいだ。能信はここぞとばかり声を大きくする。

「めでたい。御母体お健やかにあらせられるとはなにより」

そう叫びながら、彼自身、すでに散らばりかけたかけらは拾いあつめようもなくなっていることに気がついていた。

私語ではない。しかし、

——また女か。

ひどく冷たい、突き放すような、声にならない声がたゆたって、もう座を起ちかけている者すらいる。

——やっぱり俺の力は親父どのには及ばないな。

能信は苦笑を嚙みころす。娘の中宮妍子《けんし》が女子を産んだとき、父の道長は瞬間顔を歪ませたが、とっさに破顔一笑し、

「めでたい」

と大声で叫び、一座の空気を一変させた。

——同じようにやったつもりなんだがなあ、俺も。力量不足は歴然としているってことか。

自嘲に頰を歪ませたとき、女房が近づいて、小さく囁いた。

「後産《あとざん》も滞りなくおすみになりました。いまはお寝《やす》みでございますので」

また女の子を産んでしまって絶望に陥っている威子をそのままそっとしておいてくれ、
というような目配せをした。

「では……。また改めて参上いたします」

外に出ると、白いものが頰をかすめた。

――もう落花か。

空を見あげたら雪だった。

――そうか。梅が盛りをすぎても降るってことはあるわけだ。

我ながら奇妙な納得のしかたをしようとしているのは、さっきの一座の気配にこだわりすぎているからか。

――そうだよ、女の子なら見放すわけさ。俺の力でまとめられるものじゃない。

親父と俺とで力くらべをしてもはじまらない。あのときとは状況も違う。そしてなによりも親父と比べられるべきは頼通そのひとだ。父道長に後から支えられたり、どやしつけられたりしながら、ともかくぼろを出さずにすんできたが、支えを失ったいまは統率力に欠けていることが、日ごとに露呈するばかりだ。

――第一、あの連中、女で残念、という気配さえしめさなかったな。声にならない声で囁きかわし、さっさと見切りをつけようとしたじゃないか。

しきりに一座を盛りあげようとした能信に、冷たい視線を投げかけたのも何人かいた。

——御苦労さまだな、中宮権大夫どの。

——いくら奉仕を重ねても出世にはつながらないようだぜ。また女の子じゃねえ。

彼らの眼はそう言っていた。

——まあ、言わせておくさ。

能信は馬上の人となった。春冷えに身を包まれたが、頰を打つ雪の一片《ひとひら》一片がむしろ快かった。目指すのは頼通邸。中宮からすでに女児出産の知らせはいっているはずだし、彼より先に座を起った連中のうちの何人かは頼通邸に廻ったと思われるが、中宮権大夫として正式の報告はしておかなければならない。

すでに丑《うし》の刻（午前二時ごろ）は過ぎていたが、頼通はまだ起きていた。手短に報告すると、

「残念だったな」

割に落着いた声で言ったのは、中宮から直接の報告が入っていたかららしい。

「しかしなあ」

頼通はしみじみとした口調になった。

「それかといって、帝に新しいきさきをおすすめするわけにはいかんよ。それじゃ、あ

まりにも中宮がおいたわしい」

「左様で」

能信は神妙に相槌を打つ。

——苦しいところだな。関白も。

自分に適当な娘がいないから、後一条の許へ送りこむこともできない。かといって、他の家の娘を入内《じゅだい》させて皇子誕生ということにでもなれば、たちまち彼の権力の基盤は危うくなる。

「まだ中宮もお若いのですから。次には皇子がお生れになるかもしれませんし」

能信の言葉に頼通はうなずいた。

「うむ、もう少し様子を見るか」

言いかけて、ひょいと眼をあげた。

「そなた、うまくその場をまとめてくれたそうじゃないか」

——おや、もう耳に入っているのか。

首をすくめかけたとき、頼通の眼がやさしくなった。

「御苦労だった。中宮もお喜びになるだろう」

——うまくごまもすれたというわけか。

おくびにも出さずに能信は深く一礼した。

帰途、馬の歩みにまかせながら、一睡もしなかった一夜のことを思い返してみる。

――男にしろ女にしろ、生れるまではわからんのだからなあ。

すでに寅《とら》の刻（午前四時ごろ）は過ぎているが、冬の名残をとどめて夜明けは遅い。

蹄の音に応じるようにどこかで犬が遠吠えした。

――ま、親父ほどのことはできなかったが、関白も労《ねぎら》ってくれたし。

胸を張ろうとしたとき、
ぴゅうっ。

後からかすめるものがあった。

――飛礫《つぶて》か。

思わず首をすくめたが、それは錯覚だった。が、飛礫より鋭いなにかが、能信の後頭部をしたたかに撃つ。

――そうだとも、よくやったよ。うまい、うますぎる。それにしても、ほんとうにうれしそうだったじゃないか。

誰だ、そんなことを言うのは……

声ではなかった。が、後をふりむこうとしても、首筋が固くなって動けない。

――うむ。

誰からも見すかされるはずはなかった。中宮の悲劇をうまくかばって切りぬけおおせたのは、中宮権大夫としてのみごとな処しかただったではないか。

——それを、誰が見すかしたというんだ、女の子が生れて、いま、一番喜んでいるのが、この俺だということを。

誰にも覚《さと》られてはならないことだが、じつは彼自身も、威子の出産に自分の運を賭けていたのだった。

威子に男児が生れたとする。現帝後一条をはじめ、その後の東宮も、次を狙うと思われる親仁《ちかひと》も、すべて鷹司どのの娘たちの産んだ男子ばかりだ。彼らが皇位につくかぎり後見役は彼女たちの兄弟、頼通、教通たちであって、能信たち高松系には権力の座は廻ってこない。

その上威子にまで男児が生れたら壁はいよいよ固くなる。いくら中宮権大夫をつとめても、彼らの栄光のおこぼれにあずかるのが関の山だ。

——この鷹司系王朝を突き破るとすれば?

能信はひそかに今度の出産に賭けていたのだった。もし女児誕生なら、強運の鷹司系にも翳りが出はじめたことになる。そのときはわざと母体の健康を喜ぶまねをして、一座をまとめよう、というのもかねて考えていた作戦だった。

これは一応の効果しかあげなかったが、それでも人々が父の道長に対するような心からの服従ぶりを頼通にはしめしていないことがわかっただけでも収穫はあったといえる。

が、いま自分の心の動きを人に知られてはならない。なのに、声にならない声は執拗に彼の耳を撃つ。

——よくやったよ、うまかったぞ。でも、少しうれしがりすぎていたな。

——なんとでも言え。

道長の妻の子供たち（長元7〈1034〉年の時点）

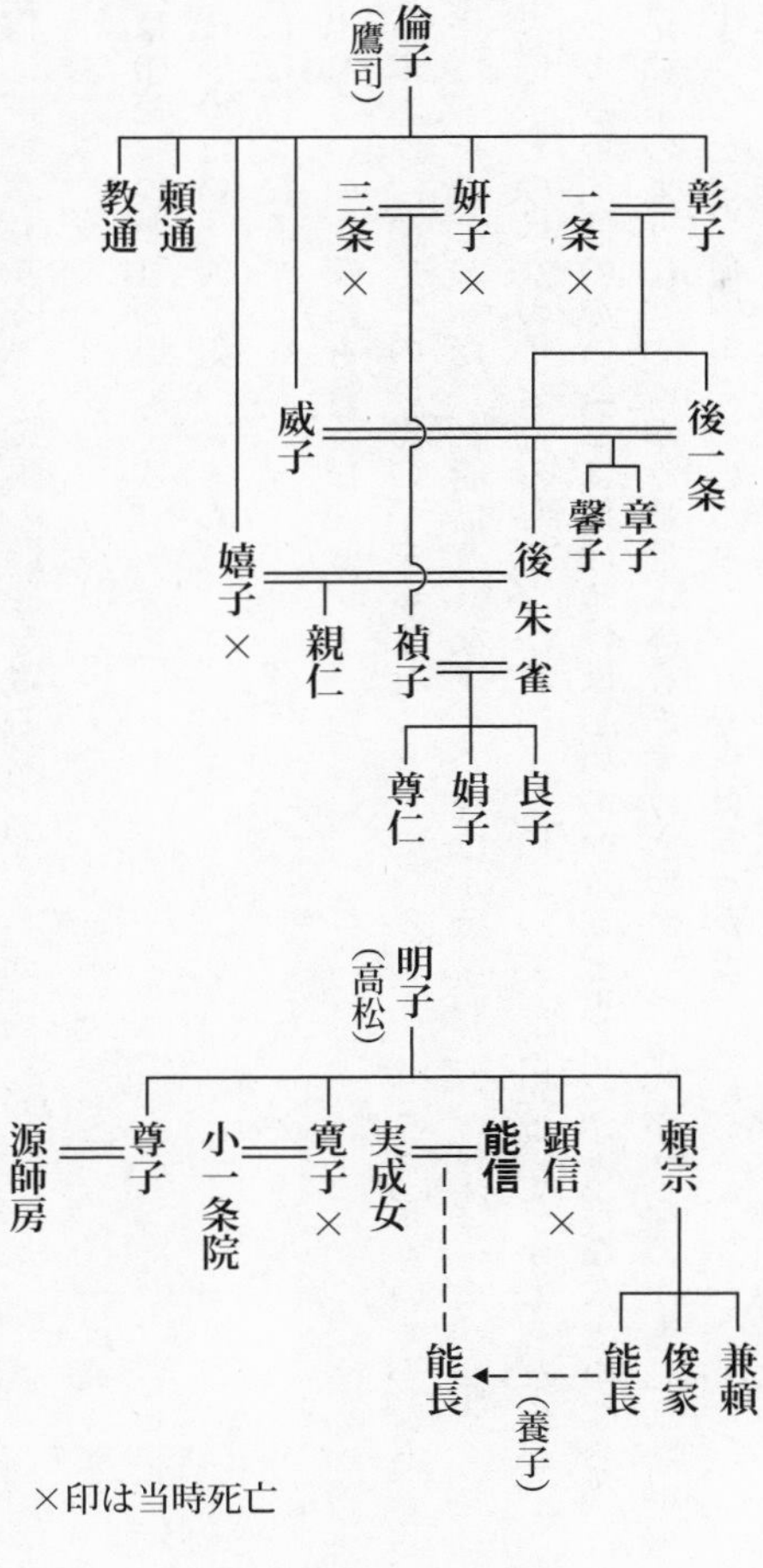

×印は当時死亡

能信は声をふり払うように馬の脇腹を蹴る。

――ふふふ。

声はまだまつわりついてくる。

――いったい、何を狙ってるんだ。

能信は首を振る。

――もういい。なにも言うな。

――ふふふ。禎子どのに男の子を産ませようっていうのか。そううまくいくかなあ。

そうだ、そのとおりだ、と能信もうなずくよりほかはない。

――威子どのは女の子を産んだ。だから禎子どのだって、女児ばかりかもしれんが。

ほとんど可能性のないことに俺は賭けはじめている、と思った。こんなことをするより、兄頼宗のように、すっかり頼通に体をあずけきっていたほうが楽なのかもしれない。

――いったい、何を望んでいるんだ、と兄貴は言ったな。

頰にまつわりつく雪片を、いつか能信は忘れていた。

二

威子の出産の騒ぎが終ってしばらくすると、皮肉にも禎子が懐妊した。

――そうれみろ。

賭があたりはじめた、と能信は思った。禎子も鷹司系の妍子の所生だが、妍子亡きいま、宮中では孤立している。余計者扱いされていた少女が東宮妃になれたのは、能信が、ちょっと道長をそそのかしたのが効を奏したのだ。

そして、能信が、ひそかに少女に賭けているのは、彼女が不運の種子《たね》として生れた娘だからだ。母の妍子は男子誕生の期待を裏切って彼女を産んだために、幸運から見放されて死んでいった。

――その不運の種子が、どんな花を咲かせるか、ということさ。

影の薄い彼女の出産に対して、宮廷の人々は冷淡である。進んで産所を引受ける者もなく、結局、母妍子に仕えて皇太后宮大夫をつとめた源道方《みなもとのみちかた》の四条坊門の邸に禎子を迎えることになった。といっても道方はいま大宰権帥《だざいのごんのそち》として九州に赴任中なので、その留守宅を利用したのであるが。

それとなく彼女の身のまわりの世話をしているのは藤原資平《すけひら》。彼も道方と並んで、妍子の権大夫だったからである。この資平を通じてひそかな援助を送りたい能信であったが、人の眼があるから、かえっていまは慎まなければならない。中宮権大夫として威子にかしずく身としては、うっかり動きを気取られてはならないのである。

初めての懐妊だが、禎子は体調にも不安がない、という。そうした噂も人伝てに聞くばかりでなかなか見舞にもいけないのがもどかしい。

——関白も、こんな気持で威子の出産を待っていたってわけか。

いまさらのように考えるのは心が落着かない証拠である。

壁に穴をあけることができるだろうか。妍子所生とはいえ、禎子は、藤原氏としっくりいかなかった三条天皇を父としている。この少女が東宮の王子《みこ》を産んだら流れは多少変るはずである。

——そこに俺は賭けるんだが……

出産の予定はその年の十二月だった。

そして……。息をつめるようにして待ったものの、生れたのは、やはり女児であった。

——やっぱりなあ、不運の種子か。

体じゅうの力がぬけていったとき、あの夜の声にならない声が、どこからか囁きかけてきた。

——禎子どのに男の子を産ませようっていうのか。そううまくいくかな。

空の一角を見すえて、いまその声に能信は答えようとしている。

——そうだとも、うまくはいかんよ。でもな、俺は諦めるわけにはいかんのさ。

強がりとしか思えない言葉を口の中で呟くよりほかはなかった。

そしてその三年後、またしても禎子はみごもる。

——今度こそ、と言いたいところだが。

正直のところ、少し心が萎《な》えかけている。鷹司勢の厚い壁を、禎子の細い体で破ろうとするのが無理なのかもしれない。今度も能信は、さりげなく彼女を遠くから見守るほかはない。みごもって、思いなしか表情がきつくなっている禎子自身、どう考えているのか、摑みようもない頼りなさなのである。今度も藤原資平は実直に彼女の身辺を気づかってくれているらしいのだが。

——元気を出せよ、おい！

能信は自分自身にそう言いたくなってきている。そして月満ちた九月十三日、難産で苦しみながら禎子が産み落したのは、やはり女児であった……

が、頼通は、今度は産後の産養《うぶやしない》には妙に力を入れた。産後三日めの祝には、

「とにかく御母体にお障りが残らなかっただけでもめでたい」

と、豪勢な宴を催した。関白の主催というので、弟の内大臣教通以下ずらりと顔を並べ、能信ももちろんその席に連なった。

——そうだよ、関白は女の子なんでほっとしてるんだ。ちゃんと顔に書いてある。

なにやら威子の出産の折の自分のことが思いだされる。

——俺はもっとうまくやったつもりだが。

あの夜追いかけてきた声ならぬ声をひょいと思いだして能信は無意識に首を振った。

退屈な管絃につきあって、殊勝らしく和琴《わごん》を弾《かな》でたりして、疲れて家に戻ったのはかなり夜が更けてからだった。着替もせずに、ごろりと横になったそのとき、ふいに胸の奥が突きあげられて、

「あっはっはっは」

笑いだしたらとまらなくなった。

「まあ、なんですの、あなた」

妻はいぶかしそうにみつめている。

「いや、なんでもない」

笑いの中から、それだけ言うのがやっとだった。

「へんな方、なにかおかしいことがおありになったの？」

「あ、うん、おかしいといえば、すべてがおかしい」

「妙なことを」

妻は少し薄気味悪そうだ。

「いや、たいしたことじゃない。しかし考えてみればおかしな話じゃないか。みんなが、よってたかって、女の股の間を覗きこんでる」

「まあ、なんということをおっしゃいます」

妻は慌てふためく。

「だってそうだろう。そうじゃないか、関白はじめみんなが覗きこんでるのさ。俺もその一人だがね」

「……」

「女はそんなことにかかわりなく、身をよじって子供を産むだけさ。それを男は――」

「もう、おやめになって」

「言うな、というならやめるさ」

笑いもけろりとおさまった。しかし、たしかに滑稽すぎる構図ではあるまいか。いま、期待がもののみごとにはずれたとき、その構図だけが、ぎらぎらと、あざやかに浮かびあがってきたのだ。

――たしかに俺も御苦労さまなことさ。

それから、ひょいと妻に言った。

「わが家も養子を貰おうか」

二人の間には、どうしたわけか子供が生れなかったのだ。すでに能信三十八歳、そろそろ跡継のことを考えねばならない年齢にきている。ふと頭に浮かんだのは、兄の頼宗の三男の少年である。

――名前はなんと言ったかな。さわやかな顔立ちをしていた。まず美少年の部類だろうな。十歳ぐらいにはなっているだろう。

が、妻は、その話にあまりいい顔をしなかった。

「男の子ですか」

「いけないか」

「だって、男の子は、年頃になれば婿入りしてしまいますもの」

「じゃ女の子がいいのか。あてでもあるのか」

「いいえ、今のところは」

結局少し後になって、ともかく頼宗の三男を貰うことにした。後の能長《よしなが》である。頼宗もこれは望むところだった。三男として兄たちの後を追わせるより、能信の嫡男になったほうが出世も早いからだ。

「そのうち女の子も貰いましょうよ」

妻はしきりにくりかえしている。

「そしていい婿君を迎えるのですわ」

女親としてはこのほうが張りがある、というのであろう。

三

気力が抜けていた。

小さな生命が生れるのか生れないのか、それがどちらの性徴を身につけてくるのか。

——そんなことでふり廻されて生きているなんて。考えてみれば阿呆な話よ。

その間に関東で起った平忠常の乱は終っている。忠常を追討した源頼信がこれを機に関東に地盤を植えつけ、後の武士の勃興の基礎を作った歴史的事件だったにもかかわらず、都の貴族には、それだけの認識はなかった。能信にかぎらず、彼らが関心のあるのは目前の瑣事《さじ》——出世と王者の交替だ。この二者は緊密に繋がり、公家社会の求心力となっている。

その求心力から、能信はよたよたと外れかけている。一歩退《しりぞ》いてみれば、けちくさい出世争いと、無意味な年中行事の連続ではないか。

ふと出家した兄の顕信のことを思った。

——そうか、兄貴はこんな気持で出家したのか。

官途への不満か、失恋か、などとしきりに問いかけたのは、およそ見当はずれだったのだ。兄貴が笑って答えなかったわけだ、とかすかに納得する思いがある。

——ところで、この俺は？

改めて身辺を見廻す。残念ながら細い糸がよれよれになったまま、まつわりついている感じだ。糸は弛《ゆる》み、薄汚れている。

——それが、なかなか切れない。顕信兄貴のようにはいかんよ、なあ。

自嘲の思いの中で、能信は禎子の三度めの懐妊の報を聞く。

——また女だろう。

気力が萎えているせいか、そんな思いが先に立つ。内心色めきたちながら、周囲に気どられまいとしていた自分が別人のようでもある。資平が例の実直さで、あれこれ心を砕いているのに、

「今回もよろしく」

とは言ったものの、資平自身がひどく遠くにいるように思えてならなかった。

が、皮肉なものである。前を上廻る難産の末に生れたのは男児であった。

いや、出産より前に母体が危うい、という知らせに、頼通はじめ、人々が産所に駆けつけたくらいだった。能信もその一人だったが、嫌な予感がした。

——なにしろ、不運の種子だからな。

重い気持で出かけたのは正午前だったが、禎子は陣痛さえも消えてしまったという。

頼通たちはそれでも半刻近く詰めていたが、

「お祈りをしっかり続けるように」

と言って座を起った。半分禎子の死を覚悟している表情でもあった。能信も倣って起ちながら、女房たちの慌しい動きに、いよいよ暗い予感を募らせていたのであった。

が、それが、なんと四時間も苦しんだあげくではあったが、生れたのは男児だった。

――予感なんて、あてにはならんなあ。

男児出産で禎子の身辺は、にわかに慌しくなった。三夜の祝は禎子側で行ったが、五夜は関白頼通が自ら陣頭に立って指揮し、目をみはらせるほどの豪華なものになった。ともあれ、東宮の第二王子の誕生である。現帝後一条の次は東宮敦良、その次は嬉子の忘れ形見の親仁《ちかひと》、そしてその後は、尊仁《たかひと》と名づけられたこの王子、と早くも人々はうなずきあっている気配である。三夜の宴がとりわけ声高なさざめきの中でくりひろげられたのはそのためであろう。

――そうか、そういうことか。

能信が弛んで薄汚れた糸をひきしめなければならないときがきたようだ。しかし、それより早く、対抗心を燃やしはじめた人々があった。中宮威子とその周辺である。

――東宮のきさきなんかに負けていられるものですか。

三十六歳の威子は女房たちにそう言っているという。

――どうしても、もう一度懐妊を。

中宮権大夫である能信が、威子の許に呼びつけられたのはそのためである。

「鹿島、香取に、御祈禱を仰せつけるよう」

伝える女房の顔も眼がつりあがっている。武の神である両社に特別の祈願をさせ、なんとか男児を授かろうというのだろう。

――辛いところだな、中宮も。

　うやうやしく一礼しながら、能信は心中の皮肉な思いを嚙みころす。頼通は、威子の身を思えば、という理由で、他のきさきの入内を拒んできている。したがって、威子は後一条の夜の床を独占していられるのだが、そのかわり、男児を産む責任も一身に背負わなければならない。

――が、諦めないところは、みごとなものさ。

弛んでいた糸が締まってきた。が、今までのように息をつめて、必死でなにかにぶつかっていこうというのではない。

――ほう、中宮威子どの、おみごと。それじゃ、こっちも、と冠の紐を締めなおすっていう感じだな。

執念といおうか、威子はまもなくみごもった。もし皇子誕生となれば、親仁の次に割りこむのはこの皇子にきまっている。そのうちに親仁が成人して皇子を儲けるようになれば、禎子の生んだ尊仁の順位はぐっと押しさげられてしまうだろう。

――負けられんところではあるが……

太刀を摑んで立ちあがるというより、なぜか碁盤の上の勝負を争う感覚に似ている。

能信は少し変ったのかもしれない。

一月《ひと》、二月《ふた》過ぎた。そして……

――ほ、ほう。これはこれは。

能信が思わず顎を撫でるような思いがけないことが起った。

威子が流産してしまったのだ。

「中宮さまのお体が……」

急報に慌てて駆けつけたとき、すべては終っていた。女房何人かはすすり泣き、残りは呆けたような顔をしていた。威子は御帳台の中で声をあげずに泣いているらしい。女房さえも寄せつけず、夫の後一条からの見舞の使も、

「なにも申しあげることはおありにならないとのことで」

女房の一人からていよく追返された。

威子にとっては悲劇の絶頂といえるだろう。が、そんなとき、その悲劇が残酷なくらい大逆転して喜劇的な展開を見せるのはどうしたことか。

病床を離れたとき、威子は髪ふり乱して言ったという。

「もう、誰方《どなた》でもどんどん入内なさるがいいわ。ええ、ええ。私なんかもう年齢《とし》ですからね。もう、内裏は出ていきます」

「まあ、まあ、そうおっしゃらずに」

慌てて押しとどめるのは頼通である。それでは出ていらしったら、とはいまさら言えないではないか。それを見越してあてつけがましい言いかたをするのは心の昂ぶりのせ

いだとわかっていても、内心うんざりしている。

威子のほうも頼通の心の中は見透かしている。せっかく、他の姫君たちの入内を拒んでやっているのに、男御子を産めない不器用さに、兄である関白は苦りきっているのだ。

――だから、出ていってあげるといっているんですよ。誰でも新しい方をお入れなさいな。

――おいおい、俺に娘がいないことへの嫌がらせかね。

本音はそうぶつけあいたいところを我慢しあっているうちに、年が変り、喜劇はもう一度大逆転して、ついに威子は永遠に皇子を産む機会を失ってしまう。

なぜなら、後一条が急死したのだ。体の不調が目立ちはじめ、水しか飲まなくなったのが三月の末、あっというまに四月十七日、二十九歳でこの世を去った。威子をはじめ周囲も、よもやこれほどあっけなく最期を迎えるとは思っていなかったらしい。その日、後一条自身、清涼殿の日中の執務の場所である昼御座《ひのおまし》にいて、そこで動けなくなって、そのままことされてしまったのだ。関白頼通はじめ人々が集まって、住吉や石清水に、平癒を祈って馬を献じ、使者を派遣する手筈をきめていた最中に、である。

不意を衝かれて、人々は動顛する。

――主上たるもの、こんなにあっけなく死んではならない。

不体裁を取繕うために、死せる後一条はそのままに、にわかに譲位が行われるかたちをとって、帝位の象徴である剣璽が大急ぎで東宮敦良のいる昭陽舎《しょうようしゃ》に運ばれた。さてその後になって改めて後一条の死が公表された。誰もが後一条の頓死を知っているにもかかわらず、大まじめに譲位の儀式を行ってつじつまをあわせる。これが当時の公家社会である。

それから数か月、故後一条のための大がかりな法要が続き、そろそろ新帝の大嘗会《だいじょうえ》の準備に入ろうとしたとき、突然、威子が夫の後を追うように急死した。三十八歳だった。流行しはじめていた疱瘡《もがさ》にとりつかれてのことだったが、長元九（一〇三六）年というその年は、まさに一つの時代の終りでもあった。

二十四歳から四十二歳のその年まで威子に仕えて中宮権大夫、そしてごく最近、中宮大夫だった藤原斉信《ただのぶ》の死によって大夫となっていた能信はやっとその肩書をはずしたのである。ずいぶん長い間肩書は能信にまつわりついていた。体を締めつけていた古着の紐を解く思いもあるが、そうなって、一人の異母妹として亡き威子をかえりみれば、

──九つも年下の、それも甥と結婚して男の子も産めず、それで幸せだったのかな。栄華に包まれながら生涯を不自然なかたちで権力の枠の中に嵌めこまれて生きたという気がしてならなかった。

十一月十七日、新帝の大嘗会《だいじょうえ》が行われた。後朱雀《ごすざく》天皇の正式の誕生である。養子に迎えた能長はこれより少し前に叙爵《じょしゃく》し新帝の蔵人《くろうど》に任じられている。目はしのきく若者は、

多分能信のよき手足になってくれることだろう。

天皇の代替りには、伊勢の斎宮、賀茂の斎院の交替が行われるしきたりになっていて、その年の末に、禎子の産んだ二人の皇女、良子《りょうし》が斎宮に、娟子《けんし》が斎院に定められた。続いてこの二皇女と皇子尊仁に内親王および親王の称号が与えられた。親王、内親王ともなれば、それなりの格式と経済的裏付けが与えられる。これで幼い皇子、皇女は、新帝に一番身近な存在としての身分が確定したわけである。

——さあ、これでよし。あとは禎子さまの中宮冊立《さくりつ》を待つばかりだな。

生と死の入り乱れたこの年を改めてかえりみる。やっと賭は終った感じである。

その年は、思いのほかに梅の開花が早かった。年のうちに、庭前の古木が枝先に白い花を開きはじめていた。そのまま新しい年を迎えようとしていた矢先——

能信の耳に思いがけない噂が飛びこんできた。

関白頼通が参内し、弘徽殿《こきでん》のしつらいを詳細に点検し、あれこれ修理を命じていった、というのだ。それも彼の娘を入内させるために……

——えっ、なんだって。頼通に女の子はいないのに。

頼通はなにかをもくろみはじめたらしい。

——誰かを養女にするんだな。すると禎子さまは……

立后《りつごう》の機は、はたしてやってくるかどうか。

能信は庭前の闇を見すえた。古梅に雪がちらついているように見えた。

――雪に梅か、またしても。

いや、すべては錯覚かもしれない。雪も降らず、能信の眼には、庭の古梅も映らず、ただ、あの夜を――威子に女児の生れたあの夜を思いだしていただけのことかもしれない。

ともあれ、すべてが終ったのでないことだけはたしかである。禎子は威子を相手に、女の体を賭けて懐妊、出産の勝負を勝ちぬいたが、今度の相手は頼通。その力は比べものにならないくらい大きい。

――不運の種子が、なあ……、俺の勝負もこれからということか。

昔の俺だったら、体じゅうをひきつらせるところだが、と思いながら、能信は闇の中の古梅を見定めようとしていた。

花開くとき

一

――あの、おっとり男が……

能信が舌打ちまじりにそう呟いたくらい、このときの関白頼通の手の打ちかたは早かった。参内して、弘徽殿《こきでん》の手入れを命じた二日後の夜、

「じつは、内々の話がある」

と、彼を自邸に呼びつけたのである。数日前、寒さがゆるんで梅もちらほら咲きかけたと思ったら、その日から急に冷えこみ、都特有の、無言できりきりと体を締めつけてくるような、寒気が戻ってきた夜のことであった。

「おお、この寒さの中、すまなかったな」

頼通はひどく機嫌がよかった。

「こういうめでたい話は、年が明けてからでもよかったんだが」

言いかけて形を改め、胸を反らせた。

「禎子《ていし》内親王さまの立后《りつごう》の儀がいよいよ内定した。ついては……」

長く後一条のきさき威子の中宮大夫《ちゆうぐうのだいぶ》をつとめた能信に、続いて大夫をつとめてもらいたい、と頼通は言ったのである。

「故中宮（威子）さまにお仕えして何年になるかなあ」

「十八年になります」

「ほう、そんなに長かったか。だから誰しも、中宮大夫はそなたを措いて余人はない、と思うわけだな。その上、禎子さまの母君の妍子さまの中宮権亮《ごんのすけ》もつとめていてくれたよなあ」

「左様で」

「内親王さまの晴れの門出だ。万事よろしく頼む」

「つつしんでお受けいたします」

頼通の満面の笑顔に、能信としては神妙に応えるよりほかはなかった。

待ちもうけていたときがやってきたのだ。

それも自分が懇請もしないうちに、相手が中宮大夫になってくれ、と頼みこんでいるではないか。

にもかかわらず――

いっこうに心は冴えない。

――俺は妍子どのの権亮になったそのときから、この日をめがけて生きてきたようなものなんだが……

飛びあがって喜べないのは、眼の前にいる頼通が、新帝後朱雀《ごすざく》の周辺で、なにやら画策しているらしいからだ。しかし頼通はさらに上機嫌で言う。

「ところで、立后の儀の日のことだが、里邸は本来なら妍子皇太后のお住いになっておられた枇杷殿《びわどの》を用いられるのがいいのだが、あいにく焼失したままだ。だから、俺の堀河殿をお使いになっていただこうと思う」

立后のきまったきさき（女御）は内裏を出て里邸に入る。当日は宮中の紫宸殿《ししいでん》で立后の儀式が行われ、宣命使《せんみょうし》が南の庭に立並ぶ親王、諸臣の前でその旨の宣命を読みあげ、大夫以下の宮司《みやづかさ》が任命される。終って勅使が里邸に赴いて、きさきが皇后に冊立《さくりつ》されたことを啓すると諸臣がやってきて賜宴があり、さらに賜りものがある。里邸はすなわち、この皇后の本宮ということになり、晴れの舞台になるのである。冊立された皇后は後日、皇后としての格式をととのえて内裏に入る。

枇杷殿が焼けて以来、公邸というべきものを持たなかった禎子は、里下りするときは、能信のいる閑院に滞在することが多かった。宮中で住んでいるのは麗景殿《れいけいでん》だったが、当時のきさきは宮中に住みつづけているわけではなく、頻繁に里邸との間を往復する。このときも宮中で造作が行われていたので、その障りを避けて、禎子は閑院に里下りをしている。

さきに焼失して再建された閑院もなかなか広大で、能信はその本邸を禎子に提供し、自身は別棟に住んでいる。彼らの先祖の基経《もとつね》は堀河殿を公邸に、閑院を別邸として使っていたが、いまは規模、結構において、さほどの隔りはない。

が、堀河殿を、禎子の晴れの本宮に、と頼通が言ったのは、立后の儀に対する彼のなみなみならぬ力の入れようをしめすものであろう。能信にはしかし、それを素直に好意とは受けとれない。

──閑院などは使わせない、堀河殿が禎子どのの本宮だとは、なんと押しつけがましい言い草か。

せいいっぱい大手をひろげて禎子を囲いこもうというのだろうが、

──それじゃ、なぜ、弘徽殿の手入れを始めたんだ。誰を入れようとして……

その言葉が出かかったとき、またもや頼通は上機嫌でうなずいた。

「まずはめでたい。そなたのように、なにごとも心得ているものが大夫になれば、内親王さまも御安心なさるだろう、ところで」

そなたにだけ、耳に入れておくのだが、と能信をさしまねき、声を低めた。

「帝も御位につかれたいま、おきさきが内親王さまお一人では、いかにも身辺がお寂しい。世の聞えもいかがであろう」

――ほほう、俺を呼びつけたのは、そういうことだったのか。

思わず能信は坐りなおす。

「な、そうではないか」

頼通がくりかえすのを、能信は眼だけで受けとめる。

――いかにも、なんて言えない。ああ、そうだとも、俺は言わないぞ。

頼通は、返事をうながすように能信をみつめつづける。

――言うものか、俺は……

一呼吸、二呼吸――。それがどんなに長く感じられたことだろう。

――禎子さまのために、俺は耐えねばならん。

相手の視線をはねのけるように、能信が眼の光を強くしたとき、頼通の視線がふとたじろいだ。

――勝った！

と思った瞬間、相手は戦法を変えた。能信の眼の光らせかたなど、まったく気づいていない、とでもいうように、前触れなしに、

「心にかかる姫君なのでねえ」

さりげなく口にしたのである。

「どういうお方で」

能信はつりこまれた。口がしぜんにものを言ってしまった。

「父君はすでに他界されている」

——ということは、外戚として小うるさい動きはしないということだな。

「母君ひとりが、この姫君の行末を案じておられる」

「その母君というのは？」

「俺も日頃いたわしく思っているのだが、それより、わが内室が、とりわけ」

まわりくどい言いかたをして、頼通はその姫君の母親を明らかにした。なんのことはない、妻の妹なのだ。

——なんだって！

能信は唾を呑みこむ。たしかに姫君の父親はこの世にはいない。が、彼こそは一条天皇の第一皇子だった悲劇の人、敦康《あつやす》親王。本来なら当然皇位につくべきだったのに、母方が力を失ったので、代って権力を得た道長の娘、彰子の産んだ後一条、後朱雀のほうに皇位は渡ってしまった。

が、道長は彼一流の気の使いかたでこの悲運の皇子を好遇した。その意思を受けついで、頼通も敦康とは親しかった。一つには彼らの妻が同じく具平《ともひら》親王の娘だったためで、

頼通と敦康の関係図

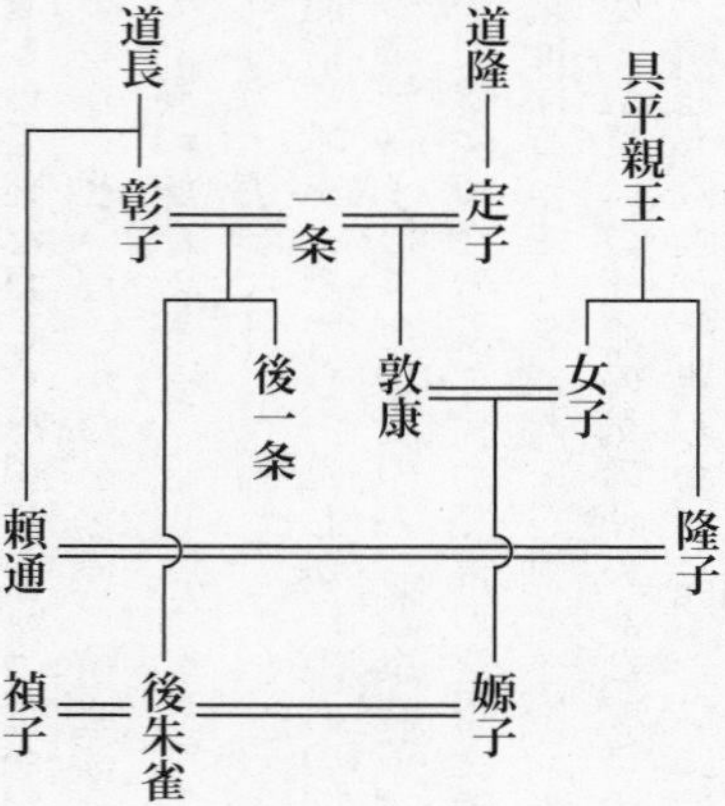

同じ邸内に長く住んでいるからでもある。

「敦康親王《みこ》はごりっぱな方でね」

頼通はいまもその人柄をなつかしむように言った。

「帝位にはおつきにならなかったが、それをお恨みになる気配もなかった。わが父君も、そのお人柄に心服し、先々も親王の御一族のことは御後見《みうしろみ》まいらせるよう、と言いつづけたものさ」

敦康とその妻の間に生れた嫄子《げんし》女王という姫がいる。この方を入内させたら、あの世の親王も、さぞお喜びになることだろう。頼通はそんな言いかたをした。

が、その話を聞き終えるまでもなく、

――ははあ、わかった。

能信は頼通の肚の底を見ぬいていた。頼通には女児がいない。その上妻の隆子の監視が厳しくて、めったに浮気もできない男である。

――つまり、嫄子なら内室も納得するというわけだな。

頼通夫婦が、嫄子の父代り、母代りとなって後見するということになれば、これは強敵の出現である。

が、その夜、頼通は、「嫄子を養女にして」ということはひと言も口には出さなかった。

――それは、そなたの推量にまかせる。

ということらしい。そして、さりげなく、頼通は能信に言ったのである。

「ま、いずれ、そうしたい、と思っていることを、内親王さまによろしくお伝えしてくれ。御心を煩わすことではないのだということをな」

――む、む、む……

頼通のやりかたを見なおす思いである。以前から能信は彼を、父道長の七光に支えられて立っている男だ、と半ば軽侮の眼でみつめていた。温雅ではあるが優柔不断、関白といっても、父亡きいまはなにほどのことがあろうと思っていたのだが、

――頼通兄貴には、それなりのやりかたがあるんだなあ。

父ほどの線の太さはないが、どこか陰湿でねちねちしている。禎子の立后と能信の中宮大夫就任とひきかえに、嫄子の入内を納得させようとしているあたり、それも、もって廻った言いかたでほのめかしてから、じわじわと近づいてくるのが、彼の性格そのままといっていい。しかし、

――兄貴も焦っているな。

それが透けて見える。いや、そう見えるだけ能信の肚が据わってきている、ということか。

見渡したところ、鷹司系で入内した四人の娘たちは、四十九歳の彰子を残して全部死んでしまった。彰子はいまも、鷹司系の要《かなめ》として宮中に君臨しているが、すでに落飾《らくしょく》の身である。しかも頼通自身は一人の娘も儲けていないのだから、鷹司系は宮中支配力をまったく失っているといってもいい。

わずかに彼らの血を享《う》けているのは、嬉子《きし》が、その命とひきかえにこの世においていったただ一人。それがいま皇太子になろうとしている親仁《ちかひと》だ。父道長が世を去ってから、たった十年しか経っていないのに、鷹司系は驚くべき凋落ぶりを見せているのだ。

——ここをどうにか。

娍子担ぎだしは、考えてみれば、頼通の苦肉の策なのである。じつは頼通の弟、教通には娘がいる。その入内を遮るためにも、娍子を早急に後朱雀の許に滑りこませる必要があったのだ。頼通のまわりくどさは性格でもあるが、せっぱつまった中で、ともかくも敵をふやすまい、禎子の了解だけでも取りつけたい、という必死の思いの現われでもあったのかもしれない。

そこへいくと、禎子はすでに後朱雀との間に、尊仁《たかひと》を儲けている。その意味では、能信は一応優位にあるといってもいい。

――まず、勝負は先のことだな。嫄子どのが皇子を産むかどうかもわからんのだから。しかし、頼通は、このことを禎子に伝えるように、と言ったが、このほうは難問である。

――はて、なんと申しあげるべきか。

禎子が立后し、不運の種子《たね》はいま花開いた。そして自分の中宮大夫就任という、望んだとおりの未来が開けてきたとはいえ、

――しかし、こんな難問が道づれについてこようとはなあ。

帰途の馬上で、能信はしきりに顎を撫でるのであった。

二

ぐずぐずはしていられない。能信は翌朝、禎子のいる閑院の本邸を訪れた。

「お喜びください。御立后の儀が内定されました」

禎子は二十四歳、すでに三児の母となったいまは、いよいよ豊麗な美女となっている。黒髪がゆっさりと艶やかに肩にかかり、すでに、皇后と呼ばれるにふさわしい貫禄を身につけていることに、心中うなずきつつ、能信は続けた。

「それにつきまして、昨夜、関白の許にまいりまして、内意を承ってまいりました。御

立后の暁には、この能信に中宮大夫をつとめよとのこと、ふつつかではございますが、せいいっぱい奉仕させていただきます」

禎子の黒い大きな瞳が、じっと能信をみつめている。

「さらに関白には、立后の当日、本宮として、堀河殿をお用い遊ばされるようにと」

禎子の瞳はまばたきひとつしない。

「御立后の儀は年明けて二月初め、もうわずかしか日もございません。今日より急いでその準備にかからせていただきます」

言いかけても、まだみつめつづけている禎子の黒い瞳に気づいたそのとき、

「大夫《だいぶ》——ともう呼んでもよろしいのでしょうね」

そのときだけ、かすかに微笑をにじませた瞳が、またもとの強い光に戻ると、

「それだけでしたか」

短いが、鋭い言葉が禎子の口から洩れた。

「は?」

「関白の申したのはそれだけでしたか」

「は、いや」

思わず能信がたじろいだとき、

「私は、別の話で関白がそなたを招いたのだと思いました」

さらりと禎子は言った。

「内親王さまは、なぜに？」

「噂を耳にしております」

「……」

「関白は参内し弘徽殿の手入れについて、あれこれ申したそうな」

——なんという早耳だ。

ぎょっとしたせいか、能信は少ししどろもどろになった。

「内親王さまは、どうしてそれを」

禎子はそれには応えず、問いつめてきた。

「その話はなかったのですか」

——む、む、む……

身辺にいながら、この鋭さに俺は気づかなかった、と能信は思った。

——そうだったのか。それなら、むしろ話はしやすい。

彼は肚を据えた。

「恐れいりました。その折、じつは……」

かいつまんで、頼通に嫄子入内の意思のあることを話したが、その間、禎子は、うなずきもせず、じっと能信をみつめていた。

――俺もあのとき、こんなふうに関白をみつめていた。そうさ、うなずける話じゃないものな。

話が終ったとき、禎子はさらに踏みこんできた。

「では、嫄子どのを、関白は養女として入内させるのですね」

「はっきりそうは申しませんでしたが」

「父親のない姫君を入内させるなどは無意味ではありませんか」

「そ、それは左様で」

「関白の養女として入内するにきまっています」

頼通は、あのときは、わざと明確には触れず、こちらの判断にまかせる、というような素振りを見せた。禎子は、それを的確に見通したばかりでなく、さらに、能信に迫ってきた。

「関白の姫君ということになれば、いずれは立后ということも……」

「あ、いや、それは……。関白は内親王さまの御立后を、この私に伝えたのでございますから」

「ふたりの皇后が並び立つという先例がないわけではありません」

「……」

三十数年前の一条天皇時代、すでに藤原道隆の娘の定子が、中宮になっていたところへ、道隆に代って権力を握った道長は、娘の彰子を割りこませた。当時天皇のきさきは何人もいたが、それまでは、一人の天皇の正式の皇后はたった一人。この皇后は中宮と呼ばれ、中宮職《ちゅうぐうしき》という役所がつけられて、他の女御や更衣《こうい》とまったく異なる扱いをうける。

道長は彰子にこのポストを得させるために、さきに中宮と呼ばれていた定子を皇后宮《こうごうぐう》とし、彰子も立后させて中宮とし、それぞれに皇后宮職、中宮職という役所と、役人をつけた。名称を使いわけただけの二后並立策だが、この先例を、禎子は知っていたのである。

「まあ、まあ」

なだめかけて能信はふと気がつく。聡明で気丈なこの姫君に、一時凌ぎの慰めはむしろ不要かもしれない。

「たしかに――」

と彼は言葉を改めた。

「そのようなこともあるかもしれませぬ。しかし、御心配は御無用でございます」

「なぜに」

「内親王さまには、すでに皇子《みこ》さまがおありでございます」

「でも娍子どのも皇子を産むかもしれません」

「そのときはそのときでございます」

はじめて禎子はからりとした笑顔を見せた。

——頼もしい姫だ。俺と同じ肚の据えかたをしておられる。

この姫となら手を組んで生きていっても悔いはない、と思ったそのとき、禎子がちょっと肩をすくめるようなしぐさをした。

「大夫。私、いま思いだしたんです」

「なにを？」

「今の帝が、東宮でいらしたとき、はじめてお側に上った夜のことを……」

「ほう」

「私はあの夜、方違《かたたがえ》にいくのだと賺《すか》されて、母宮と引きはなされ、車に乗せられたのでしたね」

「は、はっ、そういえば……」

「私はすぐ気がついたんです。騙されたっていうことに」

そうだった。あのとき、たった十五歳のこの少女は、怯《ひる》みもせず、首をしゃんと立てて、並みいる大人の虚偽に立ちむかおうとしていた。少女は、大人たちの不実な行為を決して許しはしない、と体全体で抗議していた。

——頼もしいな、と俺が思ったのはそのときだったな。

思いだしたとき、禎子は勝気な頬に微笑を浮かべて言った。

「そのとき、私をなだめて東宮さまのところへ連れていったのは、今の関白です」

「左様でございましたな」

「でも、いまごろ、関白は、あのことを後悔しているかもしれませんね」

こんどは禎子は晴ればれと笑った。

三

年が明けると、直ちに嫄子の入内が行われた。あれこれ面倒をみたのは、もちろん養父である頼通だった。そして追いかけるように、その月の二十九日、正四位下に叙せられ、女御の宣旨を蒙ったのは、来るべき立后のためと思われた。

——ほう？　では禎子どのは？

衆目の集まるなかで禎子立后の儀の行われたのは二月十三日、能信は中宮大夫に任じられた。

——まず能信というのが順当なところだろうな。

という以上に人々が興味をもってこの人事を眺めているのが、能信にはよくわかる。

——女御嫄子はいずれ立后するだろうから、そのときはどんなことになるのか。関白と能信では勝負にならんわな。

彼らの眼がそんな囁きを交しあっているのを、能信はあえて無視した。

立后の後、禎子はしばらく堀河殿に止《とど》まっている。いずれ威儀をととのえて内裏入りすることになるので、その準備に追われて、夜がふけてから帰宅したとき、閑院のわが家に、妻の弟の公成《きんなり》が来ていた。

「あ、義兄上《あにうえ》、お疲れでしょう」

一応の挨拶はしたものの、すぐにもなにか話したげな様子である。

「夜おそく、どうしたのだ」

公成は能信の問いに飛びついた。

「もうお聞き及びでしょうか、女御の御立后のこと」

「うむ、多分そうなるとは思っているんだが」

「それが意外に早いんです」

「えっ」

「三月一日ときまりました」

「えっ、内親王の御立后から一月《ひと》も経たないうちに？」

「そうです。嫄子さまが中宮に、中宮さまは皇后宮に——」

「ふうむ、それにしても、そなた、いやに早耳じゃないか」

「はあ、それというのも、じつは……」

なんと公成は嫄子立后の折、その中宮の権大夫《ごんのだいぶ》に任じられることになったのだという。

「えっ、そなたが、権大夫に？　じゃ大夫は？」

「権大納言長家《ながいえ》卿です」

長家は能信の実の弟だが、若いころから、鷹司どの倫子《りんし》の猶子《ゆうし》（養子分）となり、頼通、教通の後を追うかたちで出世し、年が十も違うのに、早くも能信にぴったり寄りそうところまで昇進している。

――ふむ。長家を中宮大夫とは考えたな。

血筋から見ると、出世のおくれていた高松系の兄弟が、びっしり後宮に貼りついたようにみえる。が、そのじつ長家は鷹司系の一人として嫄子にかしずくのだ。それにしても、公成の権大夫とは思いがけない人事である。姉が能信の妻になっているのを承知の上での起用は、能信との間に楔を打ちこもうというのか。公成もなにやらばつの悪そうな顔をしている。

「これからは、あまり親々《ちかぢか》と伺えなくなるかもしれませんが、他意あるわけではありませんので、御了承を」

そこへ、中座していた妻が菓子の鉢を持って姿を見せた。

「お帰りが遅いので、今まで弟と話をしておりましたの」

ひどくいそいそとして菓子をすすめながら、妻は能信に身をすりよせるようにした。

「で、とてもいいお話がきまりましたのよ、あなた」

「ふむ、ふむ」

能信はうわの空で返事をする。

「ね、よろしいでしょう、あなた」

「ふむ、ふむ」

「私、きめましたの」

「えっ、何をきめたんだ」

「前から申しておりましたでしょ。娘を育ててみたいって」

「ふむ、それがどうした」

「いい娘《こ》がみつかりましたのよ」

「ほう、どこの娘を？」

「この公成どのの娘御です」

「う、ううむ」

「よろしいでしょう。きりょうよしの姫らしいの。公成どのも乗気ですから」

公成は照れたように笑っている。

「まだ七つで、しつけもよくできてはおりませんが」

「かわいい盛りですねえ。そりゃ能長《よしなが》を養子にしてはおりますが、もうそろそろ大人の仲間入りしていますのでね」

能長は、能信の兄の頼宗の三男、いま十六歳で従五位上、蔵人《くろうど》として出仕しはじめたところである。

「それに男の子はどうせ婿入りしてしまいますものね。私、かわいい女の子を着飾らせたり、物見に連れていったりしたかったんです。そして、いずれは私たちの養女にしましょうよね」

妻は有頂天になっている。

——なんたることだ。この重大な折に。だから女というものはしようがないんだ。

内心のやりきれなさを辛うじて抑えて、生返事した能信は、このときの妻の思いつきが、後にどんな意味を持つことになるか、気づきもしなかった。

公成の言ったとおり、嫄子は三月一日立后して中宮となった。そして禎子は皇后宮に。以後、能信は皇后宮大夫《こうごうぐうのだいぶ》と肩書が変る。立后の儀が終ると、正式の内裏入りとなるわけだが、禎子はいっこうに動こうともしない。

「帝もお待ちかねでいらっしゃいますぞ」

能信が言っても、禎子は例の大きな瞳でじっとみつめるだけだ。

——ははあ、あのときの瞳だ。

禎子はなにか考えているらしい。

「しかし、いつまでも、この堀河殿においで遊ばしますわけには」

さらに言うと禎子は大きくうなずいた。

「わかっております。私もここに長くいるつもりはありません。いえ、一刻も早く出たいと思っています」

「では、内裏入りの準備を早速」

「いいえ」

「はて、なんと」

「大夫、私が内裏入りをするとでも思っているのですか」

「や、や……。そ、それは。立后の儀をおすませの上は、晴れて内裏へお入りになりますのがしきたりで……」

「そうかもしれませんが、私は参りません」

幼いころと同じあの瞳がせいいっぱいに我を張っている。

「考えてもごらんなさい、大夫。私の内裏の中の住いは麗景殿《れいけいでん》、帝のおいでの梨壺《なしつぼ》のごく近くです。新中宮のお住いは弘徽殿。中宮が帝のお側に上るときは、私の鼻の先を通っていらっしゃるのですよ」

内裏内の殿舎配置図

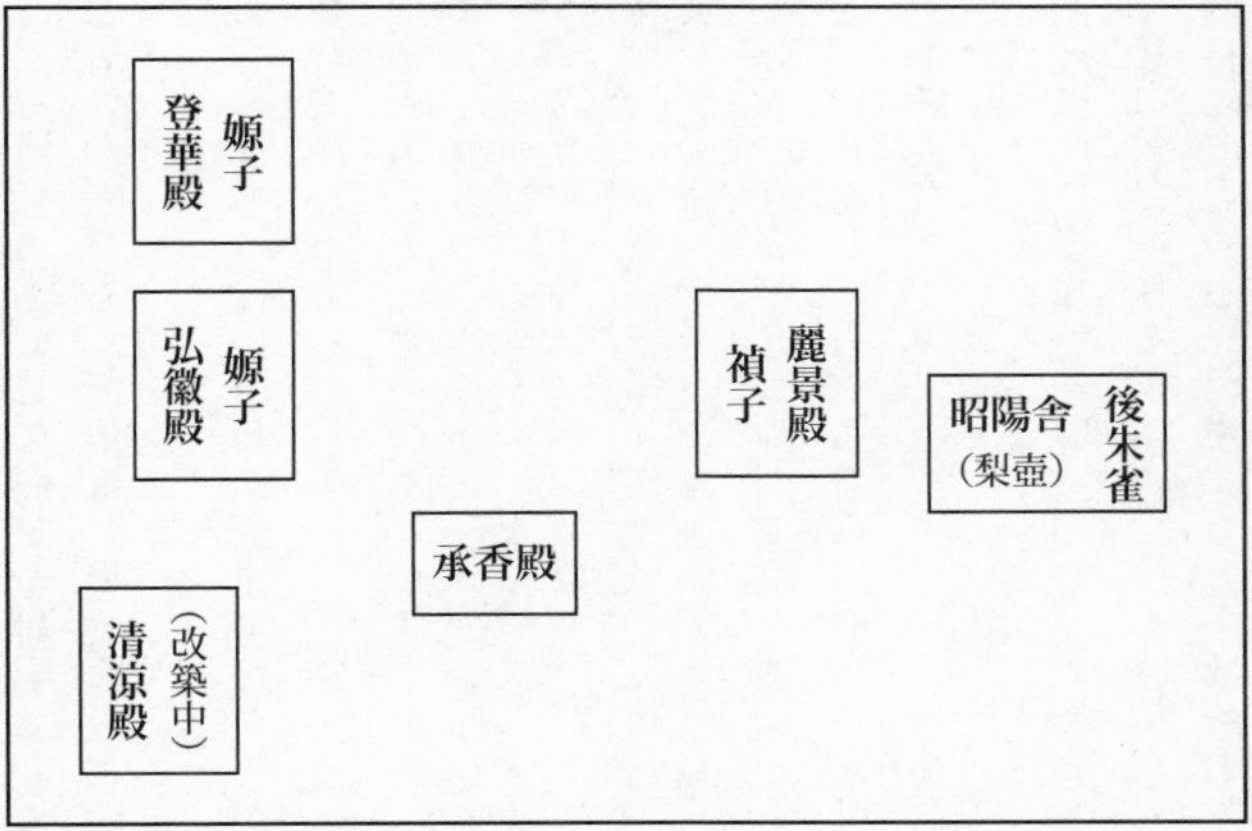

ちょっと注釈をつけておくと、現帝後朱雀は当時、天皇の常の御殿である清涼殿にはいなかった。先帝後一条が、そこで急死したのを忌んで殿舎はとりこわされ、目下建直し中なので、後朱雀は東宮時代と同じ梨壺（昭陽舎《しょうようしゃ》）にいたのである。

殿舎の配置を見ると一番東側に梨壺、その西の最も近い所が麗景殿で、ここが禎子の住いである。新中宮は弘徽殿とその背後の登華殿《とうかでん》をも占めることになったが、梨壺からはかなり隔たっていて、嫄子が往復するときは、いやでも麗景殿の南の承香殿《じょうきょうでん》の北廊《ほくろう》を通らねばならない。

——これ見よがしに通るのを私はじっと見ていなければいけないの？　そんな屈辱には耐えられない。

大きな瞳はそう言おうとしている。

──そうだとも。この勝気な姫君に我慢できるわけはない。

と思いながらも、能信は、皇后宮大夫の立場からも、一度は翻意をすすめねばならない。

「お心のうちは拝察申しあげますが、しかし、内裏入りは、立后の儀の後のしきたりでございますから」

「しきたりなど、どうでもいいこと」

「は、しかし」

「いやなものはいやなのです」

──そうだとも、関白だって、この気丈な姫君に縄をつけて引張っていくことはできんよ。

心の中でうなずきつつ、

「と、申しましても、こちらにそう長くは」

「もちろんです」

「では？」

「閑院に戻ります」

禎子の答は明快であった。

「明日にでも、と思います。大夫はその支度を。私、こんなところに一刻も止《とど》まっていたくないのです」

首をまっすぐに立て、檜扇を胸に、禎子は凜乎《りんこ》として言う。

「私はここで勅使を受けて中宮になりました。そして、一月《ひとつき》も経たないうちに、皇后宮に押しあげられてしまったんです」

「は、しかし、中宮も皇后宮も正式の名は「皇后」で、まったく同格でございますから」

「理屈の上ではね。でも実際には違います」

「そ、それは、先に中宮になられた方が、皇后宮におなりになったわけで」

「つまり、中宮に押しのけられたんです。今までも、中宮と呼ばれた方は時めく方。皇后宮は、陽のあたらぬお方……」

たしかに禎子の言うとおりであった。さきに並立した一条帝の后のうち、定子は先に立后していたが、道長の娘の彰子が入ってくると彰子は中宮に、定子は皇后宮になり、没落の翳を深めた。そして禎子の母、妍子も三条の中宮であり、もう一人のきさき娍子《せいし》ははじめから皇后宮だった。彼女は別系の藤原氏の娘で先に入内したにもかかわらず立后はおくれ、妍子は中宮に居坐っていた。同格のきさきとはいえ、現実には、中宮のほうが、より輝かしい存在だったことはたしかである。

――そうだろうとも。

能信には禎子の孤独な心情が、手にとるようにわかる。母の妍子は彰子や頼通と同じ倫子を母としながら皇子を産まなかったために一族に疎外された。そして今度は彼女を無視して、頼通は養女を入内させたのだ。が、その孤独の中で、禎子は毅然として戦おうとしている。

——あの夜の姫君そのままだな。

東宮入りしたその夜、少女は、大人を向うにまわして一歩も退かない気概を見せた。その負けん気そのままに、いま、禎子は内裏入りを拒んでいる。その禎子を一番理解できるのは自分かもしれない、と能信は思う。

——その俺が、皇后宮大夫になっているというめぐりあわせもふしぎなものよ。いいぞ、能信、と俺自身に言ってやりたいところだ。

禎子が閑院に戻るのは、逃避ではなく、気概にみちた抗議なのだ。数日後、禎子の行列は堀河殿を出て、しずしずと閑院に向った。

「ありゃ、内裏へはおいでにならないのか。大夫は何を考えているんだ」

人々がいぶかしげな眼差で見送る中で、能信ひとり馬上で胸を張っていた。

いっこうに内裏に戻ろうとしない禎子のことが、さすがに気になったのか、後朱雀は歌を贈ってきた。

諸共《もろとも》にかけし菖蒲《あやめ》をひき別れ更《さら》に恋《こひ》ぢに惑《まど》ふ頃かな

折しも五月五日、菖蒲にことよせて、別れたままの禎子に気遣いをみせたのである。
禎子の返歌は、

方々《かたがた》にひき別れつつ菖蒲草《あやめぐさ》あはぬ根をやはかけんと思《おも》ひし

別れわかれのまま、今日は菖蒲とともに泣く音《ね》（涙）をかけようとは……というような意味である。

が、禎子は閑院に籠ったまま、なかなか入内しなかった。後朱雀との間に儲けた二人の皇女のうち、良子《りょうし》は伊勢の斎宮に、娟子《けんし》は賀茂の斎院になって母の許を離れ、残るのは幼い尊仁だけになった。

一年、二年、三年……。歳月は過ぎてゆく。そしてその間に、きらびやかに飾りたてられて入内した嫄子は、二人の皇女を産んだが、男児に恵まれないまま、この世を去ってしまった。

流転図

一

——まこと、人の世というものは……

ともすれば、顎を撫でたくなっている能信であったが、

——おっと。

気づいて、急いで頬をひきしめる。万が一にも、にんまりしかけたところなど、人に見つけられてはならないのだ。

——ああ、そうだとも。神妙にしていなければいかん。心にもないことではあるが。

しかし、そのそばから、頬が緩んでくるのをとめることができない。

——こうもうまく、ことが運ぶとはな。

二年前に、きらびやかに飾りたてられて、後朱雀《ごすざく》帝の許に入内《じゅだい》し、もともとのきさき

禎子《ていし》を皇后宮に押しやって、みずから中宮の座についた嫄子《げんし》が、こんなに早く世を去ってしまうとは……。後朱雀の夜の床をほとんど独占し、おかげで二度までもみごもって、能信をはらはらさせた嫄子が、である。

が、懐妊を急ぎすぎた報いででもあるかのように、二人目の皇女（禖子《ばいし》）を産んでまもなく嫄子の命は絶えてしまったのだ。年頃の娘を持たない関白頼通は、この養女に自分の命運を賭けていた。なのに、生れたのは女児ばかり、しかも嫄子自身がこの世から消えてしまったのだから、呆然とするほかはなかったろう。

——まったく、世の中はわからぬものだて。

しぜん顎ぐらいは、撫でたくなるではないか。今まで押され続けだった能信は、今度だけは完全に頼通に勝ったのだ。

——この俺が、関白になあ。

と、思いかけて、能信は首を振る。

——いや、強運は俺じゃない。禎子さまだ。

禎子の運が、嫄子を圧倒したのだ。そして嫄子の死の知らせを聞いても、禎子はひそかな微笑ひとつ洩らさないではないか。むしろ双の眸の輝きはきびしくなっている。

——そんなことで気を緩めているのですか、能信。

父と呼んでもおかしくない自分に、そう言っているようでもある。多分その強さは、母としての自覚によるものであろう。二人の皇女と一人の皇子の母である禎子は、末の皇子尊仁《たかひと》が、去年五つの袴着《はかまぎ》を終えたときから、この幼児の遥かな前途に、はっきりと眼差を向けはじめたようだ。

——私は夫との間も隔てられている不運のきさきだ。でも、私の生んだ尊仁は、帝の皇子。私にとってはたった一人の男の子。

つまり、幼児は、帝位に手の届くところに位置しているのだ。東宮には亡き嬉子《きし》が後朱雀との間に儲けた親仁《ちかひと》が立っているが、それ以外の男御子《おとこみこ》はいない。

——母の執念が、嫄子どのを蹴落したともいえるな。

しかし禎子は勝に驕ってはいない。よく光るその眼は、次に襲いかかってくる大波を、早くも見てとっているかのようだ。

そして、禎子の予感は早くも的中した。頼通が嫄子を失って悲歎にくれている間隙を縫って、うごめきはじめた男がいた。弟の教通《のりみち》である。それも厚かましさを通りこした言い分をふりかざして、

「では、わが娘、生子《せいし》を」

と名乗りをあげたのである。

「ただいま藤原氏出身のきさきがおいでにならない。春日大明神（藤原氏の氏神）は大変御不満で、伊勢の大神に訴え申されたとか、伊勢より神託が届きました」

これより少し前、内裏が焼失して、後朱雀帝は少し弱気になっている。歴代の中では珍しく気骨があり、政治方針でもしばしば頼通と対立していた後朱雀であったが、春日明神が御不満と聞かされて心がゆらいだ。そこに教通はつけこんだのである。そして八月末に嫄子が死んだばかりだというのに、その年の暮に生子を入内させることにしてしまったのだ。

「いくらなんでも、嫄子どのが亡くなられて半年も経っていないんだからなあ」

俺が教通の立場にいたとしても、そこまで強引にことを運びはしない、と、能信は妻の前で呟いた。

「関白もいい気持はなさらないでしょうね」

と、妻もうなずく。

「もちろんさ。もともと内府（教通）は生子どのの入内を狙っていたんだが、関白が許さなかったんだ。ま、嫄子どのを割りこませたのも、内府の野望を挫くためだったのだからな。が、嫄子どのがいなくなってはな」

となれば、頼通、教通の対立はいよいよはっきりする。これは面白くなるぞと言いたいところだが、禎子を擁する能信としては、他人事《ひとごと》ではない。

どうやら、頼通ぎらいの後朱雀は、教通に心を傾けようとしているらしい。むしろ能信としては、ここは頼通に生子入内を阻止してもらいたいところである。嫄子の生前は、むしろ目の敵にしていた頼通だが、少し風向が変ってきた。後朱雀、頼通、教通の三つ巴がどの方向に転がっていくか、それによって、禎子や尊仁の命運も変ってくる。

——ここは黙って見ているよりほかないな。

さすがの能信にも打つ手はない。

と、そのうち——

「関白が、生子の入内を認めたらしい」

という噂が伝わってきた。

——ちっ、お人好しの関白が。

舌打ちしても間にあわない。その上、頼通は輦車《てぐるま》での入内まで許したという。もうこれでは中宮まであとひと息ではないか。教通はもう有頂天だ。入内の支度は嫄子を越える豪華さで、供に従う女房たちの衣裳まで贅をきわめたものになるらしかった。

が、いざとなると、頼通は家に伝わる輦車を貸してはやらなかった。

——乗ってもいいとは言ったが、貸すとは言っていないよ。

というわけである。あてがはずれた教通は慌てふためき、急遽輦車を作らせたが、莫大な費用がかかったらしい。

——ふん、関白らしい、せせこましい意地悪だよなあ。

結局入内を許してしまったのだからどうにもならん、と能信は顔をしかめた。

しかし、その報告をうけた禎子は、

「そうですか」

驚くほど平静だった。新たなる強力な敵の出現に対して、怯《ひる》む気配はどこにもない。

——母というものの強さかな。

慰めや励ましはもういらないのだ、と能信は思った。

二

翌長暦四（一〇四〇）年、閑院の禎子の手許で育てられていた尊仁は七歳になった。

——そろそろ謁見の儀がなくてはな。

能信は気を揉みはじめている。皇子が母の許で育ち、父帝とは離れているのはこのころのしきたりで、ある年齢に達すると、内裏に参入して、謁見、すなわち父帝との正式対面が行われる。それは単なる儀式ではなく、その皇子の公的な格付けでもある。

が、これにはさまざまの障碍があった。

まず前の年に内裏が焼けている。新築はただちに始められたものの、その間の里内裏《さとだいり》となったのが、内大臣の教通の二条邸だった。いいかえれば、教通は二条邸を提供するかわりに天皇を抱えこんでしまったようなものだ。もちろん娘の新女御生子《しんにょうご》は、邸内の一廓を与えられ、女房たちに囲まれて、これ見よがしに華やかな日々を送っている。嫄子亡きあと、彼女は父の邸で、後朱雀の後宮を独占しているのだ。もちろん、めざすのは皇子誕生である。

――そこへ尊仁さまが乗りこむのはなあ。

さすがにためらいがある。その上、この里内裏の近くで放火が続いたりして、世情はとかく不安定だ。

「ま、こんな時期だから」

と、後朱雀は、生子立后を望む教通を抑えているという。これは、もちろん、頼通への遠慮があってのことなのだが、そのことは少なからず教通を苛立たせているらしい。後朱雀、頼通、教通の三つ巴はまだ渦巻きつづけているのだ。

しかし、考えてみれば――

この三つ巴はうまくすれば巧みに利用できるのではあるまいか。

能信はさりげなく行動を開始する。眼をつけたのは、彼とも親しい小野宮《おののみや》一族――。権中納言資平《すけひら》は、能信と同じく禎子皇后に仕える権大夫《ごんのだいぶ》であり、その息子の資房は蔵人頭《くろうどのとう》として、後朱雀の身辺に近侍している。

彼はまず、資平と連絡をとりつつ、資房に後朱雀の意向を打診させた。

「帝も内々若宮のことを気にかけておられるようで」

と資房が知らせてきたのが十月の末。

「その折の仰せでは、よくよく関白と相談してことを運ぶようにとのことでした」

つまり後朱雀は、頼通の機嫌を損うなと付け加えたのである。帝王らしいバランス感覚だ。一方、頼通のほうも異議はなかった。

「帝の御意向を伺って、皇后宮大夫（能信）に思召しを伝えるように」

口裏をあわせるような言葉が返ってきた。頼通としては、娘に後宮を独占させている教通の日頃が憎たらしくてたまらなかったのであろう。

「では、今年中に御対面が叶うわけだな」

能信が言うと、資房はうなずいた。

「あとは陰陽師に日時を勘申《かんしん》させるだけです」

その夜、能信は同じ閑院の邸内にある禎子の御所に走った。

「お喜びください。若宮さまの御対面が叶いそうでございます」

しぜんと息を弾ませていた。

「それはなによりでした」

禎子の頰にも微笑が浮かんだ。

「なんとか、お七歳《ななつ》の間に謁見の儀を、と思っておりましたので……」

「とすると、残るところ二月《ふた》ですね」

禎子がそう言ったとたん、ぐゎらぐゎらと殿舎が揺れた。大地震である。

「危ないっ！　灯を、灯をお消しくださいっ」

倒れながら、能信は叫んだ。

きゃっ！　こわいっ！　女房たちが悲鳴をあげる。その間も震動はやまない。ひと息ついたと思うと、すぐに揺り戻しが来て、殿舎の鳴動は小半刻も続いたろうか。

やっと揺れが収まり、灯がともされ、人心地がついたとき、能信は舌打ちしたい思いで衣紋《えもん》を繕った。

——ちっ、縁起でもない。やっと尊仁さまの謁見に漕ぎつけたという折も折に。

が、眼の前の禎子は泰然としている。顔に驚愕の色もとどめず、さらりと言った。

「世の中が変るしるしかもしれませぬ」

双の眸には強い光があった。

火災に続く地震という縁起の悪さを払拭するために改元が行われ、長久元年となったのが十一月十日。たしかに禎子の言うように、世の中の気配が変ってきた。厄払いをして、無理にもおめでたそうな雰囲気をでっちあげようとした工作であったとしても、尊仁対面の日は好機に乗じたかたちとなった。

対面の日は十二月十七日ときまった。そしてその直前、もう一つ思いがけないことが起った。女御生子の弟の、侍従通基《みちもと》が二十歳の若さで頓死したのである。喪に服した生子は、当然二条の里内裏を退出しなければならなくなる。おかげで、禎子は、つかのまではあるが、尊仁ともども内裏参入が可能になった。

頼通、教通の不和。そして通基の頓死という不測の事態の間隙に鋭利な刃物を突き刺すように、禎子は二条内裏に乗りこむのである。

禎子と皇子は対面の前夜、二条内裏入りするときまって、能信はその準備に追われはじめた。

「ほう、三年ぶりの御対面か」

禎子の内裏入りをそう言う人がいる。皇后宮でありながら夜の床をともにすることのなかった禎子が、どんなに思いやつれた姿を現わすか、人々は好奇の眼で待ちうけているらしい。

――いまに見てろ。禎子さまはそんなお方じゃないんだ。

口の中で呟きながら、その三年間が禎子をいかに強くしたかを改めて能信は感じている。ともあれ、人々の好奇の瞳の前に立つ禎子は、美々しく、かつ威厳にみちていなくてはならない。それだけに支度は念入りに行われた。

十六日の朝は激しい吹雪だった。体の芯まで寒さが凍《し》みとおってくる。これも禎子の門出にふさわしいかもしれないと思ったが、幸い夕方までに雪は歇《や》んだ。

亥の刻（午後十時ごろ）すぎ、公卿以下、行列に従う人々が閑院に集まってきた。まず禎子の輿が出発し、尊仁が乳母に抱かれて乗る檳榔毛車《びろうげのくるま》がこれに続く。車は関白頼通が貸してくれたものだ。頼通は生子の入内の折と違って好意的である。

——つかの間の好意かもしれんが。

能信には醒めた思いもあるが、とにかく、頼通の貸してくれた車に乗ることの政治的効果は十分にある。禎子の輿は二条内裏の北門から入って北対《きたのたい》の東面《ひがしのつら》へ。尊仁の車は北門の所で止まり、能信の養子の侍従能長《よしなが》が抱きとり、御剣を捧げた右馬頭《うまのかみ》藤原良経《よしつね》が先に立って歩いた。良経は名筆行成の子だが、皇后宮亮《こうごうぐうのすけ》を兼ね、ずっと能信に密着している。

翌朝は快晴になった。尊仁の居所は北対の南表《みなみおもて》である。

「お疲れになりませぬか」

幼い身を気遣いながら、能信は皇子の髪を撫でつける。

「うん、ちっとも」

尊仁は長い睫をぱちぱちとさせて無心に答える。対面は、酉《とり》と戌《いぬ》（午後六時—八時）の間ときめられていたが、冬の陽は暮れやすく、あたりはすでに闇に蔽われている。御殿油《おおとなぶら》が灯され、倚子《いし》にかけた後朱雀が御座所で待つ中を脂燭《しそく》に守られるようにして尊仁が進み、その後に能信たちが従う。仮の内裏だから、正規のそれとは間取りや広さも違うが、儀式だけは規則どおりに行わなければならない。

尊仁は東庭に降り立って、まず拝舞《はいぶ》をする。対面を許されたことに対する感謝の拝礼だが、袖をひろげたり、足を踏みならした後で一礼したり、ややこしいきまりがある。何度も閑院で練習はしたが、七歳の子供がバランスを崩さずにやりとおすことは至難の業なので、能信が後から介添した。

――まちがわぬように。転ばぬように。

が、案じるにも及ばないくらい、尊仁は落着いて一つ一つの所作をやってのけた。

――むむ、みごとだ。

居並ぶ公卿たちの無言の感嘆が能信の肌にも伝わってくる。尊仁は第一の難関を乗りこえたのである。そこで一度退場し、部屋のしつらいが改められ、尊仁は殿上に登り、後朱雀から禄として白の大袿《おおうちき》が下賜された。幼童の身丈に余る下賜品を、代って受取るのは能信の妻の弟、左兵衛督公成《さひょうえのかみきんなり》。尊仁はふたたび東庭に降りて、公成に助けられて拝舞。これで対面の儀式は終った。

――やっとすんだぞ。

冬の夜の寒気に身を包まれているのに、能信はそれを忘れている。

「よくなさいましたな、親王《みこ》」

ともかくも、尊仁は、後朱雀の第二皇子としての存在を公的に認められたのである。

「おみごとなお振舞でした」

北対に戻ってくりかえしたが、

「うん」

当の尊仁は息を弾ませもせず、

「一座の者がみな感嘆しておりましたぞ」

「そう?」

はりあいぬけするような、あっさりしたうなずきかたをするだけだった。

緊張の連続だったが、しかし、能信の眼は、この夜列座の人々の顔ぶれを、決して見落してはいなかった。というより、来るべくして顔を見せなかった人々のことも、しっかり記憶に叩きこんでいた。

——不参は関白と頼宗兄貴。ああ、それに弟の長家の奴も来なかったな。

頓死した通基の喪に服しているといえばそれまでだが、彼の実父の教通とは違って、彼らは、便宜上喪を解いて席に連なってもよい人々である。

——ははあ、やはり、関白の好意も、車を貸すところまで、というわけか。

出席して親王を褒めそやし、教通を刺戟するには及ぶまいというのか。政治的配慮というよりは、このあたりが頼通の弱気なところである。弟の長家は母を同じくする高松系といっても、早くから鷹司どの、倫子の猶子《ゆうし》として、彼ら一族なみにぐんぐん出世している。このところ頼通べったりだから、彼が姿を現わさないのも当然だが、しかし、頼宗は？

――同母兄弟《きょうだい》のくせになあ。

顔ぐらいは見せてくれてもよさそうなものなのに……、と能信は頼宗の不参にはこだわりを持った。

――とにかく兄貴はごますりで、どうやら関白に近づきたがっているらしいからな。

通基への服喪は、いい口実になったというわけか。

が、頼宗の真意はそれだけではなかったのだ。能信がそのことに気づくのはかなり先のことだ。

尊仁の謁見が終り、焼失した内裏が翌二年末、新造され、後朱雀がこれに移って、長久三年を迎えたとき、頼宗の娘の延子《えんし》が入内したのである。これについて、頼宗から能信への下相談はなかった。

――なんだ、そうだったのか。

二年前の謎は、はっきり解けたのである。が、なんの相談もなくとも、能信には、頼宗の引いた構図が手にとるようにわかる。

――つまり、娘のいない関白の身代り、ということなんだな。

それには、頼通べったりであることが前提条件だ。うかつに尊仁に顔を合わせることは避けたかったのだろう。能信もなにくわぬ顔で頼宗の許に祝いに出向いた。

「なにしろ、帝がぜひに、とおっしゃってくださったのでね」

頼宗は鷹揚《おうよう》にうなずいてみせた。

「内府どのの姫君、生子さまも御懐妊の兆しがないことだし」

能信はさりげなく相槌を打つ。

「延子どのは大変美しい姫君だそうですな」

近視の頼宗は、例の眩《まぶ》しげな眼付をした。

「うむ、母親そっくりでねえ」

が、頼宗が言いたいことは、そんなことではないことを能信は感じている。

――こういう手もあるということだよ、能信。

――え？　なんと。

――もし、娘が皇子を産みまいらせたら、どういうことになるか。

――うむ……

影の薄い禎子の産んだ第二皇子尊仁よりも、この皇子が、現在の皇太子親仁の後に据えられる可能性は十分ある。

――まあ、そこまで関白とは了解ずみなのでねえ。

弟の教通の娘たちが皇子を産んだとしても、頼通は、延子所生の皇子を推してくれるに違いなかろう。

——日頃が、かんじんだということだよ。

頼宗の眼はそう言おうとしている。

——それなのに、そなたは関白どのに近づきもしない、そしていったい……

眩しげな眸に、ちらと冷たさが漂う。

——どういう了見なのかね。尊仁などという廃《すた》れ皇子《みこ》に肩入れするのは。

——禎子さまのような後楯のない母君しかいないんじゃ、まず即位は望めまい。

——皇后宮大夫だからって、そんなにむきになるにも及ばんのにねえ。

——いったい、何を望んでいるのかね、そなたは。

なんとでも言え、と肚の中で罵りながら、能信は微笑を続けている。頼宗も頬の微笑を絶やさずに、なおもしつこく問いかけてくる。

——いったい、何を望んでいるのかね。

出世だ、と答えたら、兄貴は腹を抱えて笑うだろう。それにしちゃあ見当違いのことをやってるじゃないか、と。

——ああ、そうだとも、笑いたけりゃ笑うがいいさ、兄貴。

心の中でわめきながら、能信も笑顔で頼宗に応じる。

——尊仁さまに即位の目はないかもしれない。だからこそ俺は尊仁さまに賭けるのさ。

それにしても、自分が禎子皇后のために奔走しているのに、血を分けた兄が、娘を担いで乗りこんでくるとは……。兄弟もあてにならないものである。

「では、御入内の折には供奉《ぐぶ》させていただきますので」

一礼して起つと、

「ああ、くれぐれもよろしく頼む」

頼宗も鄭重に礼を返したが、心の中では、

——娘を持たないそなた、気の毒だが、この喜びは味わえない、というわけだな。

と言っているらしかった。それには能信も返す言葉もない。妻は弟の公成の娘を手許に置いてかわいがっているが、その娘、茂子《もし》は、まだほんの少女でしかない。

邸に戻ると、妻はちょうど当の茂子の伸びかけた髪を梳いてやっているところだった。

「まあ、この子の髪、こんなに伸びましたのよ。それも、ゆっさりしていて。年頃が来たら、どんなにみごとになることか」

当時の美女の条件の一つは、髪の光沢《つや》と長さにあることはたしかだが、茂子が「美女」になるのは、舌打ちしたいくらい先のことなのだ。夫の心にも気づかず、妻は、いそいそとして言う。

「このごろ、この子を皇后宮さまがよくお召しになるんですよ。姫宮さま方が斎宮や斎院にお立ちになってお手許を離れておしまいになってからは、親王《みこ》さまお一人じゃお淋しいのでしょう」

「ふん、ふん」

「この子の黒髪をそれはお褒めになるの。でもこの子ったら、皇后宮さまのお相手をするより、親王さまとのお遊びに夢中になってしまうんです。まだ子供ですねえ。でも親王さまの前では、いっぱし姉さまぶってお世話をしてさしあげたりするんですよ。それがとてもおかしいって、皇后宮さまはお笑いになりますのよ」

「ふんふん」

能信は妻の話をほとんど聞いていなかった。

頼宗の娘の入内は長久三年の三月、それを追いかけるようにして、教通はもう一人の娘の真子を入内させた。生子に懐妊の兆しの見られないのにたまりかねたのである。かくて嫄子の死以来、後朱雀の後宮はむしろ華やぎを増した感じになった。先代後一条の時は、権力者道長を憚って、その娘威子一人しかきさきがいなかったが、いまや内大臣教通女《じょ》の生子と真子、権大納言頼宗女の延子が、きらびやかに飾りたてられて、顔を並べている。頼宗の娘は、いわば、関白頼通の娘の身代りのようなものだから、ここで、頼通・教通兄弟は、その覇権を賭けて、後宮戦争に踏みきったともいえる。

もっとも、娘を天皇の後宮に納《い》れるのは、いわば後宮戦争の開幕であって、その娘の中の一人が皇子を産み、その子が東宮になり、さらには即位したとき、はじめて、娘の父親の覇権は確立する。一見優雅、華麗で、その裏に露骨な性の闘争を秘めるこの対立に、人々の眼は集中しはじめた。

そしてその分だけ、皇后禎子とその皇子尊仁の影は薄くなっていく。禎子と後朱雀の間はいよいよ隔てられているのだが、それに同情する人さえいない。

——皇后さま？　ああ、もう過去のお方だから……。しっかりした御後見《みうしろみ》もいないし。

人々はそう思っている気配なのだ。

——そうだろうとも。俺ひとりではな。

能信は、無念の思いを嚙みしめるほかはない。男どうしの権謀の世界なら負けはしない、という自負がある。が、こと男女のいとなみという、最も単純で原始的な事象が帰趨を決するとあっては、手のほどこしようもないではないか。せっかく謁見を果たしたとはいえ、皇子尊仁の未来は、新しく入内した娘たちの産む皇子によって、簡単に蹴散らされてしまうかもしれないのだ。

ふっと思いだすのは、小一条院となっている敦明のことだ。

——皇太子になってさえも、皇位につけない、ということもあったのだからな。

無意識に、あの夜のことを思い浮かべている自分に気がつき、能信はぞっとする。

——縁起でもない。俺としたことが。

想念を無理にでも払いのけようとした。

三

華やかで、しかも陰湿な入内争いは、しかし、そう長続きはしなかった。一つにはせっかく新築された内裏が一年足らずで焼けてしまったからだ。その後里内裏とした一条院でも火災に遭い、後朱雀はすっかり気落ちしてしまう。なにしろ火災とか天変地異が起るのは帝王の不徳のいたすところだ、と思われていた時代である。

――自分は帝王の器ではないのか。

生真面目だけに後朱雀の心は揺れる。しかも関白頼通との間もしっくりいっていなかった。これには荘園整理の問題がからんでいる。この問題については次帝後三条天皇のことして知られているが、むしろ関白との深刻な対立があったのはこのころで、せっかく新政策を打出した後朱雀は頼通のためにこれを骨抜きにされてしまった。

その心労のせいか、火災後、東三条院に移ったころから、後朱雀は体調を崩しはじめる。背中に腫《は》れものができたのだ。このころはこれを「にきみ」（二禁）と呼んだ。悪性腫瘍のようなものらしい。

こうなったとき、

「死なないでくださいませ！」

人々は後朱雀に取りすがる。それも彼の生命を案じてのことではない。娘の生子を入内させていた教通は、彼女の立后を心待ちにしていた。

――いまここで帝に死なれたら元も子もなくなる。

焦りに焦っているが、頼通がいっこうに承諾しない気配なので、やきもきするばかりだ。

一方、頼宗の娘の延子には懐妊の兆しがある。

――もしかして、男御子《おとこみこ》かもしれないぞ。

とすれば影の薄い第二皇子尊仁を却けて、皇太子親仁《ちかひと》の後釜に据えることも不可能ではない。

――帝、御回復を……

教通、頼宗、きさきたち、侍女たち――。祈りの声は大合唱となっている。みな、それぞれの思惑を抱えての祈りである。あくまでもわが身の利害を考えてのことで、後朱雀そのひとの命運を気遣ってのことではない。そして、その中で、真に後朱雀の身を案じていたとすれば、皇后禎子ただ一人なのだが、こと禎子ということになると、人々は一致して後朱雀に近づかせまいとするのである。閑院にいる禎子は、すぐにも見舞に行きたがった。が、頼通はじめ誰もが、

「閑院邸にてお祈りを」

と言って首を縦に振らないのだ。

「こうなっても、帝を私に会わせてくださらないのね」

禎子は眼を光らせて言う。その眼を見かえしながら、能信は大きくうなずく。

「左様で。誰方《どなた》も皇后さまがおいでになることを望んではおりませぬ、なんとなれば」

能信の眼も鋭くなる。

「親王《みこ》さまでございます」

「まあ。でも親王も帝の血を分けた子よ。それなのになぜ？」

「いや、それゆえにこそ、でございます。もしも御一緒に参内されたお二方が、枕許で、帝にそっと……」

能信に全部言わせないうちに、禎子はすべてを覚《さと》ったようだった。いうまでもなく、天皇が世を去る前に、皇太子はきまっている。たとえばこの時点では、後朱雀の第一皇子、親仁である。そして人々が眼の色を変えて争うのは、その次の皇太子の座だ。これについては、そのときの天皇の指名が優先するしくみになっている。

後朱雀にとって、残る男児は尊仁しかいない。とすれば、彼が最有力といえるが、もしも延子が男児を産んだとしたら、女御の父頼宗は、しゃにむに尊仁を蹴落して、嬰児をこの座につけるべく工作することだろう。とりわけ頼通と親しい彼は、いま満を持しているともいえる。

能信とすれば、ここでひと押し、なんとしてでも禎子が後朱雀から言質を得ておく必要がある。

「逆に言えば、帝にお目にかかれないと、親王が東宮になれるかどうかわからない、ということになりますね」

と、禎子の眼が、じっと能信を見つめた。

「残念ながら、そのようなことになります」

「そうさせないためには？」

「……」

能信も沈黙せざるを得ない。いま一度後朱雀が元気になって、はっきりそう言いおいてくれればいいのだが、病状はしだいに悪化しつつあった。やがて寛徳二（一〇四五）年の初春を迎えたころ、能信は、そっと人々の動静を窺いはじめた。

すると、一月十五日、頼通が参内し、病床にある後朱雀の側近くに伺候した。

——ははあ、いよいよ御譲位だな。

能信の勘はすばやく働く。蔵人頭《くろうどのとう》として、常に側近に奉仕する資房に、すい、と近づいて目配せする。

——御譲位か。

資房が黙って眉を動かしたとき、能信の瞳はさらに踏みこむ。

長久3（1042）年の時点での後朱雀天皇の后妃

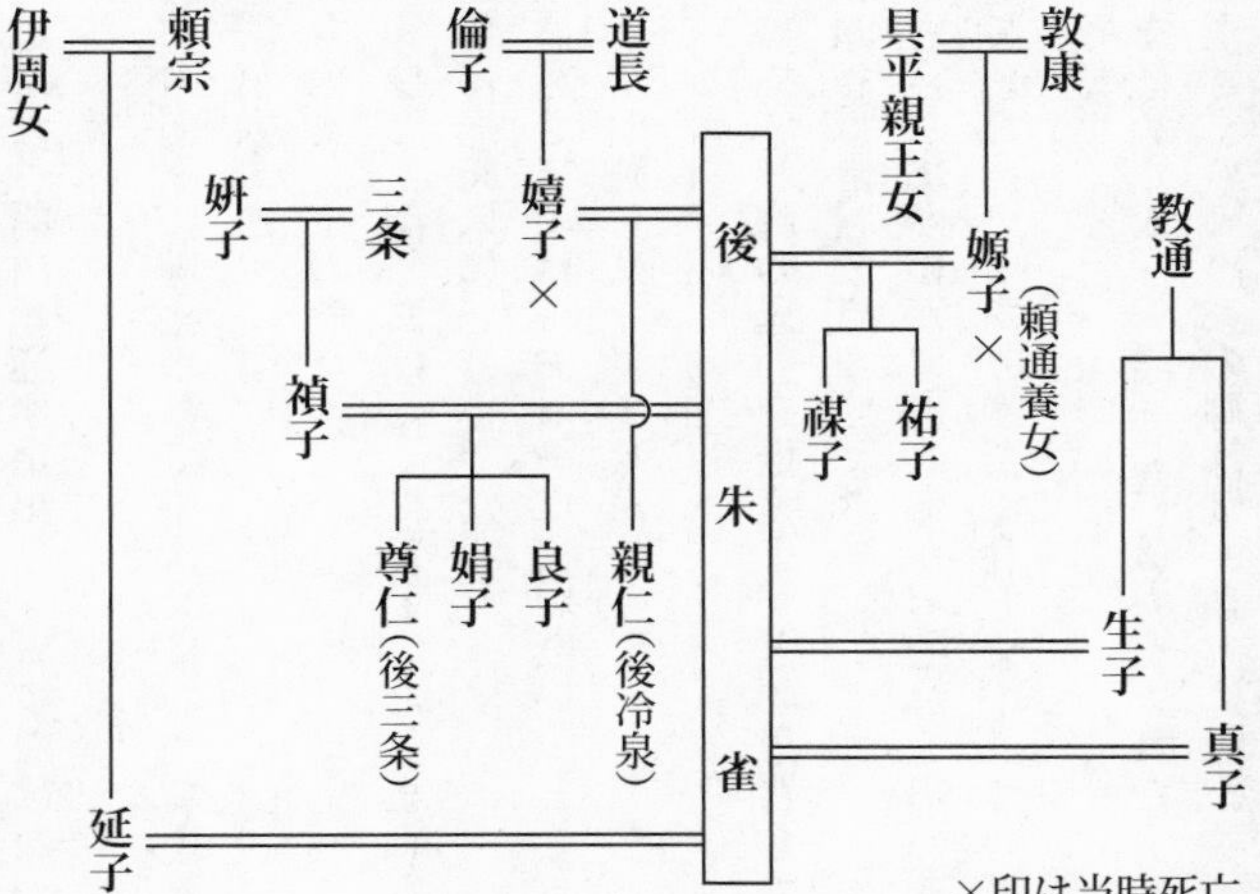

×印は当時死亡

――して、次の東宮は？
――いや、それはまだ。
――そんな場合ではないじゃないか。
――それはそうですが……
――関白に遠慮なされたのだな。

命とのかねあいはむずかしい。ほとんど危篤状態に陥っているというのに、後朱雀にはそれだけの自覚はないのだ。一応譲位して、自身は上皇になり、その上で、というふうに考えているらしい。

が、今を措いてその機はない。

能信は冷静に後朱雀の命のゆらめきをみつめる。そしてそのとき、ふっと頭に浮かんだことがあった。

間髪を容れず、能信は後朱雀の寝

所へ進んだ。関白頼通が退出し、人少なになった折を衝いたのだ。

「帝……」

背中の病みに堪えかねて俯伏せになっている後朱雀の眼が懶《ものう》げに能信をみつめる。

「皇后宮大夫か」

息も絶えだえの声だった。

「は、ひと言申しあげたくて参上いたしました」

能信は病床ににじり寄った。

「皇后宮さまには、お看護《みとり》に伺いたい、としきりに仰せになっておられますが、関白どの以下がお許しになりません」

「……………」

「せめて、お胸の思いを伝えよ、との思召しで、押して参上つかまつりました」

後朱雀は無言でうなずく。

「皇后宮さまがいかに御心労か、それを申しあげれば、大夫の責めは果たせます。聞《きこ》しめしていただいてありがたく存じます。ついてはことのついでに伺いたいことがございます」

声を低めたが、一語一語には力を入れた。

「親王さまの御出家の御師は、誰方《どなた》にいたすべきでございましょうか」

「親王の出家と？」

不意を衝かれて、後朱雀は顔をあげる。

「なんと申す。親王の出家などと……」

苦しい息の中から後朱雀は途切れとぎれに言った。

「親王の出家など……考えてもおらぬ。あれは……東宮にきまっておる」

かすかではあるが、はっきりと言い切ったとき、能信は声を励ました。

「それなら、なぜ、いま関白に仰せられませなんだ」

「いや……関白は……そのことは後にゆるりと、と申したので」

――俺はきつい眼付をしている。

と能信は思った。今日東宮の指名を、ということは、後朱雀その人に、命が旦夕《たんせき》に迫っている、と告げることにほかならない。

――でも、いま、言わねばならぬ。

能信は、声をととのえた。

「帝、いま仰せられなくてはならぬことでございますぞ」

後朱雀は低く呻いたようだった。

「よろしゅうございますな」

「……」

「関白どのをお召返しになられて仰せくだされますよう」

能信のとっさの早業によって、頼通は召返され、譲位の宣命には、東宮に尊仁を立てるべきことが書き加えられた。

後朱雀がこの世を去ったのは、その三日後の一月十八日、まさに、間一髪、能信の離れ業は成功したのである。皇子親仁はただちに践祚《せんそ》し、同時に尊仁が皇太弟として立てられた。能信は即日、春宮大夫を兼ねることになった。

立太子のために尊仁は閑院を出て輦車に乗り、そのときの里内裏である東三条院に向った。その後に供奉しながら、能信はふと、兄の声を耳許によみがえらせる。

――いったい、何を望んでいるのかね。

いまはもう、それに応える必要はない、と思った。

終章

一

霜の深い朝だった。刈り忘れた菊が二本、白銀色に縁取られて、前栽《せんざい》の下にむざんに倒れ伏している。凍てついた空間を割くように、鋭く啼いたのは何の鳥か。

――いよいよ今日か。

冬枯れの庭を眺める能信の眼はきびしくなっている。後朱雀《ごすざく》の死後一年余、永承と改元された年の十一月、東宮尊仁《たかひと》は、元服の日に備えて、内裏の昭陽舎《しょうようしゃ》に入るのである。

長いようで短い一年だった。父帝後朱雀の急死の前日、ぎりぎりに東宮指名を勝ちとり、その成功に酔ったのは、思えばほんのひとときにすぎなかった。

――春宮大夫《とうぐうのだいぶ》になった俺は胸を反らせていた。

ついに、三条天皇系の、いや、そのきさき妍子《けんし》系の皇子は皇位にもう一歩、というところまで近づいたのだ。皇子を産みそこねた妍子が悲嘆に沈んだそのときから、能信は側近にあって、その苦悩の日々を見つづけてきた。そして、母親に不運をもたらした内親王禎子《ていし》が、後朱雀の許に入内して、尊仁を産んだのである。

——妍子どのも、今まで生きておられたら、胸の思いが霽《は》れるだろうに……

げんに、妍子の姉の彰子《しょうし》は女院として健在なのだから、不可能なことではないのに、妍子は自分の不運を恥じるかのように、死を急いでしまった。以後、禎子を守りつづけて、みごとに尊仁を東宮の座に押しこんだ能信としては、ついに執念を達成した、といってもいい。

が、興奮はひとときのことだった。冷静さを取りもどし、政界を泳ぎまわる日頃の感覚がよみがえってくるに及んで、能信は愕然とする。

——東宮さまは素裸で立っておられる。

尊仁を助け、守ろうとする人間はどこにもいない。祝をのべる客は、閑院邸に押しかけはしたが、それはあくまで口の先にすぎなかった。

「いずれ、御即位の折にはよろしく」

と、格好だけでも身をすり寄せてみせる人間は誰ひとりいなかったのだ。なにしろ、即位した後冷泉《ごれいぜい》は二十二歳。治世はかなり長く続くものと見ていい。

——尊仁さまの御即位はずっと先のことですな。

今からごまをすっておくには及ばない、ということか。

いや、それより、後冷泉には、伯父にあたる関白・左大臣頼通《よりみち》と、内大臣教通《のりみち》がついているが、尊仁を支えるのは、大納言の能信ひとり。

——大納言のあなた一人ではねえ。

口に出して言わないまでも、人々の眼は、みなそう言っているし、それに気づかないほど鈍感な能信ではない。

——そうだとも。かりに立場を替えて、俺自身が、そんな東宮の所へ行ったとしたら、あたりさわりのない挨拶をするだけだろうよ。

自嘲の思いが、頰を歪ませる。東宮に立ったことによって、尊仁は、政界で孤立している現実をはっきり突きつけられたのだ。祝の客の混雑はひとときのことで、閑院は、また客の訪れが少なくなった。そうなったとき、能信は、いまひとつの困難な問題に直面させられたのである。

後朱雀の喪があける翌年、十三歳になる尊仁の元服が行われることは、前からきまっていた。いよいよ公的社会に足を踏みこむ晴れがましい儀式だが、その直後に、添臥《そいぶし》の女性が臥床《ふしど》に侍ることがしきたりになっている。これも元服に伴う欠かせない儀式なのだが、じつは、それまでにやってきた祝の客の中で、

「わが娘を添臥に」

とひそかに申しいれた人間はひとりもなかった。東宮時代に娘を納《い》れておけば、即位の暁には、女御、そして中宮……。願ってもない幸いが待ちうけているはずなのに、そこに飛びつくものがいないとは、東宮尊仁の不人気をそのまま反映している。

能信は、それとなく頼通の意向も探ってみたのだが、答はすげなかった。

「東宮さまのお添臥か。わが家に娘がいれば、ぜひに、とお願い申すところなんだがねえ」

じつは頼通には一人、娘がいる。正妻隆子には子供がなかったが、その縁に連なる女性に産ませた寛子《かんし》である。しかし、まだ十一歳。頼通がやきもきしながらその成長を待っているのは、現帝後冷泉に入内させるためで、それ以外に娘がいない以上、

――東宮妃までは、とてもとても。

というのは本音でもある。しかし、

「どなたかの姫君を、関白の御養女というかたちにして」

と能信がほのめかしても、

「さあ、そういう姫君がいるかなあ」

と肩すかしをくわせたのは、やんわりと能信の申し出を拒否したのだ。それは内大臣教通も同じことだった。彼も娘を持っているが、兄頼通よりひと足先に後冷泉の許に入

内させるべく、必死の工作中である。そして、頼通も教通も、次に狙っているのは、娘たちが、後冷泉の皇子を産むことである。

——日頃の俺なら、さあ、これから先が見ものだぞ、と手を拍《う》って待ちうけるところなんだが……

今の能信はそれどころではない。もし彼らの娘たちが皇子を産んだら？　尊仁の東宮としての地位はますます不安定なものとなる。能信はしだいに焦りはじめていた。元服の日がきまっているのに、然るべき添臥の姫君が見つからないとは……

春、そして夏を迎えたころ、一日一日がすさまじい早さで過ぎていくように思われた。しぜん顔付がけわしくなっていたのか、夏も過ぎようとしたある日、尊仁が気づかわしげに言った。

「大夫《だいぶ》、気分がすぐれないのか」

「は、いや、それほどでも」

「忙しすぎるのだねえ」

年に似合わない慰めの言葉が胸にこたえた。

「は、御元服前にはいろいろと準備がございますのでな、例えば……」

しぜんに言葉が口から洩れていた。

「例えば？」

尊仁の瞳が、じっと能信をみつめる。

「左様。御元服の折の、お添臥の姫君を選ばねばなりません」

「添臥か」

尊仁の頬が、ぱっと輝いた。十三歳の少年は、その意味するところをちゃんと知っていたのだ。驚くよりも、その正直すぎる稚い頬の色に、苦笑が湧く。

――ふつうなら、微笑《ほほえ》ましいな、と思うところなんだが……。これは話しておかねばならん。

思いながら能信は膝を進める。

「それが、まことに困ったことに、ふさわしい姫君がおいでになりません」

「ふうん」

尊仁はいぶかしそうである。

「ま、そんなことがいろいろございますのでな。思案をしておりますわけで」

「大夫」

唐突に尊仁が呼びかけたのはこのときである。

「は？」

「添臥はもうきまっているよ」

「えっ」

「それをなんで、あちこち探すの？」

「は？」

「大夫の姫がいるじゃない」

あっ！　と能信は虚を衝かれる思いがした。

茂子か？　妻が娘同然にかわいがっているあの娘を。

なるほど、尊仁にとって、茂子は少し年上の幼馴染である。いや、異性の相手として頭に浮かべられるのは、茂子しかいないのだ。その単純な発想を、尊仁はごく無邪気に口にしたにすぎない。しかし、

――ふむ、茂子をな……

そのとき、能信は、新しい切り口を、尊仁から与えられたような気がしたのだった。

二

茂子は美しい少女である。

が、実父の公成は、三年前、権中納言まで昇進はしたものの、その年のうちに世を去っている。公成の姉にあたる能信の妻は、少女を哀れがり、以来、娘のようにかわいがっているが、しかし正式に能信の養女として披露しているわけではない。

ときどき尊仁の母である禎子の邸に連れていくと、尊仁は、いい遊び相手が来たとばかり、大喜びするのだが、それが幼い恋に変っていたとは気づかなかった。

それに――

権中納言公成の娘では、東宮のきさきとしてはいささか身分が軽すぎる。大臣の姫君を添臥に迎えることばかり考えていた能信の視線からは、外れるともなく外れていたのである。

が、今となっては、それも一つの選択かもしれない。そう思いながら、能信はその夜、妻の局《つぼね》に入っていった。

「姫は？」

と尋ねると、

「滋野井《しげのい》に戻っております」

という返事だった。滋野井は、亡き公成の妻の邸で、公成はここに住んでいたのである。

「そうか、いなければそのほうが話しやすいんだが」

わざと灯影《ほかげ》を避けるようにして坐って、

「なにか、姫のことで？」

いぶかしげに問いかける妻にうなずいた。

「うむ、姫を……」

「え？」

「姫を、東宮さまの添臥に、と思っているんだが」

言いかけるのを抑えるようにして妻は首を振った。

「とんでもないことですわ」

「なぜ」

「姫がかわいそうです。考えてもごらんください」

「……」

「あの子は公成の娘です。東宮のきさきという柄ではありません。いけば苦労するばかりですわ。いえ、いまは東宮さまもお年弱でいらっしゃるから、いますぐほかの姫君がお入りになることはないでしょうが、御成人の暁には、いずれ、大臣方の姫君がお入りになるにきまってます。そうなったとき、姫はみじめになります。東宮さまのお側にも上れず、くやしい日々を送ることになります」

一気に喋ってから声を低めた。

「げんに、こちらの皇后さま（禎子）が、そうだったじゃありませんか」

「う、む」

能信は応える言葉もなかった。

——皇后さまの二の舞をさせてもいいのですか。

女特有の勘で、妻は暗い未来を予感している。たしかにそうかもしれない。尊仁が即位したとき、茂子が中宮になれるか、というと、権中納言の娘では、まず不可能であろう。

「私は、姫にそんな思いをさせたくないんです」

「……」

「人には定まった分《ぶん》があるんです。げんに私は、中納言実成の娘ですから、とうてい、きさきにはなれそうもないことはわかっていました。だから父は、あなたを婿に迎えたのです」

「だから、姫には、然るべき婿を、というのだな」

「そうですとも。私には子供がいませんからねえ。姫に婿を迎えて、その世話をしてやりたいのですわ」

「うむ、む」

女にとっては、そのほうが、どれだけ幸せかわからない。いかにも女性らしい、現実を見据えた見かたである。

「男の方は、帝や東宮のおきさきになれば、娘にとってこれ以上の幸いはない、と思いこんでおいでですけど、決してそうではありませんのよ」

妻は、能信をじっとみつめた。その眼は、

——姫を不幸に陥れていいの？　私から姫を育てる楽しみを奪おうというの？

そう言っていた。

「しかしなあ。俺は東宮をお助けせねばならん」

能信は尊仁の置かれた立場をすべて打ちあけねばならなかった。

「まあ……」

妻は絶句した。

「で、お添臥の姫君もきまらない、というのですね」

「そうだ」

「そこへ、姫を納《い》れる、とおっしゃるのね」

「そうだ」

後へは退けない、という思いを、そのひと言の中に能信は込めた。ふっと視線を逸《そ》らせた妻は、部屋の隅の暗がりをみつめて、気を鎮めようとしているらしい。予想以上に尊仁は困難な立場に置かれている。夫は姫にも、その状況を分け保《も》たせようというのか。

「しかしな」

能信はできるだけ穏やかに妻に語りかけた。

「この話は、俺の思いつきじゃないんだ。東宮さまが、姫を、と仰せられたのだ」

もう添臥はきまっている、大夫の姫がいるじゃないかって」


「えっ、東宮さまが?」

「そうだ。添臥を誰にしようかと思い煩っております、と申しあげたら、もう添臥はきまっている、大夫の姫がいるじゃないかって」

「まあ……。ほんとに、そうおっしゃったんですか」

「そうだとも」

「………」

妻はじっと能信をみつめた。その眼から、みるみる涙が溢れてくる。袖を眼頭にあてたまま、しばらくして、妻はぽつりと言った。

「宿命《さだめ》なんですねえ」

茂子の前途は決して明るくない。が、閑院邸に禎子を迎え、尊仁の身の廻りを世話するうちに、幼いどうしがふと馴染みはじめる、というのも、これは宿命のようなものなのかもしれない。とすれば、茂子もまた、禎子、尊仁の不運を分け保たねばならないのか。

——姫のために、決して幸せな道とは思えませんが……

妻の眼は、なおもそう言おうとしていた。

そこでとにかく、頼通や女院彰子の内意を聞こうということになった。茂子にそのことを告げてしまってから、二人の意向で取りやめとでもいうことになれば、少女の心は傷つくに違いないから……

そこで頼通にまず内意を訊《ただ》してみると、

「ああ、そういうことなら」

賛成もしないが反対もしない。という言いかたをした。わが娘を後冷泉の許に納れようとしている頼通としては、当面の敵は、同じ思いで娘の入内を狙っている弟の教通である。その教通が、誰かの娘を養女にして、尊仁の周辺にまつわりつくよりはまし、という判断らしい。

続いて女院彰子の意向を打診したが、ここでも頼通と似たりよったりの返事が返ってきた。目下、彰子は、後冷泉の皇子誕生のことしか念頭にないのだ。すでに長暦元（一〇三七）年、亡き後一条と威子の間に生れた章子内親王が入内しているのだが、九年経ったいまも懐妊の兆しがなく、彰子は苛立ちを深めているのである。

ともかく、頼通や彰子の意向をたしかめたので、滋野井から帰ってきた茂子に、このことを打ちあけると、

「東宮さまのところへ？　あ、そう」

あっけないほどの素直なうなずきかたをした。

——姫はなんにも解っていないのですよ。

というふうに妻は能信を見て、そっと袖口を眼頭にあてた。

こうして茂子が添臥に選ばれることになったとはいえ、頼通も彰子も両手を挙げての賛成でない以上、あまりきらびやかな支度はできにくい。

「ま、急遽きまった、というかたちで、さりげなく」

春宮権大夫資房《すけふさ》に打ちあけると、

「それよりほかはありますまいな」

と、うなずきながらも、なにか割りきれない表情である。

「いや、反対申しあげるわけではありませんが、大夫どのの実の姫君ではない、ということが、どうも……。あの方が、権中納言公成どのの姫君であることは、周知の事実ですからな」

権中納言の娘ではあまりにも軽すぎる。しぜん東宮尊仁の置かれた地位の頼りなさをしめすようなものではないか。資房はそのことに首を傾《かし》げているのだった。妻は茂子の前途を思い、資房は尊仁の身を気遣いつつ、ことは進んでいく。

――よそ目には、養女を東宮に納れたこの俺をうまくやったと思うことだろうが……

現実がそう生やさしくないことを誰よりも強く感じているのは能信であった。が、尊仁に、そのことをあからさまには言えない。

「姫の支度をととのえております」

報告すると、

「それはよかった」

無邪気な笑顔を見せた。

「大夫、なんで黙っていたの？」

「は」

「添臥のことさ。大夫のことだから、わざと黙っていたんだろうね」

ぎくりとさせるようなことを、すらすらと言った。

「こういうこと、他に洩れちゃいけないんでしょ。言葉というものは、いったん口から出てしまうと、とんでもないことになるからね」

元服を前に、すでに尊仁は公的社会の駆引の匂いを嗅ぎつけているらしい。かと思うと、

「大夫、食べてみない？」

膳の上の鯖の頭に胡椒を摺りつけて焼いたのを、無邪気に能信の前にさしだしたりする。

「おいしいよ、これ」

下魚《げざかな》である鯖の頭に胡椒を摺りつけたのが、このところ尊仁の大好物なのだ。

「東宮さま、そのようなものは……。鯖は下魚でござりますぞ」

能信が眉をしかめてみせても、尊仁はけろりとしている。

「だって、うまいものはうまいんだから」

大人と子供の中間にいる尊仁の、ひどくあどけなかったり、いっぱしの大人らしさを覗かせる振舞にとまどいながら、能信は霜の朝を迎えたのであった。

三

元服すれば、いよいよ大人の世界が尊仁を包みこむ。儀式に先立って昭陽舎入りしたのが十一月二十二日、この日、頼通が貸してくれることになっていた糸毛車《いとげのくるま》の到着が遅れて気を揉ませられる一幕もあったが、とにかくその夜、尊仁は、閑院邸から無事に昭陽舎入りした。

左衛門陣《さえもんのじん》で車を降りた尊仁の前を進むのは能信の養子、参議・左中将の能長《よしなが》。東宮の象徴である壺切《つぼきり》の剣を捧げてゆるやかに歩んでいく。

ふと能信の眼に浮かぶのは、かつての尊仁の謁見の儀の夜のことである。

——親王はお七歳《ななつ》だった。うまい具合に、母君も内裏入りされたのだったが……

対面した後朱雀帝は、すでに世になく、拝舞の介添をした公成も姿を消している。いや、それ以前に、尊仁の祖母妍子も、その父、道長も……

と、思ったとき、ふっとよみがえった光景が能信の胸を逆撫でした。

そうだ、あの日――。十九歳の俺が、賀茂祭に舞人をつとめたあの日。一条大路の桟敷には、道長が、三条帝の皇子たちを迎えて、祭の行列を見物していた。わが娘、妍子のライバルともいうべき娀子《せいし》の産んだ皇子たちは、むしろ煩わしい存在であったにもかかわらず、道長はあえて彼らを自分の桟敷に招待した。そしてその下工作に走り廻ったのは、妍子の側近にあった能信だった。このとき、能信は道長の懐の深さを思いしらされたものだが、そのあたりのことを承知の上で、招きに応じた三条の皇子、敦明《あつあきら》の悠揚迫らない態度もみごとだった。そしてそのことが、いつか能信を敦明に近づかせもした。

三条の強引な申入れによって、やがて敦明は後一条帝の東宮となるが、強力な後楯のない彼は、前途に見切りをつけて、みずから東宮を降りてしまう。そしてそのとき、敦明のひそかな意向を道長に伝えたのも能信だった。

――その俺が、今度は、非力な東宮に従って歩いている……。添臥ひとつ、ろくにきまらなかった東宮を、俺は担いでいるんだ。

しかし、賀茂祭のあの日、敦明の前途が、そのようなものになろうとは、予想もしなかった。

――そうだとも、今度の東宮の前途だって、そなたは知りもすまい。

そんな声が、どこからか聞えてくるような気がした。

空耳だ。

能信は急いでそれを打消そうとした。が、声はなおも囁く。

——しかも、敦明さまを引きずりおろしたそなたが、神妙に東宮についていこうというのだからな。

違う、違う。俺は敦明さまを引きずりおろしなどはしないぞ。

——世の中はみなそう言ってたじゃないか。そして、そなたも、そのときにいい気になっていた。

違う、違う、俺はなにも……

その間にも行列はゆるやかに進んで、昭陽舎に近づきつつあった。童形ながら、尊仁の足どりはたしかである。その頭越しに、能長の捧げる壺切の剣が見える。またもや眼裏《まなうら》に明滅する賀茂祭のあの日の構図が、能信の胸を凍りつかせる。

いつの日か、尊仁は東宮の座を奪われるのだろうか。そして、東宮の象徴である壺切の剣も、尊仁の側から離れていくのだろうか。

——能長、離すな。剣を離すなよ。

能信は口の中で叫んでいた。

案じるほどのこともなく、尊仁の元服は翌月十九日、支障なく終った。加冠は東宮傅《とうぐうのふ》である内大臣教通。権中納言兼左衛門督《さえもんのかみ》源隆国《たかくに》が理髪の役をつとめたが、これは簡単すぎるほど簡単にやってのけて、人々のひそかな失笑を買った。

——いい加減にやってるな。

——つまり東宮をないがしろにしてるってわけさ。

そんな囁きも聞かれたが、頼通は道長の遺品である瑠璃《るり》柄《づか》の剣を献じ、人々の眼をみはらせた。頼通も教通も揃って尊仁の大人の世界への門出を祝う姿勢を、一応はしめしたのである。髪を上げ、冠を被った尊仁の面差は、にわかに大人びて見えた。

二日後、添臥の茂子が入内した。急に大人びた尊仁に対し、年上の茂子は、小柄でむしろ痛々しい感じである。着せられた裳《も》、唐衣《からきぬ》を引きずるようにして廊を渡ってくる。

——姫はなんにもわかっていない、と言ったな。

能信は、かつての妻の言葉を思いだす。

そうだ、なにもわからず、前途に何が待ちうけているとも知らず、茂子はもう歩きだしてしまった。

——その肩に重荷を負わせてしまったのはこの俺だ。

春宮大夫として尊仁に近侍しながら、能信は、近づいてくる茂子を眺めている。妻が言ったように、閑院邸にひきとって、然るべき婿を迎えて、ごく平凡な生活を送らせたほうが幸せな一生を送れたかもしれないのに、茂子はいま、馴れない生活に踏みこもうとしている。

——苦労をかけることになるなあ、姫。しかし、宿命《さだめ》というものは……

口の中で語りかけようとして、ふと言葉が止まった。近づいてきて、はっきりと茂子の表情が読みとれるようになったとき、思わず能信は眼をこすりたくなったのだ。

怯えてもいない。硬《こわ》ばってもいない。日頃と何ひとつ変らない表情で、いつもの閑院邸の中でも歩くような、なにげなさで、茂子は近づいてくるではないか。

——ほう、これは。

着せられた装束は、たしかに重たげだが、茂子はそれもあまり気にとめていないらしい。もちろん、自分の晴れの舞台だという意識もない。自分が主役だと思わないから、気楽に歩むことができるのだ。

——ちょっと面白いところに来たみたい。

ほんとうは、きょろきょろ見廻したいところを、辛うじて、少しすましている、という感じである。

なにもわかっていない、と妻はいじらしがったが、いや、それならそれでいいのかもしれない。

——妻は涙を流し、俺は四方の敵に向って、肚を据えようと覚悟したものだが、姫はおよそ別の世界にいる。

そういえば、添臥の話をしたとき、尊仁は、けろりとして、茂子がいると言ったではないか。そして、鯖の頭などという妙なものに夢中になっていた。

尊仁と茂子――。二人は、自分たちとは別の意識の中で、のびのびと息づいているのではあるまいか。

――どうやら思い過しだったようだな。

気づいたとき、体内に凝《こご》っていたものが、しぜんに溶けていくように能信には思われた。

――添臥の首尾がどうかなどということも、あまり気遣うことはなさそうだ。

昭陽舎でしばらく過した後、茂子は滋野井邸に退出した。能信の養女分になっているとはいえ、閑院は皇后禎子の里邸なので、実母の邸を居所としたのである。以後茂子は、滋野井御息所《しげのいのみやすどころ》と呼ばれるようになる。一方の尊仁にとっても昭陽舎はいわば公邸である。元服以後の里邸としては、能長の邸が選ばれた。

こうして、一連の儀式が終ると、急速に人々の二人への関心は薄れていった。というのは、それよりも重大な、後冷泉への入内合戦が始まりかけていたからだ。

そのときまでに、後冷泉の許には、章子内親王が入内し、中宮に冊立《さくりつ》されていたのだが、約十年、子供に恵まれなかったことから、娘を入内させたくてうずうずしていた教通が、まず動きだした。

教通は長い間、この日の来るのを待っていた。美貌で歌も書もよくし、おまけに絵筆を持てば絵師そこのけの腕前を見せる歓子《かんし》は、もう二十七歳、危うく婚期を逃すところまで入内の機がやってこなかったのは、頼通の眼が光っていたからである。

このころ、長い間右大臣の座に頑張っていた藤原実資《さねすけ》が九十歳で死んだので、教通もやっと右大臣に昇進した。このおめでたムードに便乗し、

「帝にお子さまがおいでにならないのはいかにも寂しい」

と、女院彰子を動かして、頼通を説得させたのだ。頼通の娘、寛子は十二歳。いずれ入内するにしても、まだ皇子をみごもるという年齢には達していない。歯ぎしりしながらも、頼通は弟の娘の入内を認めなければならなかったのである。

世の中では、この噂でもちきりだった。歓子の入内の支度は、これ見よがしの豪華さだったとか、

「帝より三つ年上とか。そんな組合せが一番いいのさ」

いかにも皇子誕生まちがいなし、という噂まで流れたのは、ある意図のもとに、誰かが世評を操っていたのかもしれなかった。そういえば章子は、後冷泉の東宮時代、十二歳で入内している。このとき、東宮は一つ上の十三歳。章子の体が幼すぎたのか、二人の間には、とうとう男と女の愛らしいものは生れなかったのだ。

これに比べて才女の歓子はまさに女盛り、きらめくばかりの才気に加えて、女の魅力

も十分だ。予想しないことではなかったが、能信の心は穏やかではいられない。

──ともかくも、右大臣の姫君なんだからなあ。

天皇や東宮のきさきには、こうした七光が必要なのである。はたせるかな、歓子は翌年、たちまち女御の宣旨を蒙った。もちろん茂子にはそんな晴れがましさは望むべくもなく、単なる滋野井御息所でありつづけている。

そして、人々の予想どおり、まもなく歓子は懐妊した。能信の不安は的中したわけだ。

──もしも、皇子《みこ》が生れたら、いずれ、東宮はこの皇子を、ということになりかねない。

いよいよ事態は敦明の置かれた状況に似てきている。

──あの、壺切の剣は、東宮の側を離れてしまうのか。

教通の邸では僧侶を招いて、しきりに男子誕生を祈らせていると聞くにつけても、能信には、その中に尊仁調伏の祈りもこめられているように思えてくるのであった。

歓子の出産の予定はその翌年、永承四（一〇四九）年の春、といわれていた。

──関白も気が気ではあるまいな。

能信は尊仁元服の日のことをふと思いだしている。頼通はあの日、父道長の遺愛の剣を贈ってくれた。必ずしも好意を持っていない尊仁にも、そうせざるを得ない人のよさが頼通にはあるのだ。その人のよさに教通はつけこみ、娘の入内を認めさせた。頼通には十三歳になる寛子がいるし、いずれ後冷泉の許に納れるつもりでいるのだから、なにかと難癖をつけて歓子の入内を拒んでしまえばいいものを、その人のよさが今日の事態を招いてしまった。

もし、歓子が皇子を産んでしまったら、寛子は、あるいは入内の機を失うかもしれない。

――とすると、おっと……

頼通は、尊仁の許への入内を企むのでは？

「ふう、む。そうなったら……」

茂子の立場はいよいよ辛いものとなりそうだ。ふと思い浮かべるのは妻の瞳だ。

――姫を不幸に陥れていいの？

そんな眼付をしていた。たしかにそうかもしれない、とうなずきながら、強《し》いて能信は想念を払いのけようとした。

――俺としたことが、なんて弱気になっているんだ。ここが勝負どころじゃないか。

やがて年が変って、歓子の産み月はいよいよ近づいてきた。従者に探らせると、産所には、例によって天皇の許から度々使がやってくるし、教通もそこに詰めきりだという。

そのうち、従者の一人が走りこんできた。

「男御子がお生れになりましたっ」

——ああ、やっぱり……。

悪い予感は的中したと、がっくりしたとき、もう一人が駆けつけた。

「お生れになりましたが、御死産で」

「ほんとうかっ」

「は、右府さまも、もう御出仕をやめて、山里に籠りたい、とお歎きで……」

これは俺の運ではない、茂子の運の強さだ、と、瞬間能信は思った。同じく息を吹きかえしたのは頼通である。十四歳になったばかりの寛子の入内を大げさに進めはじめた。一つの小さな生命《いのち》が、教通と頼通の運を逆転させたのである。そしてそのころ、茂子も、ひそかに、小さな生命を、胎内で育てはじめていたのだった。

ことは内密に——

能信はまず、そのことを思った。幸い世間は寛子の入内に眼を奪われている。さきの歓子の場合より、支度はさらに豪華だとか、高官の娘たちまでが女房として出仕するらしいとか……

寛子の入内は永承五（一〇五〇）年十二月、ときに十五歳。越えて翌年の二月には早くも皇后に冊立される。すでに章子が中宮になっているので、皇后宮の扱いになった。大夫以下、賑やかな顔ぶれが任命されたが、ひきかえに凋落の思いを味わわされたのは歓子だった。中宮も皇后宮も塞がってしまった以上、このまま女御に止《とど》まるほかはない。

才女は誇りを傷つけられ、里下りしたまま、なかなか内裏入りしようともしなかった。

そして、その騒ぎのさなか、茂子のいる滋野井邸では、女児が生れていた。聡子《そうし》と名付けられたその子は、ほとんど誰にも注目されないまま、すやすやと眠り続けた。母の茂子も正式の東宮妃になるわけでもなく、いまだに滋野井御息所である。

誕生したのが女児であったことに、むしろ能信はほっとしている。歓子の死産、寛子の入内と、後冷泉の身辺が慌しげに渦巻きはじめているとき、茂子の存在が注目をひくことは避けねばならない。

——姫君が生れたということは、次に皇子誕生の折もあるかもしれない、ということだからな……

じじつ、その三年後、茂子は今度は男児を出産している。貞仁《さだひと》と名づけられたその子も、すやすやとよく眠り、よく乳を呑む嬰児であった。この間に尊仁は、東宮妃として章子内親王の妹の馨子《けいし》内親王を迎えてはいるが、そのことに茂子は動揺を見せなかった。

「御姉君の章子さまも、お子さまをお産みになりませんでしたし」

能信は、その腰の据えかたに驚かされている。

「そういえば、内親王がたの母君も、お産みになったのは、このお二方だけだったな」

馨子たちの母、威子は、道長の娘で、後一条の中宮になったが、道長の威勢を憚って、他の高官もついに娘を納れなかった。威子はつまり、後一条の後宮を独占したわけなのだが、生れたのは二人の皇女だけで、ついに皇子の誕生はなかった。じつは後一条は威子にとっては甥（姉彰子の子）にあたる。こういうかたちの近親結婚が、しぜん子供を生れにくくしたのかもしれないのだが、そのことを知ってか知らずにか、茂子は馨子は子供を産まないときめこんで、平然としているらしいのだ。

——ほほう、こういう娘だったのか。

妻の言葉を別の意味で思いだしてみる。妻は、帝や東宮のきさきになることは、女にとって決して幸いなことではない、と言った。複数のきさきがひしめきあい、憎みあい、皇子誕生を競うという姿は、たしかに女の地獄だ。げんに美貌の歓子はその戦いに敗れて、内裏から出てしまったではないか。勝利者となった寛子も、しかし、その後、懐妊の兆しさえないところをみれば、華やかに飾りたてられているだけに、心中、居ても立ってもいられないに違いない。

しかし、ここには、それまでの宮廷社会の枠をはみだしたような茂子がいる。ライバルが登場しても不安に駆られる気配もなく、私は私、というように、ゆったり構えている。東宮の添臥ときまったことを伝えたとき、

「あ、そう」

あっけないほどのうなずきかたをしたのを、茂子の稚《おさな》さと思ったのだが、このとき、宮廷社会とは異質なその個性は、すでに芽生えていたのかもしれない。

その個性を信じよう、と能信は思った。茂子はその後も、俊子、佳子、篤子の三人の女児を産みつづける。そして一方の馨子内親王は二度ほど懐妊したものの、生れた皇子、皇女は夭折してしまった。

その後も、後冷泉の後宮では、皇子の誕生が期待されたが、新しく入内した寛子にも、まったく懐妊の兆しがなかった。内裏の女房の一人が寵愛をうけて男児を産みはしたが、身分も違うし、皇子と認められることもなく、臣下に引きとられ、その子として育てられることになった。

——これが世の移りゆきというものか。

またもや能信は顎を撫でている。

父道長の栄光を支え、天皇のきさきになった鷹司系の娘たちは、長女の彰子を残して、すべてこの世を去った。そして、彼女たちが産み、やがて皇位についた天皇たちは、どういうものか皇子に恵まれず、辛うじて残っているのは現帝後冷泉と、東宮尊仁だけなのだ。しかもその後冷泉にも、いまだに皇子誕生の気配はないのである。

逆の見方をすれば、道長の息子たち、——鷹司系の頼通、教通の娘や養女たちも、入内はするものの、一人も皇子を産んでいないということになる。そして、高松系の自分は子供はいないし、頼宗の娘は辛うじて後朱雀の許に入内したが、生れたのは皇女一人だった。

四

――まさに荒野の風景だな。

誰も剣を振《ふる》ったわけでもないし、毒を盛ったわけでもない。が、道長が死んで、三十年足らず、道長家という巨木はいまや倒れようとしている。政治権力の持続を、組織としてでなく、最も簡単な性の結合によって繋いでいこうとしたことが裏目に出たのだ。人々は、男がいて女がいて、その結びつきがしぜんに子供を出現させることを疑わなかった。娘を後宮に納れること、そして皇子の誕生を期待すること、それが政治そのものだったから、人々は滑稽なくらいそれにふり廻されて生きてきたし、能信もその例外ではなかった。

が、最も単純でまちがいないと思われたもの、性の結合が当然子孫の誕生に連なるという原理そのものが、いま崩れかけようとしている。その中で最も不運な立場におかれた三条の皇女禎子がひとりだけこの世に送りだした尊仁が、道長系の血を享《う》けた皇子として荒野に立っている。

――俺はその不運な禎子皇后、不運な尊仁に賭けたのだったが……

いまや、頼通も教通も、いやいやながら尊仁の存在を認めざるを得ないのだが、それでもわざと眼をそむけようとしていることはたしかである。

――ああ、いいとも、そうしてくれ。

能信は、そう言いたい。天皇家と道長家を繋ぐ細い枝を、いま、守りつづけているのは自分しかない、という自信からである。自信を支えてくれているのは、茂子という、ふしぎな存在だ。道長家とは血筋の離れている一人の女が、たじろぎもせずに、尊仁に寄りそい、貴重な皇子を誕生させたのだ。別の血を入れたことによって、辛うじて道長系の血は生きつづけられたともいえる。

尊仁、そして貞仁という存在が目立ちはじめると、しぜん人々の関心は能信に向けられてきた。

「能信はうまいことをしたな」

「あいつは業師だからな」

今日のありようを見越して、能信が禎子、尊仁に密着したように見る人々も少なくなかった。多分、頼通は彼の存在を煩わしいものに思っているに違いない。その証拠に、二十七歳で権大納言に任じられた能信は、貞仁の誕生したその年、五十九歳になっても、いまだにその地位に釘づけにされている。

――もう三十年以上権大納言か。

かなり嫌気はさしている。これは一つには廟堂の高位をしめる人々が死にもせずにその座に坐りつづけているからでもある。たまたま先年、九十歳で右大臣実資が死んだための人事異動があって、教通が右大臣に昇進し、兄の頼宗は内大臣に滑りこんだものの、能信はそのおこぼれにはあずかれなかった。

「なにしろ、空きがないのでね」

頼通はそう言いたげだが、能信には、空きのないことを喜んでいるかのようにも見えるのだ。そして、じつは、この先十年以上、彼は権大納言のまま過すのである。

――まあ、向うがその気ならそれでもいいさ。

口の中でそう呟くよりほかはない。

――しかし、尊仁さまと貞仁さまは、俺と茂子でお護りするからな。

今となっては、茂子の腰の据えかたが頼もしい。茂子自身は称号は何であろうと、

――娘と息子がいればそれで十分。

口にこそ出さないが、そう思って悠然と構えているらしいのだ。

――そうだ。尊仁さまが御即位、そして貞仁さまが東宮さまということになれば、そなたのことは棄ててはおけまいよ。

ふと頭に浮かぶのは、父道長が若き日、華々しく権力の座に躍り出たときのことである。

──あのときは、父君の姉君、東三条院詮子《せんし》さまの絶大なお力添えがあったとか……ライバル伊周《これちか》をさしおいて、是非とも道長を、と、わが子一条を徹夜で説得したのは詮子である。そのおかげで覇権をわがものとした道長は娘彰子を一条の許に入内させ、その彰子が二人の皇子（後の後一条、後朱雀）を産むことによって、その権力をゆるぎないものにした。

が、頼通も教通も娘や養女を入内させても皇子誕生の機会は廻《めぐ》ってきていない。

──そこへいくと、俺はもうひと息だ。

後朱雀の皇子尊仁が即位した暁、母后となる禎子は東三条院を凌ぐ存在になることだろう。

──あの御気性だ。しかも苦労をしておられる。御自分をないがしろにした頼通・教通をのさばらせてはおかれまいよ。

そして、この禎子を、数十年間、なにくれとなく支え、かしずきつづけたのは自分ひとりだ、という自信が能信にはある。

──父君が権力の座に駆け上られたときは、まだ権大納言だった。してみれば……権大納言で三十年も放っておかれても、腐るには及ばないかもしれない。

──しかも父君は、彰子姫が年弱で、皇子誕生まで長いこと我慢されたが、茂子はもう東宮の男王子を産んでいるのだからな。

たしかに、東三条院―父―彰子という組合せとは少し違っているが、いったん尊仁即位ということになれば、頼通、教通よりも自分が有利な立場に立つことはまちがいない。長い道のりだった。いま鷹司系の枝は枯れんばかりに勢いを失い、いよいよ高松系の自分が権力の座に近づこうとしている。後冷泉の時代はまだしばらくは続くだろうが、

――しかし、待つことだな。

こんなとき、心強く見えるのは茂子であった。泰然としていて、大らかで、馨子内親王が東宮の正式の妃になろうと、ひけ目を感じている様子はまったくない。

――頼もしいな。彰子姫よりも、こりゃ大物かもしれぬ。

その茂子とともに未来を楽しみに待つつもりだったのに、ことは意外な展開を見せた。茂子が急死したのだ。

康平五（一〇六二）年、六月、末の娘の篤子を産んだ二年後、数日寝ついたきりで、あっけなく世を去ってしまったのだ。急な知らせに、

「おおっ、御息所が……」

内裏から滋野井邸に馬を飛ばせたが、能信は臨終にも間にあわなかった。

――茂子よ、茂子……

枕辺に駆けつけて、眠るがごとく安らかに眼を閉じている彼女を思わず抱きあげよう

とした手を、妻がそっと押し止めた。ひと足先に駆けつけた妻の眼には涙はなかった。

——静かにこのまま寝《やす》ませてやってください。

妻の眼はそう言っていた。

——おお、そなた、東宮のきさきになることは幸せになることではない、と言っていたな。

能信の眼の問いかけに、妻は首を振った。

——ええ、いまは違います。

——違うと？

——はい、この子なりに、幸せでした。自分の運以上の一生を歩んだと思います。でも……

——でも……

突然、妻の眼から涙が溢れた。

「あまり急なことだったので、東宮さまのお越しを願えなかったことが……」

後は言葉にならなかった。病気が長びけば、密々に尊仁が見舞に来ることも可能だったのだが、その余裕もなく、茂子はひとり旅立ってしまったのである。

——茂子よ……

彼女が自分より先にこの世を去るなどとは思ってもみなかった。胸に描き、その実現を疑いもしなかった未来図が、いま、音を立てて崩れていく。

禎子―自分―茂子。

尊仁をめぐって作りあげようとしていた権力の環が、なんの予告もなく、かくもたやすく消えていくというのか。

夜ふけの静寂《しじま》にくぐもりながら聞えるのは木《こ》の葉木菟《はずく》の声らしい。能信にはそれが茂子の死を悼むよりも、

――賭は終ったな、能信。

自分を嘲笑っているように聞えるのだった。

すでに能信は六十八歳。

――茂子、年老いた俺を残していってしまうのか。そなたの産んだ貞仁さまは、まだ十歳でしかいらっしゃらないのに……

幼い日、しばしば膝の上で遊ばせた貞仁は、やっと少年らしくなったばかりなのである。

老いの身を振いたたせて、能信は尊仁とこの貞仁を護るよりほかはなかったが、天は能信にもその後に短い時間しか与えなかった。茂子の亡くなった三年後、彼もまた権大納言のまま世を去ってしまうのである。ときに康平八（一〇六五）年二月九日。奇しくもその六日前に、長い間競いあってきた兄の頼宗も亡くなっている。

後三条・白河天皇と茂子

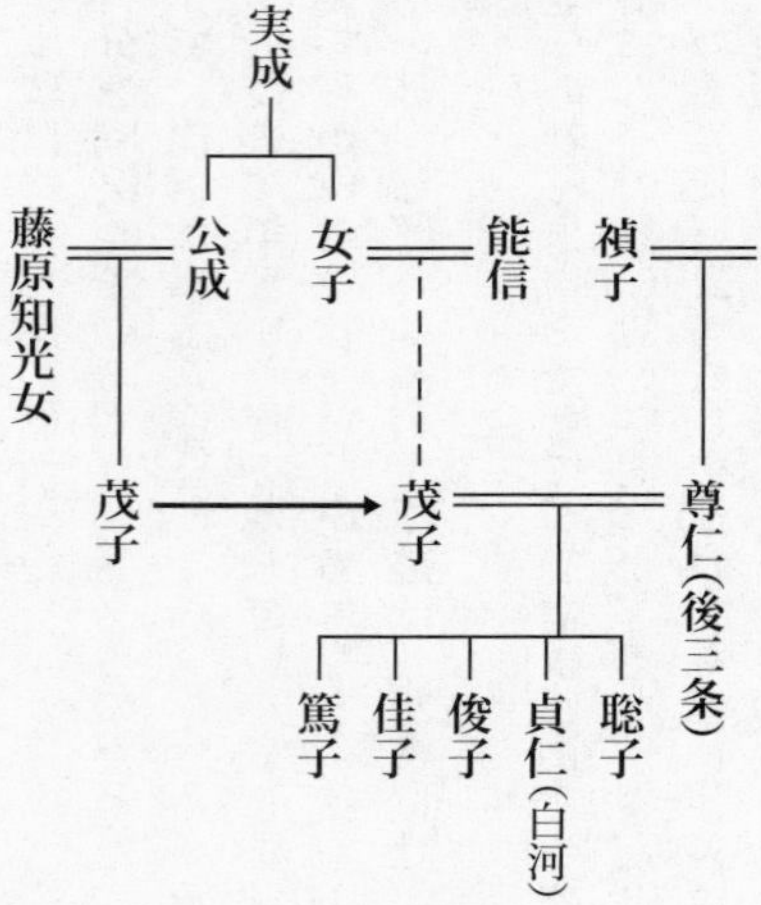

　歴史はときに冷酷さをむきだしにする。じつをいうと、高松系の鷹司系への報復は、もう一歩というところまで来ていたのだ。治暦と改元されるその年から数えて四年めの治暦四（一〇六八）年四月、後冷泉は世を去り、能信が望みをかけていた尊仁が即位する。後三条天皇である。

　母后となった禎子は、女院陽明門院《ようめいもんいん》として、後三条の背後にあって隠然たる勢力を持ち、後三条自身は、あたかも能信が傍らにいるかのように、頼通、教通の政治に制肘《せいちゅう》を加えた。後世の歴史は、これを、後三条の母、禎子が藤原氏でなく皇族出身だったからと解釈しているが、これは当を得たものとは思われない。

　禎子の母妍子は道長の娘であり、まぎれもなく藤原氏の血を享けているではないか。ただ禎子を支えたのは頼通たちと母を異にする能信であり、後三条の背後には、むしろ高松系と鷹司系の対立があったと考えたほうが当時の実情に近いだろう。いわば平安朝につきまとった藤氏の内部対立が、ここでもくりかえされたのである。

能信はついに望みを果たさずにこの世を去った。政治的な野望というものは、しばしばこんなかたちで終りを告げることが多いのだ。

しかし、能信はそれと意識せずに、歴史の大枠を踏《ふ》み破った。それは摂関家出身でない茂子に皇子を産ませ、やがてその皇子が皇位を践む、という道を開いたことである。茂子がこの世を去ったとき、たった十歳でしかなかった貞仁こそ、後の白河天皇であり、その即位後、摂関の影響力はにわかに薄れていく。

あるいは能信の意図したことは、鷹司系への報復であり、彼自身の望んだことは摂関権力の掌握であったかもしれないのだが、歴史はその思いを超えたかたちで大きく転回するのである。

白河天皇譲位以後、周知のように院政が開始される。外戚に代って上皇（法皇）が権力の中心に坐るようになるわけだが、おもしろいことに院政権力に長くまつわりつくのは茂子の兄弟の実季の娘や息子たちである。

院政きっての専制君主白河は、能信について語るごとに、

「大夫どの」

と敬称をつけて呼んだという。それは幼時に、その膝で遊んだことへの懐しさからではなく、皇位への道を切り拓き、時代の枠を大きく踏み破ってくれた能信への敬意をこめた呼びかただったのではないだろうか。

史料のことなど

「平安朝三部作」などと大げさな身ぶりをするのは気がひけますが、この小説で私の意図した平安朝をテーマにした長編小説は完結します。それぞれの中で、私はこれまで描かれなかった角度から平安朝をみつめてきたつもりです。『王朝序曲』では、真の意味での平安朝は、桓武天皇の平安遷都からではなく、嵯峨天皇と藤原冬嗣から始まることを。古代的専制君主はここで質的転換をとげたと私は思っています。中期を扱った『この世をば』は、栄華を極めた横暴な権力者と見られている藤原道長の素顔を。これは史料による道長個人の見直しというよりも、『源氏物語』的な優雅華麗なイメージからは、平安朝の政治社会の実態には迫れない、という思いがあるからです。

さて、この小説では道長以後、院政開始までの時代を扱っています。通説では、藤原摂関家と後三条天皇の対立がクローズアップされ、その原因は後三条の母が皇女で、藤原氏ではないことが指摘されていますが、皇女とはいいながら後三条の生母禎子内親王は、あきらかに藤原摂関家出身の中宮を母とする皇女であり、藤原氏対天皇家というような割りきりかたでは解けない、というのが私見です。すでに摂関家内部にも激しい対立があり、中で屈折の思いを持つ能信に視点をあてて、院政に傾斜する時代を描いてみました。

参考史料・参考文献を左にあげ、御示教にあずかった方々に、改めて御礼を申しあげます。なお、本文中に入れました系図は、その前後の文章を理解していただくためのもので、作図の都合上、配列は必ずしも年齢順になっておりません。また本文に関係のない人物は省略してありますことをお断りしておきます。

この作品は『中央公論文芸特集』一九九二年秋季号～九四年冬季号に連載し、すでに『永井路子歴史小説全集』第六巻に収録されておりますが、その後の、単行本出版および今回の文庫本出版にあたり、多少の加筆訂正をしております。

参考史料・参考文献

『御堂関白記』（大日本古記録本）
『小右記』（大日本古記録本）
『権記』（史料纂集本）

『権記』（史料大成本）
『春記』（史料大成本）
『土右記』（続史料大成本）
『平（行親）記』（陽明叢書）
『大鏡』（松村博司校注　日本古典文学大系）　岩波書店
『大鏡』（橘健二校注・訳　日本古典文学全集）　小学館
『栄花物語』（松村博司・山中裕校注　日本古典文学大系）　岩波書店
『今鏡』（物集高量校註）　広文庫刊行会
槇道雄『院政時代史論』　続群書類従完成会
松村博司『栄花物語の研究』補説篇　風間書房
山中裕「『大鏡』の歴史観と批判精神」（『古文研究シリーズ14』所収）　尚学図書
角田文衛「皇太弟尊仁親王」（『後期摂関時代史の研究』所収　古代学協会編）　吉川弘文館

（著者名五十音順・敬称略）

解説

縄田一男

私たちはよく過去の歴史を何々時代といった名称で区分し、更にそれを細かく区分けしようとするが、本来、歴史は生きた連続性の中にあり、作家が一つの時代をまるごと捉えようとした場合、一篇の作品では収まり切らないという事態が生じて来る。

永井路子の〝平安朝三部作〟、すなわち、『王朝序曲——誰か言う「千家花ならぬはなし」と』『この世をば』、そして本書『望みしは何ぞ』は、そうした書き手の要請がもたらした必然の産物であった、ということが出来よう。

『望みしは何ぞ』は「中央公論文芸特集」の平成四年秋季号から六年冬季号にかけて十回にわたって連載されたもので、平成七年三月、中央公論社から刊行された『永井路子歴史小説全集　第六巻』に新作長篇として収録された。独立した単行本は平成八年三月の刊行である。

藤原道長が栄華を極める賀茂祭の行列からはじまる本書は、まず第一に前述の『この世をば』を別の側面から眺める面白さを持っている作品として読者の眼に映るのではないのか。

『この世をば』は、従来、権力の権化として、傲慢、不遜とマイナスイメージばかりが先行して来た藤原道長を「幸運な平凡児」として規定、その人間的内面に迫った意欲作で、第三十二回菊池寛賞を受賞した。道長といえば四人の娘を后妃として天皇の外戚の地位を確立、藤原北家の最盛期を招来した人物として知られているが、実のところ、はじめの二十年間は兄たちほど出世の機会はなく、兄や政界の実力者が相次いで病没する中、あれよあれよという間に第一の実力者にのし上っていってしまう。

しかしながら、作者のいうように「鼻高々の権力者」ではなく「ペシミストで人間的な弱さがある」道長は、出世した後も様々に一喜一憂を繰り返し、「……何たること、何たること」という口癖は生涯変わることはない。が、これは表面には決してあらわれることのない彼の内面の貌である。照れくさそうに口ずさんだ一首の歌――「この世をばわが世とぞ思ふ望月の虧《か》けたることもなしと思へば」が後世に喧伝されてしまったことにより、その悪しきイメージが固定化していく。

そして道長の真実が伝わらない、という点では、彼の息子たちにとっても、それは同様である。特に父と同じく政界のトップへと進出していった頼通や教通とは母親の違う、屈折した心情の持ち主、本書の主人公である藤原能信の場合は――。能信にしてみれば、父は固い鎧をつけた一筋縄ではいかない人物であり、その分らなさは作品の前半「戯《ざ》れ歌」の章で、道長が前述の「この世をば――」の歌を詠む際の能信の述懐、「――やりすぎましたなあ、父君」というそれに如実に示されていよう。

特にこの箇所は『この世をば』のクライマックスシーンと同じ場面を扱ったものであり、能信の述懐に続く「道長の当惑げな表情も、実資の狡猾な褒めあげかたも忘れられて、あの下手な歌だけが独り歩きすることだろう」というくだりは、道長と能信という父と子の関係を端的に捉えるばかりでなく、前作を継承しつつ、扱う対象を冷静に相対化する作者の複眼的視座をあらわしており、誠に興味深い。

が、無論のこと、『望みしは何ぞ』がそれのみを意図して書かれたものでないことはいうまでもない。本書のみならず、〝平安朝三部作〟で一貫して描かれているのは〈政治〉に他ならない。永井路子が直木賞を受賞した『炎環』以来、戦中派の体験を軸として政治と権力のあり方を歴史の中にさぐっていたことは周知の事実であろう。〝平安朝三部作〟を作品の背景となっている時代順に眺めてみてもそのことはいえる。

『王朝序曲――誰か言う「千家花ならぬはなし」と』に描かれているのは「権威と権力が分割されながらも密着していく、という、ある意味では特異な、それこそ日本的、としか呼べない政治形態」、すなわち、「象徴天皇制の祖形」の誕生である。作品は、平安朝は延暦十三年の桓武帝による平安遷都ではなく、薬子の変後の嵯峨朝からはじまるという史観を打ち出しつつも、その嵯峨天皇の病める心に楔を打ちこむかたちで、権威としての天皇、権力としての政治を司る藤原冬嗣という、つかず離れずの体制が生まれる過程を活写していくのである。

そして副題の〝千家花ならぬはなし〟にこめられた逆説、王朝の美しさではなく、優雅にして酷薄な素顔を描こうという姿勢は、『この世をば』において、道長を中心とした王朝カンパニーの裏面を描くことによって、『源氏物語』的な華やかさと手を切ってこの時代を眺めようという主張と通底している、といえるだろう。実際、この時代には、極めて洗練されたテクニックを必要とする権謀術数と、或る意味では現代よりも残酷な政治性が存在していた、と作者はいう。

そして『王朝序曲』では、従来、律令国家から王朝国家への転換期であると考えられて来た平安朝とは何であったのか、というテーマが、更に『この世をば』では、藤原道長を軸として外戚政治が頂点を極めた摂関体制の実態が描かれて来たわけだが、それでは作者が本書で追求したものは何であったのか。

本書でも〈政治〉がテーマの一つとなっていることは、作品の冒頭から藤原氏内部における水面下の抗争ともいうべき、鷹司系と高松系の対立を物語展開の根幹に置いていることからも明らかであろう。そしてその対立の結果、陽の当たらない高松系の一人である能信は、兄頼宗から「――何を望んでいるのかね」と問われていることを感じながらも、その屈折した心情にふさわしく、いわば勝ち目の出ない賽子《さいころ》ともいうべき、〈美しき不運の種子《たね》〉＝三条帝と妍子との間に生まれた禎子の命運に己れを託そうという姿勢を顕著にしていく。

そして結果からいえば、そうした負の情熱を持ち続けることによって能信は時代を大きく変えてゆくことになるのである。作者は全集版付記で次のようにいっている――「冬嗣は藤原氏北家の礎を築いた人物であり、道長はこの時代の代表的人物として誰知らぬ人はない。が、能信の地位は権大納言どまり、二人に比べれば大分見劣りする。／しかし、この時代の真の主役は、頼通や教通ではなく、能信その人である。彼の意図したのは、あるいは父に倣って摂関制の中心に坐ることであったかもしれないが、結果においてはその枠組をはみだして、院政期へ移る橋渡し役をつとめることになった」と。

自らの予期しないところで摂関政治を院政へと譲り渡してしまう能信――本書の読みどころは、その「不条理の体現者」である能信の軌跡を、産む性としての女の問題に絡めた点にあるのではなかろうか。生霊死霊を云々する「低俗な怨霊の世界とは、まったく別の世界にいるのだ」と思いながら、外見の華やかさとは裏腹に、実はそれ以上の苛烈な争いを展開しているのが王朝世界である。しかも一見、権力を握っているようでいて、実は男児を産むか、女児を産むかという女の性に生殺与奪の権を握られている男たち。能信が実際は男と女のどちらが翻弄されているのかと、半ば狂おしい笑いの中から「いや、たいしたことじゃない。しかし考えてみればおかしな話じゃないか。みんなが、よってたかって、女の股の間を覗きこんでる」という箇所は象徴的である。

そして、更にこの女の性が、後に禎子が東宮入りの際に示した「——嘘なんて許さないわ」という態度にはじまって、不運にうちひしがれる母とは別の魂のあり方を育んでいったという、無自覚的なものから自覚的なそれへと転じた時、時代は単に政治の面ばかりでなく、今一つの転換期への可能性を孕みはじめたのではないのか。能信の養女茂子は、そうした新たな動きの中に放たれた一つの楔に他なるまい。

そのように考えていくと、能信とまったく違う生き方を選んだ兄顕信や「よく保つ」という受戒の言葉を最後に死へ旅立つ妍子、王朝の四季を彩る花鳥風月、そしてやがて来たりくる武士階級の台頭といったことに思いをはせつつ、私たちはもう一度、原点に立ち戻ってこう問い直さぬわけにはいかないだろう。

能信の望んだことは何だったのか、いや、歴史は彼に何を望んだのか、と——。

確かに本書は、〝平安朝三部作〟の完結篇として、摂関政治が院政へと移行していく過程を見事に捉え、かつ、この三部作は、一見、きらびやかな王朝を舞台にしていながら、一方で現代史への視座、すなわち、高度経済成長からバブル狂奔にかけて様々な汚点を残した戦後史へのそれをも内包している、ということが出来よう。が、そればかりではなく、作者はこの作品の中に、それに優るとも劣らぬ小説としての名場面を用意している。「夜梅の雪」の章で、しみとおる雪の冷たさも忘れて能信が己が野心を新たにするシーンを思い起こしていただきたい。そしてあの時、彼が「——飛礫《つぶて》か」と、思わず首をすくめた時に後頭部にはしった痛みは何だったのか。或いは、それを理解することが、本書を真に読んだ、ということになるのかもしれない。

さて、作者は前述の全集版付記で、能信に関心を持ったきっかけは『この世をば』執筆中に『大鏡』の別の面白さ、すなわち、この一巻が実にさりげなく能信の活躍を文中にすべりこませ、その存在を印象付けていることを発見、『大鏡』は能信に近い人によって書かれたのではないか、と発想したことに依ると記している。そして更に岩波書店の〈古典を読む〉シリーズの一冊『大鏡』の執筆を経て本書の完結までに要した時間がちょうど十年。これは歴史の連続性の中に平安朝を描こうとした作者の探究が、その真摯さのうちに絶えることなく続いていた良き証左であろう。味読していただきたいと思う。

（一九九九年、中公文庫刊行時の解説）

追記――朝日文庫刊行にあたり

永井路子の後期の代表作は、『この世をば』（一九八四年）『王朝序曲――誰か言う「千家花ならぬはなし」と』（一九九三年）『望みしは何ぞ』（一九九六年）と続いた、〝平安朝三部作〟である。この三作が、ある意味で、それこそ日本的、としか呼べない政治形態、すなわち象徴天皇制の祖形の誕生を示している。

さらに〝千家花ならぬはなし〟に込められた逆説、王朝の美しさではなく、優雅にして酷薄な素顔を描こうという姿勢は、道長を中心として王朝カンパニーの裏面を活写する事によって『源氏物語』的な華やかさと『望みしは何ぞ』を二重写しにする視座を手に入れたと言えよう。

『望みしは何ぞ』『この世をば』の双方のクライマックスシーンは〝この世をば――〟の歌で一つに結ばれている。それを詠んだ藤原道長は、従来権力の権化として、傲慢、不遜とマイナスイメージばかりが先行しているが、永井路子は「幸運な平凡児」として規定、作品の中でその人間的内面に迫っている。

二〇二四年のNHKの大河ドラマ『光る君へ』では、弱い立場で人の痛みの分かる人間として描かれ、主人公・紫式部（まひろ）と心を通わせながらも時代に翻弄される群像の一翼として登場。今後〝光る君〟へなれるのか。

ちなみに、永井路子は、杉本苑子と共にわが国の女性歴史作家の草分けである。生まれは東京市本郷区。一九四四年、東京女子大学国語専攻部を卒業。戦後、東京大学で経済史を学んだ。一九四九年、歴史学者の黒板伸夫と結婚、同時に小学館入社。司馬遼太郎らと同人誌「近代説話」に参加。同誌に発表した連作『炎環』で五十二回直木賞を始め、菊池寛賞、吉川英治文学賞を受賞。二〇一六年には第二十七回大衆文学研究賞・大衆文化部門を、黒板伸夫・永井路子編『黒板勝美の思い出と私たちの歴史探究』が受賞。晩年まで意欲的に執筆を続けていた。二〇二三年一月二十七日没。永井路子の死は文壇にとって大いなる損失であった。

（なわた　かずお／文芸評論家）

本書中には、今日では不適切と考えられる表現がありますが、
作品の時代背景、文学性を考慮して、そのままとしました。

望《のぞ》みしは何《なに》ぞ
道長《みちなが》の子《こ》・藤原能信《ふじわらのよしのぶ》の野望《やぼう》と葛藤《かつとう》

朝日文庫

2024年5月30日　第1刷発行

著　者　永井路子《ながいみちこ》

発行者　宇都宮健太朗
発行所　朝日新聞出版
〒104-8011　東京都中央区築地5-3-2
電話　03-5541-8832(編集)
03-5540-7793(販売)
印刷製本　大日本印刷株式会社

ISBN978-4-02-265151-8

朝日文庫

永井　路子
源頼朝の世界
鎌倉幕府を開いた源頼朝。その妻の北条政子と弟の北条義時……。激動の歴史と人間ドラマを描いた歴史エッセイ集。《解説・尾崎秀樹、細谷正充》

永井　路子
歴史をさわがせた女たち
日本篇
古代から江戸時代まで日本史を動かした魅力的な女性三三人を深掘り。歴史小説の第一人者による傑作歴史エッセイ集。《解説・細谷正充》

永井　路子
王者の妻　上
秀吉の王室おねねの生涯
一介の草履とりだった秀吉に一四歳で嫁いだ妻おねね。仲睦まじい夫婦だったが、地位があがるにつれ、秀吉の浮気と権力欲におねねは苦しめられる。

永井　路子
王者の妻　下
秀吉の王室おねねの生涯
秀吉の死後、徳川との対立に心を痛め奔走するが、豊臣家は滅びる。乱世を逞しく生きたおねねの生涯を描いた長編。《解説・尾崎秀樹、大矢博子》

永井　路子
この世をば（上）
藤原道長と平安王朝の時代
優秀な兄たちに比べて平凡で目立たない存在の道長は、多くの賢女に恵まれ、出世競争を走り始める。王朝の貴族社会を描いた傑作歴史小説。

永井　路子
この世をば（下）
藤原道長と平安王朝の時代
娘たちを次々と天皇のもとに入内させ、頂点を極めた道長だが……。摂関政治全盛期を活写した歴史巨編、堂々の完結。《解説・尾崎秀樹、澤田瞳子》